本成果得到浙江师范大学中国语言文学一流学科建设资助

现代性与中国现代文学

陈国恩　著

中国社会科学出版社

图书在版编目（CIP）数据

现代性与中国现代文学／陈国恩著．—北京：中国社会科学出版社，2019.3
ISBN 978 - 7 - 5203 - 4046 - 5

Ⅰ.①现…　Ⅱ.①陈…　Ⅲ.①中国文学—现代文学史—研究　Ⅳ.①I209.6

中国版本图书馆 CIP 数据核字（2019）第 027201 号

出 版 人　赵剑英
责任编辑　刘　芳
责任校对　周　昊
责任印制　李寡寡

出　　版　中国社会科学出版社
社　　址　北京鼓楼西大街甲 158 号
邮　　编　100720
网　　址　http://www.csspw.cn
发 行 部　010 - 84083685
门 市 部　010 - 84029450
经　　销　新华书店及其他书店

印刷装订　北京君升印刷有限公司
版　　次　2019 年 3 月第 1 版
印　　次　2019 年 3 月第 1 次印刷

开　　本　710×1000　1/16
印　　张　14
插　　页　2
字　　数　222 千字
定　　价　59.00 元

文学社会学视角中的现代文学经典
（代序）

文学社会学，侧重于研究文学与社会的关系，进行所谓文学的外部研究，一度名声不好。这主要是因为在极左年代，文学社会学的研究脱离文学的审美属性，常被用来证明"左"的政治命题，强化文学的"战斗武器作用"。随着"左"倾政治的恶性发展，社会发展越来越偏离正常轨道，文学研究中的政治与审美的冲突日趋激烈，一些研究者听命于"左"的政治，扭曲文学的审美本质，使文学社会学的批评最终沦为阴谋政治的附庸。但是，这并非文学社会学本身之过，而是其运用的失当。

文学是人学。文学表现的对象是人，是人与人、人与社会和人与自我的关系。离开人的社会存在，审美就只剩下抽掉了社会生活内容的形式元素，这并非文学之幸。文学批评不可能脱离人的社会性存在，因而从文学社会学的角度来研究文学及其功能和价值也就有了充分的理由。重要的不是把文学社会学驱逐出文学研究的领域，而是要认真总结正反两方面经验，在避免重犯历史上庸俗的文学社会学错误的同时，发挥文学社会学在文学研究中的积极作用，开拓中国现代文学研究的新领域，推动中国现代文学研究的发展。

一　从经典透视时代的变迁

文学经典的形成，有一个历史的过程。之所以成为经典，除了文学作品自身要达到思想和艺术的一定高度外，还有一些重要的外部条件，比如作品是不是因为涉及重大的社会问题而引起了广泛的关注或争议，是不是在时代的思想文化建设中发挥了重要作用等。凡是在思想艺术上取得了重要成就，而其思想观念又切合一个时代迫切需要的作品，往往会被特定的社会政治力量推崇，在批评和阐释中给予大力推广，扩大了它的社会影响。这些经典也因此被打上时代的烙印，在时序兴替中会引发新的思考。中国现代文学的发生和发展，与中国现代历史的发展保持着密切的关系。某种意义上说，中国现代文学就是中国现代史的一个重要部分。五四文学的反封建，左翼文学的倡导无产阶级革命，自由主义文学的反对政治干涉文艺，无不是从历史进程本身获得其坚守的理由和创作的动力。关于它们的争论，则又反映了各派政治力量的中国想象和对于文学的要求。正因为如此，中国现代文学各种思潮的经典凝聚了中国现代历史发展的重要信息，可以通过它来透视中国现代历史发展本身，并思考一些重要问题。这些问题，不是以理论的形态存在，而是隐藏在作家的艺术想象中，远比理论形态的问题生动和丰富，因而也就更容易触动人们的感受，引发人们的想象和思考。

比如鲁迅，无论是他个人还是他的作品，都可以视为中国现代文学的经典，但其作为经典的含义，却要从历史中得到解释。五四时期的启蒙"鲁迅"，左联时期作为左翼文学精神领袖的革命家"鲁迅"，毛泽东时代的共产主义者"鲁迅"，20 世纪 80 年代的新启蒙的"鲁迅"，20 世纪末世俗化思潮中遭遇寂寞的"鲁迅"，各不相同。这种差异甚至延伸到了国外，比如日本学者竹内好等人研究鲁迅取得了重要的成就，因为研究者的理解有异，其成果分别被学术界称为"竹内鲁迅""丸山鲁迅""伊腾鲁迅"。有俄罗斯学者撰文，提出"鲁迅"参与了中苏两党公开的思想论争。[①] 鲁迅就是鲁迅，但关于鲁迅的观点显然存在着巨大差异，乃至鲁迅的孙子周令飞提出了一个疑问："鲁迅是谁？"他认为他爷爷家庭美满，生活幸福，拥有众多的追随者，绝不像一些学者所

---

① 指中苏两党的公开论战中，中共中央为了反对"苏联修正主义"，在致苏共中央的公开信中引用了鲁迅的话作为论据，强调的是鲁迅的无产阶级革命立场，这引起了苏联主流汉学家的注意。苏共当时正在实施和平共处战略，它反击中共的方法，是把鲁迅与毛泽东区分开来，不再把鲁迅视为毛泽东的思想盟友。苏联学者这时不是从无产阶级立场上去肯定鲁迅，而是肯定鲁迅早期的个人主义思想和人道主义精神，强调鲁迅与民族主义的格格不入。很明显，此时的鲁迅成了中苏两党意识形态斗争的工具。

想象的那样总是深皱眉头，肩负着民族复兴的使命，承担着人类的巨大苦难，活得非常沉重。周令飞说这不是他的爷爷，他爷爷是快乐的。不同历史时期和不同国度的学者对鲁迅理解存在差异，乃至研究者与鲁迅的孙子周令飞关于鲁迅的认知上的那种不同，其实反映了历史中的那个真实鲁迅的不同侧面，又是后来者基于不同的社会背景和自己的理解所想象的结果。

"鲁迅是谁？"这是一个历史范畴中的千年之问，永远不会有一个最后的结论。在新的时代条件下，"鲁迅"一定会呈现新的面貌，向人们贡献新的意义。因此，在继续追问"鲁迅是谁"的本体论问题之外，是不是可以回过头来看看这些不同研究者心目中的各异的"鲁迅"形象本身所包含的意义？比如思考左翼阵营为什么与鲁迅始而论战、后又联手建立文学界的统一战线。这并非指已经明白原因的创造社、太阳社成员停止与鲁迅论争这一历史事件，而是指这一历史事件背后所隐藏的以前没有被我们充分发掘过的深层次问题，包括左翼批评家关于鲁迅的思想转变需要在观念上作出重大调整，以便与鲁迅达成共识作为建立统一战线的思想基础。这样的思想观念调整及其所实现的程度，显然具有重大的思想史和革命史的意义，因为它不仅仅是个人的认识变化，而且是涉及参与者在处理个人与党组织的关系，进而从事重大的甚至是痛苦的理论思考的过程中所经历的心路历程，从中可以看出中国共产党高层领导当时的战略考量，看出历史发展的某些内在的逻辑。这样的经典重读，已经不是纯粹的审美研究，而是一种基于审美经验的社会历史学的研究。更确切地说，它是一种文学社会学的研究。

如果我们进一步思考，会发现鲁迅的生前死后与中国现代文学史，尤其是与中国革命史、中国思想政治史密不可分。比如，毛泽东高度评价了鲁迅，称他是中国现代的孔夫子，指出鲁迅的方向就是中华民族新文化的方向。提出这样的观点不是无缘无故的，而是深思熟虑的结果。这其中就包含了毛泽东的思想逻辑和政治哲学。毛泽东对鲁迅的评价高屋建瓴，比左翼文学批评家更彻底、更精辟地解决了鲁迅的思想与中国共产党人的思想实际上存在的差异和矛盾。他把鲁迅基于其个人自觉的、也即具有包容性的人道主义思想立场上对中国革命历史进程的认同所必然伴随着的与中国共产党人在一些历史和现实问题上的意见分歧，容纳在具有高度理论概括力的"新民主主义文学"的概念中，在尊重鲁迅的自我主体性的同时肯定了他与新民主主义方向的一致性，从而为把"鲁迅"纳入中国革命的叙史模式奠定了理论基础。但很显然，这样的鲁迅观为后来拔高鲁迅的形象、强调鲁迅与中国新民主主义革命的一致性埋下了伏笔。在后者这样的研究思路中，鲁迅的形象已经不是以五四启蒙"鲁迅"为基础，而是从中国革命的历史规定性中来理解鲁迅。这样的研究，可能深入毛泽东的思想逻辑及他的战略思考中去，深入为了贯彻毛泽东的鲁迅观而在理论上进行不懈探索并作出了重大贡献的左翼文化界一些重要理论家的思想乃至心灵世界。毛泽东的鲁迅观及一些重要的左翼批评家对于鲁迅的观点，是一道时代的风景线，不仅是关于鲁迅的一些见解，而且还是中国共产党人思想文化建设的战略思考的一个极为重要的组成部分，从它可以透视中国共产党的执政理念和对历史方向的把握。但显然，这样的研究已经远远超出了文学内部研究的范围，而是一种更具有历史涵盖性，因而也更深地涉及重大历史命题的文学社会学的研究。从这样的经典重读中，我们不仅仅看到"鲁迅"形象的变迁，而且看到了时代本身的嬗变以及不同时代的思想观念、思维模式的相互碰撞。这足以构建起一部文学视野中的中国现代思想史乃至中国现代革命史。

鲁迅是一个特例，他的重要性，他与中国现代史、中国现代革命史的紧密联系无人可比。即使如此，这种文学社会学的经典重读，也是具有相当广泛的适用性的。用它研究其他作家，同样可以发现许多既具有重要理论价值又具有重要的现实意义的课题。比如从曹禺《雷雨》的剧本修改，从杨沫《青春之歌》的文本修改，从茅盾《子夜》在不同历史时期所获的截然相反的评论中，透视时代变迁的本身及其所伴随的问题。以《子夜》为例，左翼阵营对它的高度肯定和夏志清在《中国现代小说史》中对它提出的批评，显然是不同的政治立场所造成的意见分歧。到20世纪80年代末的重写文学史，一些学者对它提出批评，则又透露了在新的时代条件下人们因为反思左翼文学的历史局限而涉及茅盾，在这种反思和批判性的思维逻辑中，作为革命文学成熟标志的《子夜》受到苛责，忽视了它的思想艺术成就，把它的一些缺陷放大了。这既是《子夜》本身的局限所致，也是重写文学史的一些学者思维方式和价值标准的问题。它体现了文学批评的当代性特点，折射出了20世纪80年代思想界的一个重要侧面。显然，这样思考问题，是联系着文学的审美特点的文学社会学的研究，也即文学外部关系的研究，但应该无人能说这样的研究违反了文学的审美独立性原则。相反，它拓展了文学研究的领域，把文学是人学的理念落到了经典重读的实处。

二 从经典探索心灵的奥秘

文学经典重读，还有一项很有意义的工作就是研究人，研究人的心灵，包括研究作为作家的人和作品中的艺术形象的人的心路历程及其内心矛盾与挣扎，从而加深对人自身存在意义的理解，加深对自我的主体性意义的理解，加深对人类在生存面临各种挑战时探求精神出路的努力的理解。这显然又不是一般的审美研究，而是基于审美体验的对人的研究，是从人的社会存在出发对人所面临的各种生存问题的研究。

人们常说五四新文化运动打倒旧道德、建设新道德，开辟了中国思想革命的历史新阶段。但按之文学史，我们会发现伦理革命的任务远非原来想象的那么简单，它事实上碰到了中国社会存在的坚硬石头，使一些实践者头破血流。这是一种带有历史必然性的社会现象。

《伤逝》的一个重要主题，是提出了个人的自救与救人的两难选择问题。涓生与子君自由恋爱，但当社会的歧视造成涓生失业后，生活困境使他们面临着严峻的考验：是各自求生，还是共渡难关？从今天的旁观者来看，答案不言自明。但在当年的涓生和子君那里，问题远非这样简单。鲁迅说，人首先要活着，然后爱才能有所附丽。为爱情而选择自我牺牲的，并非没有，但那不是涓生。更有意思的是涓生的自私，并非没有恰当的理由。这个理由，就是五四伦理革命所倡导的个人主义的人间本位主义。在涓生看来，人首先是为自己活着，就像郁达夫当年所宣称的那样。① 涓生显然还没有认识到自己活着所承担的对他者的义务，因此他"诚实"地告诉子君："我不爱你了。"他认为子君可以因此而

---

① 郁达夫说，"五四"的一大发现，是人的发现。从前的人只知道为皇上而活着，为父母而活着。五四新文化以后，人们才明白人首先是为自己活着。

觉悟，像从前那样勇敢地去走自己的路。涓生的错误在于他忘记了子君以前的勇敢是以爱情作为精神支柱的，摧毁了这个精神支柱，子君的未来只能是悲剧。但涓生并非一般意义上的"陈世美"，他的进退失据反映的是伦理革命本身的现实困境，即在中国的条件下，涓生要自救，在观念上有其合理性，但在现实中却要伤害到更为弱小的子君，从而陷自己于不义。这说明，在西方被普遍认可的个人本位的伦理观念在中国遭遇到了严重挑战。主要原因就是中国社会经济落后和社会不平等造成弱势群体需要人们的救助，涓生对子君是承担了道义责任的。同时，这也反映了经过新文化运动的洗礼，作为个体的人其实还远没有很好地领悟现代人所应担当的社会角色：涓生只是记住了个人本位的伦理观念有利于自己逃避社会责任的内容，子君则没有充分具备人的自立精神，而客观上社会也没有为她提供自立的必要条件。在西方普遍有效的个人本位的伦理观念，遭遇了中国问题，造成了一个社会悲剧。这样的思考，已经深入作为艺术形象的人的心灵深处，来考察他们的内心挣扎及其意义，显然也是基于文学的审美经验所进行的社会学的、思想史的研究。它所提出的问题，可以成为社会学研究和思想史研究的重要例证。

有意思的是，到了20多年后的巴金的《寒夜》，五四伦理革命所遭遇的现实困境依然如故，人们仍在自救和救人的两难选择中挣扎。《寒夜》中的两难选择，集中体现在曾树生身上。曾树生在婆婆毫无道理的非难中，无法在家中生活下去。她不愿意毁灭，要自救，是有理由的。但她的理由同样碰到了涓生式的困境，即救出自己却又要伤害到病入膏肓的处于更为弱势地位的丈夫汪文宣。自救，或者毁灭，是摆在曾树生面前的一道永远没有完美答案的难题，关键是她如何选择。她最后选择了离去，可是巴金的人道主义情怀以及倾向于社会控诉的创作动机，使他没有顾及人物性格的必然逻辑，在作品的结尾安排曾树生在离家后再次回来，目睹了一个家破人亡的结局，从而加强了作品对社会的控诉力度。当然，比之《伤逝》，中国社会已经发生了重大变化：弱者的性别角色发生了转换，原来作为弱者的女性子君换成了男性的汪文宣。这反映了20多年来妇女社会地位的显著提高。从文学经典的重读中发现这样的社会意义，应该是文学社会学研究的一个优势。它拓展了文学研究的范围，提升了文学研究对社会的影响力。

　　文学经典的重读，包括对经典作家的研究。比如鲁迅研究，可以把鲁迅视为一个经典，深入他的精神层面和心灵深处，去发现作为中国现代史一个崇高灵魂的他的精神生活样式。鲁迅式的痛苦，鲁迅式的反抗绝望，已经有了许多重大的研究成果。其实，中国现代文学史上还有众多的心灵现象值得我们用文学社会学的方法去认真探讨。比如1949年以后文学界广泛发生过的作家检讨现象，它上承新民主主义革命时期的传统，又获得了新时代的鲜明特点。冯雪峰检讨过，周扬检讨过，文学界很少有人能声称他没有在特定境遇中检讨过。许广平后来声称鲁迅是毛主席的好学生，这是一种特殊的检讨。这样的检讨，是触及灵魂的，是知识分子思想改造的一种典型的形式。研究它，不仅是研究作家个体的思想历程和行为模式，而且是研究中国现代思想史上的一个重要现象。深入下去，能揭示现代中国人的灵魂裂变过程，发现知识分子思想改造的社会逻辑和其自身的思想逻辑。我们可以概括出知识分子思想裂变的不同类型，分别探讨其内在的思想线索和逻辑理路。这对于研究人、研究社会、研究人的心灵史，显然是一个很有意义的工作。可以为历史留影，为未来提供镜鉴。

　　把文学家的思想历程作为一种社会现象来研究，还应该包括作家之间的私人交往关系的研究。一些文学论争，有错综复杂的思想渊源和历史背景。但有些争论其实涉及作家和批评家的私人关系，包括他们之间的个人友情和冲突。有些公开论争背后显然有一些宗派因素，而争论的结果又影响到了当事者的思想发展，甚至影响到了他们的个人命运。研究这些问题，显然是把文学研究延伸到了社会学的领域，又通过基于文学审美经验的社会思想现象研究充实了文学研究的内容，有助于中国现代文学研究的深入和发展。

三　从经典探讨审美的规律

　　文学经典常被后人提起和重读，不仅因为它在思想艺术上所取得的成就，更可能是由于它曾经是一个时代的思想艺术焦点，凝聚了艺术创作成败得失的经验教训。因此，通过文学经典重读来总结文学创作的经验，探索审美的规律，又是一项很有意义的工作。

柳青的《创业史》是共和国文学史上的一个重要成果，代表了共和国创建初期文学创作的一种重要样式。作者在情节设计、人物塑造，以及反映重大历史转折时期人们的精神面貌等方面，取得了引人注目的成就，但也存在着作者柳青没能解决好的内在矛盾。

柳青的问题，主要是他按流行的观念来把握一种时代精神，并认定其体现了历史发展的方向。他据此着力塑造了代表这种时代精神的典型形象梁生宝，而对梁三老汉和支部书记郭振山所代表的个人发家致富的路线进行了批判。但历史已经告诉人们，梁生宝所选择的道路虽然体现了崇高的理想主义，也代表了共和国创立初期具有相当普遍性的人们对于未来的想象，但从根本上说，梁生宝的道路难以按他当时所受教育给出的历史逻辑那样继续下去。这就是说，大跃进违反社会发展的规律，失败是必然性，这使柳青不可能按他原来的设想写出《创业史》的后面几部，写出梁生宝在"大跃进"式的共产主义道路上成长为一个更了不起的时代英雄。从文学社会学的角度，联系柳青《创业史》所取得的成就及存在的缺陷，显然可以深化一种认识，即文学创作既不可避免地要受到社会实践的重大影响，但对作家来说，又必须对历史发展方向有独立的判断。具不具备这种能力，这种能力多强，对于创作能不能达到更高的思想艺术水平是至关重要的。换一种说法，这是作家在创作中能不能拥有超越时代局限性的道德的、审美的追求，能不能基于自己生命感受和内在的道德律令而对人的应有生存方式保持一种热情的追求？这触及了文学创作的审美独立性问题，也即审美创造的规律性问题。

中国现代文学发展的历史经验表明，处理好文学与政治的关系是文学创作取得成功的一个关键。在这个问题上，人们的认识经历了一个反复的过程。在相当长的一个时期里，政治对文学的粗暴干涉给文学造成了严重伤害，但后来对此的反思又一度导致了出现另一种倾向，即全面否定政治对文学客观上存在的重大影响。茅盾被排除出经典作家之列，研究左翼文学而回避丁玲、萧红等作家的创作成就，或者把丁玲、萧红等作家与左翼文学切割开来，主要针对左翼文学的概念化缺陷，而回避丁玲、萧红原本就是左翼作家。如此选择性的总结经验，表明我们在理解文学与政治关系时走向了另一个极端。按之中外文学史，不难发现，凡是真正伟大的作家，大多具有鲜明的政治倾向性，如巴尔扎克对于资本主义社会的批判，托尔斯泰坚守人道主义的情怀，写出了他所爱的俄罗斯不配有更好的命运，无不具有特定的政治内容。人类生存的社会性质决定了政治对人的生存的重大影响，作为反映人类生存状态的文学作品，自然难以跟政治完全切割开来。关键要看是什么样的政治，更要看政治以什么样的形式介入文学创作。萧红和丁玲作为左翼作家，她们创作上的成功就在于尊崇内心的判断，在生命感受的基础上表现政治对社会和人生的重大影响。总体上看，她们的创作是忠实于内心的，忠实于生命的感受，但作为社会的人，她们的内心和生命感受中又自然融入了政治的倾向，比如她们对于旧时代的仇恨，对于新生活的向往。这是一种宽泛的政治诉求，是基于人生的追求而自然具备的政治属性，而不是僵化的政治教条。从文学社会学的角度重读丁玲、萧红，显然有助于我们加深对文学与政治关系的认识，从而更自觉把握好创作的规律，写出成功的、无愧于时代的作品。

文学受政治的干预，还有另一种形式：一些执着于艺术理想的经典，在历史的长河中受到了政治的批判。比如一些自由派作家的创作，像徐志摩的诗、沈从文的小说，表现人性的美丽和人生的丰富形式，由于其不切合左翼政治对文学的要求而受到批评，有的长期被埋没起来，即使提及，也是作为反面典型而加以否定。批判，是文学经典化过程中的重要社会历史现象，为文学经典增添了文本外的意义。我们今天来研究它们，不是简单地"拨乱反正"，而是可以把它们作为一种有意味的历史现象来研究，研究这种现象的社会历史根源，探讨否定性意见背后的思想逻辑和价值标准，深入审美观念及创作原理层面，探讨创作和批评的一些规律，甚至可以从这种批判现象入手来考察作家与批评家之间的个人关系纠缠，探视特定群体在特定历史阶段的思想面貌和精神状态，或者把作为历史现象的否定性评价与这些批评者后来的态度加以对照，来反思时代如何影响到人的思维方式，而这种转变又经历了怎样的心灵矛盾和痛苦挣扎。

四　结语

　　文学经典的重读，实质是基于审美的经验而对于重要作家作品的研究的研究，是对于经典形成过程中的一些重要社会历史现象的反思。换言之，它是透过历史的空间来反观那些产生过重要影响而且在思想艺术上达到了较高水平的文学作品，思考它们经典化过程中的是是非非。既是对经典的发掘，也是对经典化历史本身的反思。这种反思，涉及了与文学审美活动有联系，但又超越了单纯的文学审美活动的社会的、历史的领域，显然宜于采用文学社会学的研究方式，从而把文学的审美活动置于更为开阔的社会历史背景中，从文学与社会、历史的广泛的、错综复杂的联系中来思考文学的问题，思考与文学的经典化相关但又更与人的存在密切相关的思想语境和社会历史发展自身的问题。文学社会学之所以是一个有效的理论工具和观察视角，原因就是文学经典的形成本来就是一个社会历史的现象，涉及了文学创作和审美过程中复杂的社会因素。

　　当然，必须强调，文学社会学的研究不能脱离文学的审美经验；同时它是一种跨学科的研究，必须具备社会学和历史学的广泛知识和自觉的眼光——这不仅仅是指社会学和历史学的学科知识，更重要的是对于文学经典化过程中的社会的、历史的现象有相当深入全面的了解。不注意这两点，就可能会犯历史上庸俗化的文学社会学曾经犯过的错误。

目　录

文学革命：中国新文学的历史原点

　　一个民族的文化史是一条河流，从古到今生生不息。它的开端是一个原点，由一些影响深远的文化元典和文化伟人作为代表。这些文化元典和文化伟人的思想和所确立的原则，规范了文化史发展的方向。不过，在文化史上还有个别的重要时期或历史关头，具有原点的意义。这样的原点，是指文化史的河流遭遇了地表的断层，从一个地方突然高高地跌落。虽然向前奔腾的水还是这股水，可是它已经来到了一个全新的地域，遵循着全新的流动规则，呈现了全新的面貌。此后它的前行，便是从这个新起点开始的。它从这个跌落处获得了规范，它的奔流受到了这个规范的制约。这个跌落处带有根本性的转折意义，便是一个历史原点。我认为，五四文学革命就具有这种历史原点的地位和意义。

　　在中国现代文学的研究史上，很长一段时期里强调五四文学革命的彻底反封建性质，就包含着这个历史原点的含义。但自 20 世纪末以来，在学术界开始重新审视新文学与古典文学传统的历史联系时，出现了批评文学革命的声音，认为它过多地否定传统，导致了文学乃至文化秩序的混乱。现代文学界对此做出的反应，则是加强新文学与古典文学关系的研究，特别地把晚清视为从古典文学到现代文学转型的过渡时期。这些原本是非常合理的。但如果沿着这一方向继续前进，超过了适当的度，就势必降低五四文学革命的历史地位，比如把现代文学纳入整个中国文学史的框架里，从古典文学的传统来说明新文学的意义，或者用古典文学的近三千年与现代文学的三十年比，认为现代文学不足以成为能与古典文学对等的一种新文学，这些观点都程度不同地表现出了淡化五四文学革命原点意义的倾向。笔者认为，这些见解与中国文学发展史的事实不符，也不利于中国现代文学学科的发展。

一 文学的河流遭遇历史地表的断层

在世纪之交，中国现代文学研究领域里常遭人非议的观点之一，是"断裂"说。所谓断裂，原本是指五四文学革命彻底地反传统，造成了中国文学封建道统的断裂，以此为契机，实现了中国文学的现代转型。它的原意是褒扬文学革命对传统的革新，肯定五四文学革命历史功绩的。但随着新保守主义思潮的兴起，人们转而更关注传统的连续性，从而发现所谓的断裂并不尽然，而要证明中华文明并没有因五四新文化运动和文学革命而断裂，可以举出许多例子，即使要证明高举文学革命大旗的五四先驱者身上依然有许多传统的因素也不难。比如鲁迅接受无爱的婚姻，郁达夫写到窥浴时的负罪感，皆彰显了中国传统的以儒家思想为核心的文化的强大影响力。这说明，民族文化传统在五四时期仍在延续着，同时也证明了那种认为五四新文化运动和文学革命造成中国文化传统断裂的观点是有问题的。但是在"断裂"说遭到质疑和否定后，却出现了"延续"说，即认为新文学只是整个中国文学的一个另类组成部分，它是古典文学的另类延续，在性质上统一于中国文学，在成就上当然难与数千年的古典文学相提并论。这实际上是从重视现代文学与古典文学的历史联系发展到抹杀两者的本质差异上去了。笔者以为，这与片面强调五四文学革命对文学传统的断裂一样，是与历史事实不尽相符的。

苏轼在《前赤壁赋》中说过一句很有意思的话，他说："盖将自其变者而观之，则天地曾不能以一瞬；自其不变者而观之，则物与我皆无尽也。"他的意思是说考察宇宙人生这样的对象，重要的是你采取什么样的态度：从变化的角度看，天地是变动不居的，从不变的角度看，则物我皆是无尽的。我认为，考察像五四文学革命这样的重大事件，重要的也是你采取什么样的基本态度。如果从不变的角度视之，当可发现它与传统的历史联系，因为历史本来就是线性的、连续的；如果从变化的角度来考察，则又可以发现它与古典文学及其传统的巨大差异。于是，问题回到了到底应该从变化的方面还是从不变的方面来评价五四文学革命？这个问题的答案，其实取决于目的。有两个目的：一是要证明五四文学革命与传统的联系，二是要证明五四文学革命与传统的对立。这两个命题都是可以证明的，因为它们从不同的方面反映了五四文学革命与传统既有联系又有对立的真实。而问题在于，这两个有待证明、并且可以证明的命题，其重要性有没有等级差异？回答应该是肯定的。因为五四文学革命与传统的联系是隐性的，是通过传统自身的延续性得以实现的，是通过作家所受的民族文化的熏陶得以保证并体现出来的，而五四文学革命与传统的对立则是文学革命的先驱者所自觉追求的结果。胡适的《文学改良刍议》提出"八事"，态度还比较温和，陈独秀举起文学革命的旗帜，提出"三大主义"，把新文学与旧文学完全对立起来，周作人干脆把新旧文学的对立称为活文学与死文学的对立，这种自觉的激进态度显然更能代表五四文学革命的实质。

重要的还在于，五四文学革命先驱者的彻底反传统的态度，不管它本身有多少问题，事实上却是它规约了此后文学的发展方向和前进的道路。换言之，新文学是从五四文学革命的起点上而不是在古典文学的基础上发展起来的。首先，它的语言形式是完全的白话，采用的是存在于民众口头上的活的语言。这种语言不仅运用于小说的创作，而且运用于历来由文言一统天下的诗歌写作。经五四白话文运动的推动，北洋政府教育部在1920年正式通令全国国民学校一、二年级国文教材改用语体文，从而正式确立了白话文的正统地位。白话文正统地位的确立和普遍的使用，是一个划时代的事件，它不仅从根本上改变了思维所借重的语言外壳，更重要的是改变了思维本身，使得它与现实和变化着的世界发生了更为直接的联系，进而改变了人对待世界的态度，实现了世界观的现代转型。其次，它广泛地吸收和借鉴了西方的价值观念，并在与民族传统的矛盾统一中改造了民族传统，同时也改造了西方的观念，实现了价值观的现代转型。最后，它大量地借鉴了西方文学的形式和表现技巧，并把它与传统文学的经验加以融合，实现了艺术风格的现代转型。通过这一系列的改造、融合和创新，新文学传统的原点形成了，由这个原点产生了观念意识和表现形式都与古典文学显著不同的新文学。这个原点自然包含了民族传统的因素，新文学显然与古典文学存在着内在的联系，但前者相对于后者又的确是一个重大的飞跃，从文学的内在观念到外在表现形式，都实现了现代化的转型。

对五四文学革命先驱者的彻底反传统可以进行历史的和学理的再批评，可以扬弃这些先驱者作为矫枉必须过正的一种反传统策略而使用的二元对立思维方式，更多地关注新文学与古典文学的历史联系，但这不能成为无视新文学对于古典文学的革命性改造所具有的划时代意义的理由，不能成为抹杀五四文学革命作为新文学原点的历史地位的理由。否认此后的文学是直接在五四文学革命所奠定的基础上发展起来的这个事实，看不到当前的文学无论是形式还是价值观念与五四新文学保持了远比与古典文学更直接、更紧密的联系，为了强调新文学与古典文学的联系而刻意突出其相关联的一面，淡化其本质性的差异，都不是历史唯物主义的态度。

可以再回到所谓的"断裂"说。其实，一个民族的文化传统是不可能真正断裂的，除非它所依附的民族本身也消亡了。但将极少数重大的历史转折点称为"断裂"也未尝不可，因为它的确造成了传统的突然改变方向，或传统的内在本质发生了某种突变。只是所谓的改变方向或者突变者，是原有的传统改变方向和突变，而非凭空创造一种与原有传统毫无关系的新传统。从这样的意义说，这种改变方向或者突变也是一种历史的延续方式，只是它与一般的顺延方式有所不同罢了。所以重要的是如何理解"断裂"，把断裂理解成分水岭的意义，地表是连成一片的，只是水流向了相反的方向，或者像本书开头提到的把它看作文学史的河流遭遇地表的断层而发生了水流的突然跌落从而造成流向、姿态和流速的根本性变化，而水流还是这一股水流（这实际的意思是指辛亥革命推翻帝制，制造了一个历史的断层，文学的河流从此处跌落，通过五四文学革命而表现出了崭新的面貌），在这样的意义上，"断裂"既强调了五四文学革命的划时代意义，又把它与文化传统的内在联系加以了肯定。这对于五四文学革命的性质和意义，该是一种比较合适的说明。

二　没有"五四"，何需"晚清"

在反思五四文学革命历史功过的研究中，王德威提出的"没有晚清，何来'五四'"的质问是一种很有代表性的观点。它体现了倾向于保守的自由主义知识分子对五四文学革命的彻底批判和否定古典文学传统持保留态度。在激进主义占据主导地位的文化氛围中，这无疑是提醒了研究者要保持清醒和理性的态度，重视新文学与民族文化传统的内在联系。后来不少学者超越1917年的上限追溯新文学的源头，重视晚清文学的价值，都体现了这一种努力。但重要的其实还必须同样清醒地意识到，这种重新审视是在新文学与古典文学传统的联系在相当程度上被忽视的时期才显示出它的意义的。换言之，强调晚清对"五四"的意义，只是问题的一个方面，是对一种客观事实的重新认定，它不应成为对事实的另一个方面，而且是更为重要的方面的遮蔽，这另一个方面，就是五四文学革命对传统的彻底批判乃至否定。

提出"没有晚清，何来'五四'"，主要是根据求同思维的原则发现新文学与晚清文学的相似或相同之处，以此强调晚清对于"五四"的先导意义。其中所谓的"被压抑的现代性"的概念，似乎更强调晚清文学的丰富的现代性被"五四"的正统简约到了感时伤国的政治化传统中去了，使起源于"五四"的新文学传统反而不及晚清文学的关于欲望、正义、价值、知识等方面的表现内容五花八门。但如同上文所指出的，要在一部流动着的历史中找出前后两个阶段、哪怕是发生了质变的两个阶段之间的联系是非常容易的，任何依附于一个具有生命力的民族之上的文化传统都是一条不间断的河流，它可以突变，但不会完全中断而产生与原来传统毫无关系的新传统。即使是构成中国文化传统原点的文化元典和诸子百家，也不会是横空出世式的，比如孔子也仅是在整理前人成果基础上阐发自己思想，而他所据以阐释自己思想的这些前人的成果还应该有更早的文化源头，如此追问上去，没有尽头，一直可以追溯到洪荒时代。可是这对于我们明确中华文明的源头有什么意义呢？它的意义说明中华文明源远流长，可是这并不影响我们把中国最早的文化元典和诸子百家看作一个思想史的原点，因为中华文明后来的发展是直接从这些典籍那里开始的，这些元典构成了系统的思想，对后世的影响太直接，太大了。当我们做如此判断的时候，只要不忘记这些元典也是有所本的即可。同理，发现五四新文学继晚清文学而起、以此强调"五四"与晚清的联系是一回事，而指出五四文学与晚清文学的质的差异显然又是另一回事了，而这后一方面的发现或坚持则涉及一些更为根本性的问题。

这可以分两个方面来谈。首先是文学的精神层面问题。文学革命倡导者把所谓的鸳鸯蝴蝶派文学，即晚清文学的主流当作消遣文学加以批判，事出有因。晚清文学是士大夫阶层脱离了科举制度以后与新兴的报章期刊相结合的产物，它的存在基础是正在形成的市民社会。它对商业利益的看重，对市民口味的迎合，对现代性技巧的借鉴等，都不失为现代性的因素。但它所展示的欲望其实深受旧伦理的规范，不是停留在"发乎情而止乎礼义"的阶段，就是因为伦理观念的混乱而导致了简单的官能展示；它的正义，体现的只是清官理想；它的价值和知识皆带有过渡时期的特点。总之，晚清文学是新旧杂陈的，新得不够彻底，与旧的观念有千丝万缕的联系，表现了过渡时期文学的观念混乱和情绪的无精打采。它关于欲望、正义、价值和知识的表现对五四文学有影响，但五四文学显然把这些发展到了一个更高的阶段。只要看一看郁达夫对欲望的表现，再与鸳鸯蝴蝶派作家的描写比较一下，就分明能看出两者的观念差异之大。如果说鸳鸯蝴蝶派小说的描写包含着某种现代性的因素，那么郁达夫等人的小说则完全是现代人的现代思想和情感的表达。再看文学形式层面，这就更加明显：五四文学采用的是完全的白话和现代的形式，晚清文学的语言大多是半文半白的，它的形象描写、心理描写的技巧有不少创新，但也无法与五四文学的大胆和新锐相提并论，在结构上更是难以与五四文学的彻底打破传统的结构原则相比。可见从精神到形式，半新半旧的晚清文学与锐意创新的五四文学的差异是十分明显的。

更重要的是，新文学并没有按照明清文学的路子发展下去，而是沿着五四文学革命的方向走上了与现代社会民生密切相关的创作道路。这种相关性不一定只是现实主义，相反，还有不少浪漫主义的和现代主义的创作成果，但无论是哪种"主义"，此后的文学与中国社会民生问题紧紧相连却是一个事实。这个事实本身的得失也许有可以讨论之处，但它至少说明了，五四文学革命所确立的原则成了此后文学发展所遵循的规范。新保守主义者指责五四文学革命使中国文学的传统变得狭窄了，可是不应该忽视，这种所谓的"窄化"正是新文学传统的重要内容，它表明新文学的强烈的现实主义精神、新文学与社会民生问题的密切联系，它确立的是一种现代化的文学观念，也就是周作人代拟的文学研究会宣言中宣称的把文学当作高兴时的游戏和失意时的消遣的时代已经过去了，认为文学是一种有意义的工作的文学观念。这种文学观此后又有发展，被注入了时代性的内容，但它的基本精神是前后一致的，即重视文学与社会人生的联系，把文学看成是一项有意义的事业，重视文学陶冶人的情操、提升人的精神的作用，而不是仅仅满足于消费和娱乐的功能。文学革命的倡导者对软性文学的批判和此后文学沿着五四文学的方向重视文学的思想价值和审美价值，说明软性文学处于被压抑的状态中，而占据主导地位的恰恰就是五四文学的传统。我们可以说这种观念里包含了梁启超在 20 世纪初提出的新小说观念的因素，可是梁启超的小说观念是纯粹的工具论的文学观念，要把他的《新中国未来记》当成新小说的代表作也是非常勉强的，因为这篇小说除了表达作者对未来的国家政体的构想以外，很少有值得称道的艺术成就。梁启超的小说观念与这篇小说在艺术上存在的问题联系起来，正好表明他的小说观念与创作成果不足以代表文学现代化的新阶段。

当然，娱乐性的消费主义文学传统在经历了长期的压抑后，到了20 世纪末又浮出历史地表。然而这是另一个问题。它只是表明，在新的历史条件下产生了新的文学消费的欲望，但它也只是作为一种消费方式而存在，没有也不可能遮蔽另外的文学消费方式。因而，与其说它是对晚清文学传统的承续，还不如说它是直接产生于现实的土壤中的。如果一定要找一个文学的源头，与其找到晚清，还不如找到"五四"。道理也很简单，因为它的欲望化叙事，与晚清文学相隔太远。只要看一看现在的美女小说，其描写的大胆与赤裸，晚清文学是难以望其项背的，而且其内在的女权主义思想只有到女权主义思潮盛行以后才会有，对于晚清作家来说，那是他们做梦也难以想象的。

　　总之，我们可以重视晚清文学的价值，它作为一个过渡时期的文学与此前的文学传统和后来的文学发展的联系，都应得到重视，但这不应成为否定五四文学革命的历史原点地位，甚至把晚清文学看作中国文学现代化的开端的理由。它再怎么新，也是新旧混杂的，五四文学再怎么与古典的传统有紧密的联系，也是一种划时代文学。更尖锐点说，晚清文学的创新意义本身缺少可以值得称道的价值，它的价值要通过五四新文学的成就才能得到体现，因为它的许多创新要到五四新文学才能作为一种比较成熟的形式表现出来。五四新文学把晚清文学的许多创新消化吸收，在新的价值观念和审美原则基础上加以再创造，从而产生了比较成熟的新风格，使始自晚清文学的种种思想和艺术的探索实验结出了可喜的成果。

　　由此，我们不妨改写王德威先生的名言，把"没有晚清，何来'五四'"改写成"没有'五四'，何需晚清"。这意思是说，"没有晚清，何来'五四'"若作为一种时间性的延续，是没有意义的，因为历史的发展本来就是从晚清的时代发展到"五四"的时代，这无须强调；但若作为一种价值判断，则"没有晚清，何来'五四'"作为对相当长时期里忽视晚清文学价值的倾向是一个及时的提醒，但在当前批评五四文学革命的激进姿态、淡化其历史原点地位的倾向已经显现的时候，还不如强调"没有'五四'，何需晚清"更有意义。"没有晚清，何来'五四'"，强调的是一个历史发展延续性的事实，它本身不可能导致把新文学的历史原点从"五四"改写为晚清，也容易使人忽视晚清文学的许多尚欠成熟的方面。"没有'五四'，何需晚清"，也不是不需要晚清，作为历史中的一个阶段，你哪怕不需要，它也是存在的。这里仅仅是强调，晚清文学的意义要通过"五四"的更为成熟的创新才能充分地体现出来，如果没有五四文学革命所造成的文学传统的革新，如果没有五四文学在新的思想和艺术基础上融合中西、大胆创新所取得的成果，如果没有五四文学的新传统对后来的重大影响，晚清文学探索本身的意义是否能得到确认还是一个问题。大量的晚清作品对当下的读者事实上没有什么吸引力，就可以看作一个相关的证明。

三 新文学是现代性的向未来开放的系统

在涉及现代文学与古典文学关系时，经常会遭遇一个质疑：现代文学三十年怎么能与古典文学的近三千年相对应？持这种疑问的学者大致是以古典文学为标准，对新文学的成就持怀疑态度的。他们认为新文学中的小说缺乏世界影响的名作，诗歌至今还没有成熟，戏剧的圈子一向狭小，而成就最可称道的散文恰恰是与古典文学的传统联系最为紧密的。这看起来好像是一个不容回避的事实，但其实说明不了古典文学与现代文学两者地位的高下，因为古典文学与现代文学是处于两个完全不同的发展阶段的文学，遵循不同的创作规则，拥有不同的评价标准。用古典文学的标准来衡量现代文学，现代文学的形式固然有欠精美，观念上又过于变动不居，让人眼花缭乱。但反过来，如果用现代文学的标准来评价古典文学，古典文学不是显得内容过于保守了吗？它的审美原则是与封建时代小农经济的社会基础联系在一起的，它的思想超不出封建道统的范围，即使有一点民主的意识，也仅仅是处于萌芽状态的思想碎片。

其实，新文学之所以与古典文学对等，是因为它是一个现代性的并向未来开放的系统。

先说它的现代性。新文学体现了现代人的思想、情感和理想，采用的是现代的形式，遵循的是现代的艺术规范。可以随便举出许多例子，能证明现代文学拥有古典文学所没有的现代性。当然，现代性是一个迄今为止难以说清的概念，它的复杂性在于它作为一个总体性的概念在不同的领域应用时存在着内涵上的差异。当它应用于经济领域时，是指市场经济，当它应用于生产领域时，是指大工业的生产方式，当它应用于社会体制时，是指民主政体，当它应用于思想领域时，是指民主自由的观念，当它应用于审美实践时，是指对经济现代化和社会现代性的反思甚至批判。但不管现代性的概念多么复杂乃至众说纷纭，有一点是明确的，即它与现代社会、现代经济、现代生活方式、现代审美要求紧密地联系在一起。现代性的根本，是"科学"与"民主"精神，即五四新文化运动与文学革命中所推崇的"德先生"与"赛先生"。它们成了现代文学得以与古典文学区别开来的价值标准和思想基础,在此基础上产生了现代文学的具有现代特性的表现形式和艺术风格。

再说它的向未来开放。现代文学是一个向未来开放的时间系统,它拥有现在还不可能预见其下限的未来时间。现在的学科分类虽然还划出一个当代文学的部分,但很显然,在现代性的原则上,现在所称的当代文学与现代文学的三十年是一致的,现在已经提出了把当代文学与现代文学合并的主张,在教育部的学科分类中,现当代文学是一个二级学科,在不少大学中文系,现当代文学也合并成一个教研室。所以可以预期,不管以后的文学史如何划分文学发展的时段,在宏观上划分古典文学与现代文学的分界点一定是在五四文学革命。从五四文学革命开始的新文学也许在初创期,甚至到了历经百年发展的现在,在某些方面仍然难以与高度成熟的古典文学相比,但它是面向未来的,它在向前发展的过程中会积累起艺术经验,在不同于古典文学的观念和形式基础上创造出能为现代人所接受、所欣赏的艺术形式,在总体成就上超过已经历史化、凝固化了的古典文学,并以此与古典文学所创造的、永不褪色的辉煌相映生辉。简言之,现代文学与古典文学的关系,在目前不是一个简单的创作数量多少和创作成就高下的问题,甚至也不是艺术发展的成熟程度的问题,而是一个基本性质的区别的问题,也就是五四文学革命开创了划时代的文学发展新阶段的问题。

本来,艺术成就的高下和表现形式的优劣,有一个以什么标准来衡量的问题,不是简单地靠下一个明确的判断就能解决的。审美的需要是无限多样的,在现代的社会中,古典的宁静美、比例协调的形式、严谨的结构、典雅的语言等,仍能被人所欣赏,这是因为在现代社会仍有人需要古典式的宁静的情调,不管他们是出于本心或者是面临激烈的竞争时需要调节情绪而怀念古人的清闲和优雅。而对应于现代人的充满焦虑和冲突的内心世界,现代艺术打破了古典艺术规则,发展出了以失衡、错位、变形、强烈的对比、显明的反差为特点的现代风格,这就不能用古典文学的那种以平衡、协调为主要特点的标准来评价它的艺术水平的高下了。它不符合古典艺术的标准,可是它仍然可以达到很高的艺术水平。许多现代艺术作品在世界著名的拍卖行中屡创成交价的新高，就说明它们遵循的是现代的艺术规则，创造的是现代的美。

总而言之，新文学与古典文学的关系不能是一种简单的二元对立、水火不容的关系，但是修复两者的联系必须基于现代性的基础，要在符合科学与民主精神、符合现代人性和审美标准的基础上寻找古典文学中能为现代人所接受的东西，把它融合到现代性的文学风格中去，而不是越过五四文学革命所创造的新文学历史的原点，回归到古典的传统。传统不代表未来，而未来是需要去创造的，创造不能简单地靠古人的办法。人们都说要吸收传统文化的精华，剔除其糟粕，然而如何鉴别精华和糟粕本来就不是一个简单的问题。不能用传统的标准来加以鉴别，否则选中的新质不是真正新的，而是符合传统标准的陈旧的东西。真正要发扬传统，不能简单地提倡承继传统，而是要从现实的需求出发，面向未来，在富有活力的思想基础上吸收传统中具有实现意义的东西，剔除其中一切不适合现实需求的成分。在新的价值基础上容纳传统的元素，使之成为新事物的组成部分，于是传统得以继承并获得了创造性的转化。

中国现代文学的起点在哪里？

中国现代文学的起点在哪里？这个本来不是问题的问题，现在正在成为问题。我们一反过去相当长一个时期里对于中国现代文学与西方文化、西方文学关系的格外重视，开始关注现代文学与本土传统的联系，发现中国现代文学与晚清文学，甚至与更早的晚明文学，一脉相承。比如晚清的出版业已具有现代的特点，晚清通俗小说中表现了现代都市生活，表现了现代的欲望、知识和价值；晚明经济的资本主义因素也已经相当明显，晚明的出版业同样已经具有相当规模，晚明的小说也不乏晚清通俗小说中的那种欲望叙事。可是这说明什么问题呢？如果提出这些事实是为了说明中国现代文学有一个民族文化和传统文学的背景或源头，那是不言自明的。但如果因此认为中国现代文学开始于晚清，甚至更早，比如晚明，那么它对中国现代文学学科所带来的问题可能比它所解决的更多，也更带有根本的性质。

一个有生命力的民族，它的文化传统是一条不间断的历史长河。它可以突变，但不会完全断裂，新的传统不会与此前传统毫无关系。所以要在五四文学与晚清文学之间找出前后联系，是非常容易的。如果这种历史性的联系可以成为中国现代文学开始于晚清的理由，那么我们可以按同样的理由，把这个起点进一步向前推进到晚明。周作人就曾明确提出新文学的源头在晚明，但按此逻辑，我们还可以进一步把"新"文学的发生向前推，一路推向唐宋，推向两汉和先秦。因为仅仅从历史连续性的角度考察，唐宋文学是元明清文学的源头，两汉文学又是唐宋文学的源头，彼此保持着历史的连续性，是不可以决然分割的。要在中国古代文学史上找到一点现代性的思想情感元素和类似现代叙事技巧的因素也不是难事。换言之，按晚清"起点"论的逻辑，晚清的"被压抑的现代性"，如果不从总体性着眼，仅从某一方面看，照样可以从远比晚清早的时代找到，比如《红楼梦》的爱情观，《孔雀东南飞》的忏悔意识，甚至《诗经》里的爱情体验，其所表达的都是共同人性，与现代人的人性是相通的，但我们显然不宜因为它与现代人的人性相通而拿来作为现代文学发生的依据。

问题的关键还在于，这种"被压抑的现代性"就其主要方面而言，原是一种世俗的现代性。它有现代性的外形，但其内在的精神却是一般社会中比较世俗化的民众追求生活享乐和欲望宣泄的要求，是人性中最为世俗一面的表现。它看似前卫，却是比较"传统"的，与启蒙现代性所坚持的反传统的立场是很不相同的，因而它很容易与传统达成妥协和谅解。换言之，它是介于传统和现代之间的一种人生理想和生活态度，它是跨越不同时代的。我们既可以在晚清找到它，也能在晚明发现它的踪迹；如果再抽去其特定的时代内容，仅就其看重世俗欲望的满足一点而言，它甚至在比晚明更早的时代就已经存在了。按这种世俗现代性的标准来划分学科意义上的中国古代文学与中国现代文学的分界，显然会带来太多的不确定性因素。就像上文提到的，它会导致把中国现代文学的起点从晚清推到晚明，甚至一路推向更早的时代。但如此则中国现代文学就不再是今天大家在学科层面上所谈论的中国现代文学了，它可能成为一种断代的文学，是与先秦文学、两汉文学、南北朝文学、元明清文学并列在一起的文学，或成为民国文学（中国现代文学）和共和国文学（中国当代文学）了。因而，中国现代文学也就失去了它作为一个独立学科存在的基础。

晚清文学当然有晚清以前的文学所不具备的新质，这种新质可能是划时代的。但是"划时代"只能说明此前没有，而此前没有不一定能作为划分中国现代文学与古代文学的界限，关键要看这"此前没有"具有怎样的性质，是仅仅此前没有，还是它足以代表中国文学的现代性转型。我的意思是说，面对整个古代文学的那种"划时代"的革新发生于何时，这须结合社会转型和文学转型综合地来加以考虑。中国社会的深刻变动，开始于鸦片战争。从鸦片战争前的中国古代文学史中划分出一个现代文学的发展阶段，显然是不恰当的。因此，现代文学发生于晚明的观点大致可以不予考虑（周作人认为新文学的源头在晚明，他强调的是源头，而不是开端）。这样，要在"五四"之前寻找中国文学现代性变革的起点，就只有几种可能的选择，它们依次为鸦片战争，太平天国，洋务运动，戊戌变法，20世纪初的以梁启超为代表的启蒙运动和文界革命、小说界革命，辛亥革命。在这几种可能的选择中，除了梁启超发动的启蒙运动、文界革命和小说界革命与文学变革有关外，其他几项与文学的发展都没有关系。它们只是社会的变革，并没有直接影响到文学的发展，因此对文学史的分期没有意义。梁启超发动的启蒙运动、文界革命的小说界革命，对文学的发展产生了重大影响，五四一代作家大部分受其影响，所以当"20世纪文学"的概念提出时，事实上是以它作为中国文学现代性转折的历史和逻辑标记的。但随着21世纪的到来，"20世纪文学"的概念已经失去了它的有效性，因为它无法解释今天21世纪的文学与20世纪文学的关系。于是它所抹平的20世纪初文学与五四新文学的差异，也就凸显出来了——梁启超的带有改良主义色彩的启蒙主张，他的具有革新意义的小说观，他的带有工具论性质的文学观念，与五四新文化运动和文学革命所代表的新的价值观与审美标准，是存在重要差异的。这种差异在"20世纪文学"的概念中被掩盖起来了，掩盖的意图和实际作用是突破新民主主义文学史观过分强调现代文学的全新性质而有意无意地淡化了现代文学对于古代文学的继承关系，在文学史中起到了纠正新民主主义理论实践中一度出现过的"左"的倾向的积极作用。但这并不能掩盖"梁启超"与五四新文化运动和文学革命的差异——这种差异正是五四一代要来发动一场新的启蒙运动和文学革新运动的重要前提。

因此，相比较而言，还是"五四"具备区分中国现代文学与古代文学分界的标志资格（当然，"五四"不是五四那一天，而是一个时代的开端）。因为新文化运动和五四文学革命，是现代文学的先驱者自觉地针对中国传统文化和古代文学而发动的，它标志着现代性的"文的自觉"时代的到来。它提出的一套系统理论，产生了重大影响，以至于有一种"历史断裂"的感觉，而此后的新文学发展又是直接以它为起点的。

这种断裂感，主要体现在两个大的方面，一是价值观念上的前后有别。这种"有别"不是古代社会前后朝代的那种差异。秦汉以后的不同朝代，价值观念也在变化，但并没有从根本上改变其统一的儒家思想基础。儒家思想本身当然也在发展，甚至同一个时期也有学派的争鸣，如理学与心学存在着重大的差异，但它们的差异再大，也没有从根本上颠覆儒家的基本体系。因此，在独尊儒术以后的漫长古代社会，虽然历史在发展，却没有五四时期的那种传统的断裂感。五四新文化运动"打孔家店"，掀起了一个反传统的时代潮流，它是对古代社会占统治地位的儒家思想的全面反叛，从而造成了传统的断裂感。这是晚清的思想界和文学界所不曾达到的。比如晚清通俗小说中还在普遍地鼓吹寡妇不能再嫁，婚姻要由父母包办，而五四文学却是大力提倡婚姻自主，认为禁止寡妇再婚是违反人性的。这种提倡已不再是个别人的行动，而是时代性的潮流。它体现的是古代文学所不具备的系统化的人道主义思想和现代人的伦理观念。此后的文学，正是在五四文学的这一现代性传统基础上发展起来的。从这一意义上说，晚清文学只能算是过渡时期的文学，带有过渡时期文学所特有的种种矛盾和软弱性。

二是白话的思维形式。白话早已有之，但"五四"之前的白话，仅是民间日常交际的一种工具，没有成为知识精英思维的正统形式。一些文人写小说，或把民间故事加工成长篇小说，虽然也使用了通俗的白话，但这是以承认这类小说的身价低于正统文学为前提的。19世纪末开始，陆续出现了一些白话报纸，其目的是向缺少文化的民众宣传启蒙的道理，或者是迎合一般市民的阅读口味。这说明白话的使用者都采取一种迁就民众、牺牲文学的高雅趣味的姿态，也说明白话一直没有获得正宗的地位，没有成为知识分子思考重大问题的语言形式。这反过来阻碍了白话质量的提高，使它难以达到一种新的民族语言的高度，也限制了它使用的广泛性和有效性。综观晚清小说的语言，往往文白夹杂，语言很不纯粹；或者是使用方言，缺乏统一的规范性，带有明显的实验性质。这种不完善性，正是五四白话文运动兴起的一个重要背景，也是五四新文学语言建设取得历史性成就的一个前提。五四白话文学语言，以北京方言为基础，吸收了大量的外来词汇，借鉴了西方的句法和标点符号，获得了此前白话难以比拟的表达能力，从而成为中华民族新的共同语言，成为现代中国人思维的直接形式。尽管后来的文学发展经历了不同的阶段，但它的语言和思维形式都是与五四文学完全一致的，与晚清文学却存在着明显的差异。过大地估计五四文学与晚清文学在语言上的差异性，或者认为五四文学的语言与晚清的语言革新没有关系，当然不对；但如果过低地估计这种差异性，甚至认为五四文学与晚清文学的语言没有本质上的区别，那是更不对的。五四文学革命在语言方面所取得的成就，保障了现代文学相对于古代文学的整体上的现代性。两者的差异，是思维形式上、审美表达上、价值判断的方式上的古代和现代的差异。由于存在这些差异，五四文学与晚清文学便不容易归为同一类型。

这些意思，似乎是老生常谈了。可老生常谈其实是有它的道理的，要突破它，还须十分谨慎，否则有可能造成新的混乱。

如何确定中国现代文学史的起点，看起来是一个技术性的问题，似乎可以通过讨论达成共识，其实却是反映了文学史观乃至整个价值观的差异。把中国现代文学起点向前推到晚清，关键的问题是降低了反封建对于现代性所具有的意义，降低了人的独立对于现代性的重要性。当我们把晚清小说中的反对寡妇再嫁、反对青年人的自由恋爱、崇尚孝道等观念当作无关宏旨的问题，对它们不作价值判断，而只基于抽象的对人的理解和同情把那些作品中的主人公当作一些悲剧人物时，实际上已经极大地改变了中国现代文学的评价标准。也就是说，我们不再是在争取人的独立性的基础上定义现代性，而是在世俗男女的日常生活困境的层面上定义现代性，认为只要反映了世俗男女的情感苦闷和日常烦恼，哪怕他们缺乏现代人的基本精神，也就有了现代的意义。不过，如果仔细分析，其实又不难发现，这种看似比"五四"保守的观念，其实又是以五四思想革命和文学革命的成就为前提的。因为正是由于五四思想革命和文学革命取得了历史性的成就，人的独立以及与此相关的爱情自由、婚姻自主等问题已经不是问题的时候，我们才有意无意地淡忘了它们对于现代人的重要性，以至于我们可以超越它们，转而采取一种比较抽象的人性立场，不去责备晚清小说中的主人公的思想保守和性格懦弱，却对他们实质上是由思想保守和性格懦弱造成的悲剧采取同情的态度。试想，如果我们现在还在为人的独立，甚至爱情和婚姻的自主而奋斗的时候，会忽视它们的重要性，认为它们无关乎现代性的宏旨吗？在这种对现代性的根本命题的重新理解背后，其实是我们对于现代性标准的降低，即我们不再坚持人格独立、婚姻自主、爱情自由是天大的事情，转而看重欲望的宣泄和世俗的享乐。当然，更确切地说，不是不再坚持这些标准的重要性，而是这些标准所规定的目标在今天已经实现，成了我们进行价值评判的不言自明的前提，我们反而有意无意地超越了它们，从别的维度来思考问题，可是却不曾想到这样思考问题的方式恰恰放逐了这些至关重要的现代性原则。

今天，我们在享受现代性成果，包括人的现代性、思想的现代性的成果的同时，却降低现代性标准的现象不是个别的，而且不仅仅限于中国现代文学学科的范围，而是一种普遍性的潮流。我们重新评价孔子，宣扬传统的道德，大力推崇国学，指望孔子与柏拉图、孔子与《圣经》实现对话，甚至重新上演对孔子顶礼膜拜的场面。正是在这样的背景中，五四新文化运动和五四文学革命受到了质疑；也是在这样的背景中，五四新文化运动和五四文学革命的重要性被降低了，以至于我们可以忽视五四文学与晚清文学的重要差异，把五四文学与晚清文学捏在一起，让它们忘却前嫌，握手言欢，"咸与维新"。当然，我并不是主张要让五四文学划清与晚清文学的界限——五四文学与晚清文学是不可分割的，这既是指时间先后上的不可分割，也是指传统承接上的不可分割。但不可分割并不等于没有差异，更不等于在现代性的标准上可以抹平这种差异。重新评价传统文化，发掘传统文化的资源，这些都没有问题。在五四新文化运动彻底反叛传统以后，我们需要在现代性的思想基础上重新评价传统，使之发扬光大。但我们不能在重新评价传统的同时，以超历史的态度降低五四新文化运动对于现代思想史的意义，降低五四文学革命对于中国现代文学史的意义；不宜在享受着它们带给我们的成果的同时，却在事实上降低了它们的历史意义。

在 20 世纪 90 年代初，笔者曾写过一篇文章讨论五四新月派诗与古代婉约派词的关系，意在强调中国现代文学与中国古代文学的精神联系。当时我们正专注于中国现代文学与西方文学的关系，有意无意地淡忘了中国传统文化与传统文学之于新文学的重要性。与人的生命存在息息相关的东西，往往会因为它理当如此反而容易被人忘却其重要性。比如空气，人须臾不能离开它，但在我们的日常经验中谁都不容易想到它对生命的意义，因为我们已经无意识地认定，这个问题是不必讨论的。这有点像中国文化传统和文学传统之于中国现代文学：现代文学与中国传统文化和古代文学的联系似乎是不言自明的，传统文化和古代文学之于它的重要性相当于空气之于生命，正因为它是现代文学得以成立的一个前提，我们反而忽视了它的重要性，转而去大力研究西方文化和西方文学对中国现代文学的影响。可是在今天，在学术界已经实现方向转换，把研究的重点从现代文学与西方文学的关系转向现代文学与中国古代文学关系的时候，我反倒觉得需要强调在处理中国现代文学与中西文化传统关系时须保持必要的平衡。我们不能在重视西方文学影响的时候忽视中国文化和古代文学的影响，也不宜反过来在重视中国传统文化和古代文学对它的影响的时候忽视或淡忘了西方文化和西方文学对它影响的重要性。闻一多在 20 世纪 20 年代曾说过，中国新诗要做中西艺术结婚后产生的宁馨儿，他的意思是中西文化传统和文学传统对于中国现代文学来说，是一种血缘关系。其实，即使认为中国现代文学与西方文化、西方文学仅是一种影响关系，而不是血缘意义上的关系，仅就它从价值观念、审美意识乃至语言形式上改变了中国文学的发展方向，使之实现了现代的转型这一点而言，它对中国现代文学影响之大，无论如何估计，也是不会过分的。当西方文化和西方文学改变了中国文学的发展方向，使之实现了现代转型，它就已经使中国现代文学再不可能回到中国传统文学的道路上去了，它在中国现代文学身上所打上的烙印，就再不可能被抹去。其实，西方传统对中国现代文学影响的重要性用不着我来特别强调，因为大家都是清楚的。只是我们在超越"五四"上限寻找中国现代文学起点的过程中，不自觉地产生了一种看重中国传统文化的分量而忽视西方文化与西方文学影响的意义的倾向。这种变化，当然是反映了当前大力回归中国传统文化思潮抬头的现实，而从回归传统的立场上来重新审视历史重大转折时期所遵循的历史辩证法，我觉得需要格外清醒，其中最重要的一点，是要坚守历史主义的原则和态度。

关于现代文学史起点问题的对话[*]

陈国恩：中国现代文学已走过百年路程。说它"百年"，是对近来"晚清起点"说、"民国起点"说、"'五四'起点"说的折中。2008 年 10 月在河北大学召开的中国现代文学研究会第十届理事会第二次会议上，我们曾经就中国现代文学学科内涵和外延的问题交换过一些意见，但当时限于时间，没有充分展开。学科内涵与外延问题的提出，反映了中国现代文学学科如今面临着新的情势。比如，"国学热"的兴起，也包括范伯群教授领头的通俗文学研究所取得的成果，引起了学术界对中国现当代文学学科架构的新思考。我觉得，这个变化的影响将是深远的，从事中国现当代文学研究的人不能不予以重视。在座的要数范伯群教授最年长，请范先生先讲。

范伯群：我觉得有两个问题很重要，是牵一发而动全身的。第一个问题是我们的现代文学史的"起点"是否应该"向前位移"；第二个问题是我们的现代文学史不应该是一部单纯的知识精英话语的文学史，而应该是一部"多元共生"的文学史。

其实，第一个问题并不是一个新问题。自从钱理群、陈平原、黄子平提出"20 世纪文学"的新概念以来，已经有多部"中国 20 世纪文学史"出现，很多同行已经同意了现代文学史应该以 1898 年为"起点"。而我认为，就像新文学对《狂人日记》的评价一样——《狂人日记》是一个新文学起点的标志性的丰碑，那么现代通俗文学

---

　　* 本文是邀请范伯群先生等对话，据录音整理后又请对话者修订，发表后被《新华文摘》2009 年第 11 期全文转载。

也应该有它的划时代杰作，它应该就是《海上花列传》。我将这部小说视为"古今演变"的一个交接点的鲜明标志①。当知识精英文学的丰碑还要迟四分之一世纪才诞生时，它作为通俗小说的优秀代表作已悄悄地开拓着中国现代文学的处女地。我认为，这部小说从题材选择、人物设置、语言运用、艺术技巧乃至发行渠道，都显示了它的原创性的革新的才能，也说明了中国文学即使没有外国文学思潮的助力，也会缓缓地走上现代化之路，我们民族文学自身就有这种内在的要求与动力。

有人说，"没有晚清，何来'五四'"是否定"五四"。我认为，这是一种误读。"何来'五四'"是承认并重视"五四"，只是说明"五四"不是凭空从天上掉下来的。在晚清，有些先行者曾"孤军奋战"，有的集团曾"小股突击"，他们曾像萤火虫那样地在发光；但是只有到了"五四"，我们才有能力展开阵地战，形成了巨大的冲击波。但是我们应该记得在这之前，就有如梁启超的"文学革命"等的铺垫。"百川汇海"这才有了"五四"！可是还有一个"星火燎原"啊！因此，中国现代文学史从何时讲起，就成了一个问题。

第二个问题是"多元共生"的问题。我们多年来一直是将现代文学史分成三个十年，或者从 1917 年算起到 1949 年为止。而我认为，截至 1949 年，现代通俗文学有将近 60 年的历史。我把这 60 年的现代通俗文学历史发展分成三段，用"开拓启蒙，改良生存，中兴融会"② 这 12 个字来概括。我认为，通俗文学有"开拓启蒙"之功；而当受到新文学界的批判时，它"改良"自己，以求得"生存"；发展到张恨水等作家使它"中兴"之后，接着是张爱玲、徐訏、无名氏等作家进行了一道"超越雅俗，融会中西"的工序。但是，多元共生决不单单是雅俗共生的问题，一部多元共生的文学史里还会有新文学内部多个流派之争与对他们各自的评价，有少数民族文学，有世界华文文学，也会有国民党文学，还有古体文学（如现代时段所写的

---

① 范伯群：《〈海上花列传〉：现代通俗小说开山之作》，《中国现代文学研究丛刊》2006 年第 3 期。

② 范伯群：《开拓启蒙·改良生存·中兴融会》，《文艺争鸣》2007 年第 11 期。

古体诗词）等。但文学史不等于政治协商会议（一定要有各方面代表的），而是要经过以文学为本位的质的鉴定，才能进入文学史。我们今天是处在一个从"配合政治"过渡到以"文学为本位"的历史发展过程之中，我们这个学科正处在一个新的大有可为的阶段。由于这是一个长期的艰巨的工程，应该在经过充分的科学论证与审美辨析的双重权衡中慎重推进，才能经得起历史的打磨与淘洗，这就需要我们全体同行群策群力去努力完成。我思考的"向前位移"与"多元共生"这两点，不知各位有何见教。

陈国恩：按照我的理解，范先生是想把现代文学的上限往前面推，但先明确肯定这是在通俗文学的范围内说的。通俗文学的起点能不能作为新文学的起点？这涉及了现代文学和通俗文学的关系。说通俗文学是新文学的起点与说通俗文学是新文学的源头，这是两回事。如果说是新文学的源头，对现行的中国现代文学史的体制不会构成根本性的颠覆。但假如说它是现代文学的起点的话，那情况就不同了。

王德威提出，"没有晚清，何来'五四'？"①他的意思是晚清文学中的欲望、知识、价值等已经具有现代性，这对于提醒人们注意"五四"文学与晚清文学联系是很有意义的。但问题在于，按照这种对现代性的理解，我们也可以从晚明文学中找到相似的东西。晚明小说的欲望化叙事也很突出，晚明出版业也已经相当发达，晚明的商品经济也已比较繁荣，乃至史学界有人提出中国的资本主义萌芽开始于晚明。按照这样的逻辑，我们就可以把中国现代文学的起点进一步推向晚明，甚至进一步推到更早的话本小说和唐传奇，话本小说中的欲望叙事其实并不比晚清小说逊色。这种联系，是文化传统的一脉相承，说明要在文化传统的两个阶段之间寻找前后的联系并不困难。从更早的诗歌和小说当中找到一些与晚明文学相近的因素都很容易，像《孔雀东南飞》《诗经》里面对爱情的描写等，都是人同此心，可是我们显然不能说中国现代文学从那时已经开始了。我们现在所理解的现代文学，包括今天主张中国现代文学发端于晚清的学者，都是在学

---

① 参见王德威《想像中国的方法：历史·小说·叙事》，生活·读书·新知三联书店1998年版。

科的范围内提出问题，都没有解构这个学科的意图。可是我们所运用的逻辑，却存在着使这个学科的独立性解构的可能。

现在的问题可以分为两个方面：一是把晚清文学、晚明文学，甚至更早的文学，视为中国现代文学的源头。这没有问题。把《诗经》跟现当代文学联系起来也可以，它体现的只是一个民族的文化传承问题。二是把晚清文学或晚明文学当作现代文学的起点。这就关系到这个学科独立存在的合法性问题。因为仅从它跟古代文学——实际上是两个学科——的联系方面来看现代文学与古代文学的关系，现代文学的起点就不可能停止在晚清，肯定还可上溯到晚明，甚至更早，这实际上就取消了学科独立存在的基础。这样的现代文学，按我理解，实际上就不是中国现代文学研究会所面对的现代文学，它可能变成某个朝代的文学，比如民国文学或者中华人民共和国文学——具体命名是另外一个问题，但肯定不是与古代文学相对称的现代性的那样一种现代文学了。我所担忧的就是这么一个问题。

周晓明：我觉得，思考现代文学学科问题要有"学科学"的观念。换言之，当我们讨论现代文学学科的一些基本问题，比如说对象、起点的时候，首先要有学科学的观念。所谓"学科"，其最基本的含义是以学术分类为基础的科学研究分支；所谓"学科学"，则是对这种学术分类的理据、规范，研究分支发生演化及其规律，并对之进行历史与逻辑相结合的研究。根据我的理解，无论是学术分类还是学科发生，大多遵循一个十分重要的原则，即围绕研究对象取舍与展开。我打个比方，数学主要研究数量关系和空间形式；物理主要研究物质、能量、时空及相互关系；化学在分子和原子的水平上研究物质的性质、结构、变化等；传播学的学科渊源、方法则更为庞杂，唯有共同的研究对象——人类交流传播现象，让它凝聚为一个学科。总之，一个学科，无论传统的还是新兴的，其分类的依据主要是研究对象而非研究观念或方法。这是学科学的一个最基本的原则。

按照这个思路追问，我们的研究对象是什么呢？我觉得我们的研究对象，不能仅由单一角度或维度来决定，而应当至少考虑以下三点。第一，我觉得要考虑民族国家尤其是国家政体问题。无论是"中国现代文学"，还是我主张的"现代中国文学"，首先都是"中国"

的文学，而不是"美国"的或其他什么国家的文学，因此，民族国家的不同首先决定了我们研究对象的不同。其次，还有一个国家政体变化尤其是朝代更迭的问题。事实上，文学观念、方法和内容的变化，虽然是一般文学研究、文学形态学考量的重点之一，但绝不是文学史分期的依据。比如，从先秦到晚清，都存在人文主义或人道主义、现实主义、浪漫主义等文学脉络，但你不能从它的文化、文学精神上去划分中国古典文学分期，而只能从朝代更替上去进行文学史的断代。要言之，首先要有民族国家、朝代更迭文学的概念，然后才有古典文学形态和现代文学形态的概念。从晚清到民国，文学的演化事实上包含了上述两种维度的变化。我们考虑现代文学的对象的时候，这两个维度都是我们应该考虑的。我同意陈国恩的这个观点，不能无限追溯。

第二，除了国家、国体这些尺度以外，我觉得还有一个意识形态的大的框架的问题。我自己的体会是，古代中国和现代中国的最大的区别就是它整个意识形态框架发生了很大的变化。鸦片战争以前的主流话语、基本术语——无论哲学的、思想的、政治和文化的——与晚清、"五四"的话语、术语乃至表述方式都是不一样的。晚清之前说的那一套，大多数是儒家的；等到后来，尤其是五四时期，就少见这些话语、术语——它们已经退到很次要、边缘化的位置。这都说明了意识形态框架、基本思想预设和核心价值观念已经发生很大的变化。这些是国家、国体以外衡量文学质变的一个非常重要的东西。

第三个最重要的因素就是文学性质/形态方面的自觉性的问题。在前代的文学里面，比如说唐、宋、元、明的文学变迁中，都没有太明确地自觉"我就是一个不同质的文学"，更多的只是自认为是一个朝代更替中的文学、风格变化中的文学。但是，唯独在现代文学或者新文学里面，它意识到或者想力图做到"我是和过去不一样的文学"。这里存在一个文学主体、文学"集体有意识"诸层面的自我切割和认同问题。那么，从这种角度来考虑的话，现代文学的"集体有意识"的形成，我的感觉应该还是民国以后，这是一个大的发展。结合国家国体、政体和意识形态框架的变化来看，从晚清到"五四"，这是一个大转折：中国文学的古典时代，事实上随着清帝国的衰亡而走向终结；晚清所关注的文学改良问题，到"五四"就彻底地转向为文学新和旧的问题。因此，文学的自觉意识，学科的分类依据，首先当从纵向来划分。横向的我很同意范老师的意见。文学对象的一个纵横的切割从哪儿开始，到哪儿结束，应该包含这些东西。我们这个新文学的概念，长期是从性质上划分的。我们现在不如超脱一点，不应该是一加一或加法减法问题。作为史家的话，只要是"现代中国"这个时空中的文学，都应该是中国现代文学或者是现代中国文学。这里面，既有通俗的文学，也有不通俗的文学；既有文言的文学，又有非文言的文学；既有文明新戏、国民党的文学，又有共产党的文学；既有内地的文学，还有港、澳、台地区的文学。它应该是多元的和开放的。对现代中国文学对象的把握，还当包括汉语文学和非汉语的文学。这才是我们所谓真正的现代的中国文学的一个完整的面貌。史家应该从这个角度来考虑文学。总之，在思考我们的学科对象时，我觉得纵的和横的结合起来去考虑比较实际。

汤哲声：我想谈谈我的观点。我始终认为，认定现代文学的发生期首先有一个很明确的标准，即现代文学的基本性质是什么。你如果不把这个性质搞清楚，你就很难说是什么时间发生。我觉得现代文学的发生期要根据现代文学的现代性来确定。

现代文学的现代性是什么？我听到很多的观点，但我总觉得缺了什么东西。我认为不能单从某一种文学观念的变革论定现代文学的发生。现代文学的发生期应该从三个层面上去思考：第一个是文学观念，第二个是创作观念，第三个是生产基础。一个多层面的观念的变革，才能形成现代文学的发生期。那么从这三个层面的角度来看，现代文学的发生出现了什么变化呢？从文学观念上来讲，是提出了"人的文学"。这个不错，应该肯定。"人的文学"的提出显然是现代文学的一个重要变革，这是我们的人文精神。那么创作观念是什么？我觉得现代文学的创作观念有很多。主流的文学观念还是把文学作为改造社会的一种工具，它的社会性很强。现代文学不像古代文学那样将创作看作为聊以自慰或者送给皇上的一种歌颂品，现代文学要求文学创作进行社会改造和民众启蒙，带有很强的社会性。第三个层面就是生产基础。生产基础最为重要。我觉得现代文学的生产基础和大众媒体有很大关系。因为古代文学没有什么大众媒体的，它完全靠自己或者亲朋好友出资印刷。这三个层面必须结合到一起才能考察现代文学的发生期，因为这是我们现代文学独有的东西。

那么，根据这三个层面的变革，现代文学从什么地方开始的呢？我认为，应该往前推。范先生的意见，包括我的意见，认为就是《海上花列传》。范先生讲得比较客气，认为它是通俗文学的开山之作。我认为，现代文学就是从《海上花列传》开始的。为什么这么说呢？首先，《海上花列传》的文学观念从某种程度上讲是和"五四"时期不同的，这个不同我后面再讲。但是，《海上花列传》提出了一个很重要的问题，那就是移民观念。移民观念从某种程度上说代表的是商业社会的开始。移民观念古代文学中几乎没有。大量的移民代表了商品观念开始出现。其次，这个时候的《海上花列传》（1892 年连载，1894 年出版）与紧接着后面的 1897 年的严复、夏曾佑的《国闻报》的《本馆附印说部缘起》，以及 1902 年的梁启超的《论小说与群治之关系》两篇文章，构成了文学创作为社会的创作观念。新小说新国民嘛！社会改造和国民启蒙，也就是说它已经构成了创作观念的社会性。最后，也就是更主要的，《海上花列传》刊登在《海上奇书》上。《海上奇书》是中国第一部真正意义上个人的文学杂志，在这之前有没有？有《瀛环琐记》。但《瀛环琐记》是《申报》副刊的集刊，它不是为了文学创作，是为了报纸写作。真正的有文学意识的是《海上奇书》。《海上奇书》是韩邦庆一个人办的杂志。这本杂志实际上是中国第一本文学意义上的杂志。所以说，《海上花列传》无论是思想观念、创作观念还是它的生产基础，都符合了现代文学的开始。这是我的第一个观点。

另外，这一段时期的现代文学的发生是不是跟"五四"时的一样呢？不一样。主要表现在文学观念上。一是晚清文学主要是"国民文学"，五四文学主要是"人的文学"。二是五四时期的文学启蒙是自觉性的启蒙，即我要通过启蒙来改造社会、改造人，而晚清的启蒙是随着国家的落后挨打我不得不这样。某种程度上，晚清是抓到什么是什么，而"五四"是有个原则性，有个指导性。两个时段的参与者的素质也不一样的。这个我就不展开了。至于创作观念，胡适、陈独秀包括鲁迅他们所提出的文学的工具论，其实是和严复、梁启超、康有为一脉相承的，只不过他们是在另一个层面上提出的另一种工具论的内涵而已。至于第三个生产基础，那就不用我多说了。五四时期的作家们更加发挥了传媒的作用，特别是大众媒体来进行一些文学的创作。因此，我个人得出这样一个结论：晚清到"五四"这一段应该看作是中国现代文学的发生期的一个初级阶段，而"五四"之后又上升到一个新的阶段。这两个并在一起才构成了现代文学的发生。在《海上花列传》之前的文学，虽然有了现代的因素，但不能构成为现代文学的发生期，因为它不符合我讲的文学观念、创作观念和生产基础的同时发生变革。这是我的第二个观点。

何锡章：我觉得范老师提出从通俗文学这个角度去研究，把中国现代文学的时间起点上延到《海上花列传》，确实是我们这个学科面临的重大问题。周晓明讲的对，文学史观念首先是一个学科史的观念问题。从观念方面我们要解决两个问题：第一个问题是从时间和空间上讲。因为任何一个学科尤其像我们这个文学史，的确涉及时间、空间概念和时间空间的关系。现代文学原来的划分有一个流行的惯例，依据历史分期，分成古代文学、近代文学、现代文学、当代文学这样几个段落。我曾在《南京大学学报》上写了篇文章，专门讨论这个问题，认为这种划分带有很强的政治意识形态色彩。20 世纪 80 年代以后，文学史的观念引进了现代性、现代化这么一个维度。我觉得有几个问题要考虑，像刚才讲的鲁迅、陈独秀、胡适的工具论问题与梁启超他们晚清一脉相承的问题。整个中国文学史、整个儒家传统——文以载道的传统——始终是这个传统。因此，只有把时间与观念结合起来讨论，才能说得清楚些。重要的是这个学科的思想基础。只有从文学思想、艺术观念，尤其是语言和思维的变化，即把时间和观念结合起来，才能对这个学科的边界作出一个正确的判断。目前用"现代中国"这个概念更具有空间的包容性，这就不是我们原来以单一的新民主主义或者以现代性为标志所构筑的文学史格局了。但问题还有另一个方面，范老师把它称为多元共生。其实多元共生还是有一个问题的，即有没有一个主导性的东西呢？我们这个文学史，尤其是现代文学史，还需要不需要找到一个诸如现代性这样的核心的价值？实际上，我们文学观念的变化，包括思维方式、艺术方式的改变，是以整个思想观念发生变化为基础的，是与整个意识形态的框架发生大的变化紧紧相联系的。因此，确定文学史的边界，就不仅仅是个时间、空间的问题，还要考虑它的基本性质，即文学史观念所要解决的第二个问题——它的思想基础，它的观念形态，它的表达的方式。所以，我认为"20世纪中国文学"这个概念将来一定是要过时的，因为你只涉及一个时间概念，21世纪怎么办呢？21世纪就无法涵盖。现代文学起点的延伸，不仅仅包括现代、近代和古代的关系，还包括和当代的关系问题。我觉得，还是把"五四"前后作为它的起点更符合我们学科的对象和它的基本的形态。当然，在这个过程中，我们不能把它单一化、绝对化，而是要采取多元共生或者多元包容的态度来对待研究的对象；尤其是评价这些问题的时候，在思想标准和审美标准之上恐怕还是要找到一个主轴。我认为，目前我们能够找到的一个比较合理的思想主轴恐怕还是现代性，而且这个现代性包括语言的变更，包括叙事方式的变化，其实它是隐含着深刻的现代人的观念变化，或者说现代人的观念的变化是和这些变化紧紧联系在一起的。

谭桂林：我基本上同意何锡章的意见。我也觉得文学史的研究应该特别重视史料。从史料学的角度看，对于作品的研究，对于某一文学现象的研究，我同意范老师讲的关于《海上花列传》的意见。《海上花列传》的作者，天才地感觉到了时代的变化，感觉到了时代的精神变化所带来的社会观念的变化，这样的作品每个时代都会有，而"五四"以后也有一些写得很保守很迂腐的作家。我觉得这都是同一类型的问题。但是，如果从学科的角度来思考现代文学的起点问题，这就不仅仅是一个史料的问题，也不仅仅是从某一部作品、某一个文学现象就能说清楚的问题。相反，要从更高层次来思考学科存在的逻辑前提问题。我觉得，有两点需要我们去思考。第一个是刚才讲的观念问题。五四时期提出来的"人的文学"的概念，确确实实与前面一点的晚清的启蒙思想家，与再往前的晚明时代的启蒙思想家，甚至再往前包括李泽厚曾经说过的魏晋南北朝时期中国的文学已经是"文的自觉""人的自觉"等观念有所不同。人的主体性的发现，这是中国文学史发展的一个思想脉络，但是五四时期的人的观念和这以前的人的主体性发现是大不一样的。因为那个时期的主体性的发现是精神主体性的发现，是人和自然关系所体现出来的一种主体性的发现。而五四时期，虽然有消极的主体性，这是过去封建的儒家伦理的和儒家理性所造成的影响——像后来李泽厚所说的集体主体性，但另外，五四时期所建立起来的个体的主体性（灵和肉，尤其是肉）、精神和身体结合起来的主体性，确确实实是在五四时期才实现的。集体主体性和个体主体性是不一样的。即使与梁启超他们来比较，他们之间有很多共同的地方，思想观念上有一脉相承的地方，但是我在看梁启超他们的作品及其论说的时候，有一个强烈的感觉。我发现梁启超他们更多的不是在讲"人"这个概念，他们是在讲"民"这个概念。"民"从一定程度上讲它还是一个群体，这个概念还是没有切入一个真正的个体那里去。这和周作人的概念、鲁迅他们所提出来的个人的概念有质的不同。这是我讲的第一个逻辑前提问题。

第二个逻辑上的前提，我从语言形式方面来谈。我觉得对五四时期所提出的语言观念的评价和定位，还是应该回到胡适他们当年评价语言文学革命的思路上去。胡适非常明确地表示，白话文运动实际上从魏晋南北朝的佛经翻译以及禅宗语录起就一直存在着。那么，到了晚清时期，白话文运动更加兴旺。但是，胡适后来说了一个非常大胆的话，把我们现在所提倡的白话文运动和晚清所提出的白话文运动作了很明确的区分。这是本质的不一样。为什么不一样？就因为他已经把白话文作为一个主体，已经宣告了文言文的死亡。这个大家都知道，这是他的一个划分。从今天回过头再来看看，这个语言形式的革命，恰好就在那个时候也就是在 20 世纪 20 年代或者 20 世纪初的时候，呼应了西方文化中间的语言哲学的革命变化。它不是把语言作为一种工具，而是更多地把语言作为一种主体，作为人类的一个精神家园。为什么当时胡适他们着重解决语言形式的问题？他们不仅仅把它作为一种语言工具，而是把它作为一种思想、思维方式的革命。这个我觉得意义上是非常重大的。这不是一般的启蒙式的工具。

汤哲声：我插一句。刚才何锡章和谭桂林讲的，我觉得都对。一个是人的文学的发现，一个是语言文学。这是"五四"的贡献，谁也不能否认的。但是，我又觉得你们两人的观点都少了一个标准。你们只看到了五四文学和晚清文学的差别，没有看到晚清文学和古代文学的差别。因为晚清文学和古代文学有很重要的差距，就像梁启超讲的"民"和孟子讲的"民"是不一样的。梁启超讲的"民"某种程度上是新国民，孟子讲的"民"是君民之民。当然，"新国民"和"五四"讲的"人民"是有差距的。但是，某种程度上"新国民"中的某些因素可以作为五四时期新人性、新人民中的重要的组成部分。我考虑的角度恰恰和你们相反。我的看法是我们不仅要看到晚清和"五四"之间的差别，还要看到它们之间的一些相似点。这是我与你们观点上的差异。我很赞同王德威所说的话，"没有晚清，哪有'五四'？"当然会有人问，按照你和王德威这样的逻辑我也可以这样推："没有唐宋，哪有明清"？如果这样类比的话就不对了，因为明清和晚清有本质的区别。这我刚才已经从三个层面上讲了。我还是那句话，晚清是五四启蒙的一个初级阶段。不是说它们之间没有差别，差别肯定是有，但它是一个延续性的过程。就像一个人，婴儿与少年、少年与青年都是有差别的。虽说是人的成长过程，本质上一致的，而不是从动物变成人。

谭桂林：我还有第三点意思，也是回应刚才汤哲声所说的"五四"和"晚清"之间的联系和区别的问题。这是一个和传统的联系方式问题。"五四"以前的中国思想文化的变革——也包括晚清，晚清有所变化，但还是包括晚清在内——有个突出的问题在于，它都是在自己的传统之内的一个变革。你看看中国的文化传统：每一次传统的变革，或者是向自己的传统追溯，比如前后"七子"以复古的形式来进行文学变革；或者朝横向发展，比如说晚明向佛学寻找理论支柱、精神力量，是以佛入儒再来批儒。都是这样的方法。好像一位台湾的学者就提出，中国总是这样一种状态——以传统的非主流力量来反传统。晚清时期虽然发生了一点变化，梁启超、谭嗣同尤其是康有为，他们的一些政论、文化理论借鉴了西方的观念。《大同书》引进了一些西方的词汇，但是绝大部分的词汇还是佛学的词汇。所以，我看了之后有一个深切的感受，在这一点上他们和晚明是相似的，恰恰和"五四"新一代不一样。"五四"作家从传统的表述方式、概念、术语走出来，完全找的另一种理论参照体系，是比较完整的西方的参照体系。这一点是"五四"以后才有的现象。所以，我同意刚才汤哲声所说的，谈"五四"的时候不能不谈晚明，不能不谈晚清，但如果从逻辑起点来看，把现代文学史作为一个学科来看，我觉得无论是从表述方式还是从思想观念，或者从它们和传统之间的联系，从它们从事精神文化变革的这样一种理念来看，"五四"前后一段时间作为中国现代文学的逻辑起点还是比较合理的。

何锡章：逻辑起点、历史起点、价值起点，我觉得这三个起点都是要综合起来加以考虑的。另外，我们不应该仅仅看到差异，还应该看到联系。问题是联系大于差距还是差距大于联系？我觉得这是一个我们需要讨论的问题。究竟是差别大一些，还是共性多一些？由此出发，我们才可以判断它能否成为现代文学的历史起点或逻辑起点。我觉得，这才是我们所要探讨的。

汤哲声：这个从理论上讲是对的。哪一个差距大，哪一个差别小？事实上，社会科学无法进行量化分析。

何锡章：这不是量化，而是进行综合的判断。就像我刚才强调的，五四文学整个的一个显性的标志是话语系统发生了明显的变化。

陈国恩：刚才谭桂林提到胡适强调的"五四"的白话语言和以前白话语言的区别问题，胡适实际上是想证明五四文学和晚清文学在语言上的一个转折。他为了证明五四文学是新的，所以他要强调与晚清文学的区别。现在汤哲声要强调联系，是为了说明五四文学和晚清文学不可分割。我认为两者都是可以证明的，因为两者是既有联系又有区别的。五四文学有四个方面的转折意义：一是它有自觉的理论体系，晚清文学在理论上的自觉性和系统性没有达到五四文学的水平。二是它有深远影响，五四文学的影响要超过晚清文学。三是后来的文学是在五四文学的基础发展起来的，（周晓明插话：这一点说得好）晚清强调人的欲望，"五四"强调人的自觉。到底是欲望对后来文学的影响大，还是启蒙对后来文学的影响大，这个问题比较复杂，不过王德威所看重的晚清小说中的欲望是比较超时代的，不同时代的人都有欲望冲动的问题，启蒙则是更具现代性标志意义的。很明显，后来文学的发展，从思想观念到表现技巧是直接以五四文学为基础的。四是要考虑到当事者的感受，鲁迅、胡适们为什么要把晚清文学作为批判的对象？我们现在不评论他们的批判有没有道理，现在看起来是有片面性的，但是他们为什么要把晚清文学当成文学革命的对象，这个历史的现场感是我们不能回避的。这实际上是启蒙对欲望化叙事的超越。因为五四时期的鲁迅、胡适等人突然意识到启蒙是时代的需要，晚清文学强调文学的消费娱乐性不符合启蒙的时代要求，所以他们要重新来搞一次革命，以表明他们要与晚清文学划清界限。基于这四点，我倾向于现代文学的起点是在"五四"前后。不是哪一天，而是这个时期。这个时期里，文学表现出一种自觉的现代性追求，从文学观念、语言、技巧等方面影响到后来文学的发展。但问题的复杂性在于晚清文学也有它的现代性一面，比如王德威所强调的欲望。从某种意义上说，这可能比启蒙主义的影响还要深远，因为人总是有欲望的，而启蒙总归会完成它的使命。20 世纪 90 年代以后突然冒出来很多"宝贝"叙事，通俗文学又开始流行，这些现象似乎又在证明文学与消遣是连在一起的，文学跟娱乐的联手有着更为久远的传统。不过我认为，文学的消遣娱乐性体现的是世俗现代性的精神。世俗现代性的形式是现代的，里面包装的却是一些比较世俗的、欲望化的、娱乐化的东西，这使它跟传统有可能达成妥协与和解。这可以解释通俗文学为什么能在民间流行，它也不跟传统刻意对立。而启蒙现代性强调的是人的独立、思想的自由，更富有时代的特征。如果不把现代文学看作某个朝代的文学，我认为就应该强调五四启蒙主义现代性的标准，而不是世俗现代性的标准。

这里我顺便说一下周晓明提出来的"现代中国"和"中国现代"的问题，包括何锡章刚才提出的把现代中国理解成一个时段，对它不作价值评判。我有一个困惑：你以什么标准来确定这个时代是现代的？你说这个时代是现代的，实际上已经使用了现代性的标准。使用了现代性的标准判定了时代的现代性，就不可能不涉及对这个时代的文学进行价值判断。"现代"不可能仅仅是一个时间概念，它也是一个价值的概念，"现代文学"不可能把现代时期的所有文学都包括进来。我举一个极端化的例子，比如现代时期里的汉奸文学、法西斯文学要不要包括进来？我的意思是你不可能把"现代"作为一个纯粹的篮子把所有的文学现象都装进来，给以平等的看待。文学史是需要选择的，要作出判断，至于选择和判断的具体标准那是另外一个问题。但有一点可以确定，现代文学是相对于古代文学而言的，它的基本标准应该是现代性的标准。

刘川鄂：我根本就没有想到过现代文学的起点还会成为一个问题。我认为，现代文学的起点是不应该有什么问题的。为什么最近这些年有这么些新的说法？这一方面反映了我们学术研究的深化和细化。王德威的观点，范老师和汤哲声的观点，都是给我很多启发的。的确，现代文学不是从天而降的，它肯定是有自己的一个源头的，有一些连接过去通向未来的因素的。实际上，王瑶的文学史、唐弢的现代文学史都谈到了近代文学的一些变革给五四文学做了一定程度的准备。我基本认同他们的看法。近代有新的因素在不断增加，有量的不断积累，但还没有大到像"五四"那样的整体的变化。我同意周晓明讲的从学科意识看"起点"。现代文学史学科实际上就是我们的文学史观念的对象化。文学的整体性变化即质的变化，我认为还是在五四时期。周晓明所讲的有一点我不大同意，就是说从民国时期算起。民国是从政局上变了，但文学上还是自五四新文化运动、五四文学革命开始发生重大变化。我还是坚持以前比较传统的一个说法，就是1917 年的文学革命，使文学观念、文学内容、文学形式、文学语言发生了全面的根本性的变化。这种全面的根本性的变化是我们判断文学史转型、起点的一个基础。这个不需要我们太多讨论的。

为什么我们现在特别强调把现代文学由"五四"往前追溯呢？除了学术的深化和细化，使我们更清晰细致地看到了现代文学与传统的联系和差异，还有一个方面，就是我们一些学者的研究心态发生了变化。最近十几年中国社会的经济腾飞，国人自信心大增，反映在学术界则是有些学者急于从文化上证明自己传统的种种优势。文化上的证明包括"国学热"（也就是温儒敏教授讲的"国学虚热"）、"读经热""孔子学院热""中国经验热"，古代学科的强势等，夹杂着对"五四"的怀疑批判之声，大有重评"五四"、否定"五四"、推倒"五四"文化传统之意。面对"虚热"，我们现代文学学科在回应的时候，有的学者可能对学科本身缺乏自信心，还有的学者可能是出于策略性的考虑，对"五四"的重要性、对现代文学与外国文化文学的亲和关系没有 20 世纪 80 年代那么理直气壮地强调了。像 2007 年的大连会议上王富仁提出"新国学"的概念，想以此来融合传统和现代。我私下里问他，你这个融合的问题也许在理论上不能完全说清楚，实际上也行不通。古代讲孝，现代讲平等；古人讲无条件的忠诚，现代人讲契约性的约束。现代性的根本在个人性，而中国古代文化是蔑视个人的文化，没有民主、自由、平等、个性这样一些人类文明的普遍性价值，其基本原典理论如忠、孝、仁、义、节、烈等不能进行现代性转化。中国现代文学正是在第一次世界大战之后的全球化进程中发生和发展的，它本身就是中国社会力图融入"全球"、被"全球化"的一部分。鲁迅担心中国人被"世界人"开除球籍，胡适说中国百事不如人，周作人要"辟人荒"，无不是期望中国人融入世界人、与全球先进文化对话。中国现代文学价值完全是重建的，以现代的文学文化价值取代传统中国的价值，在文学观念、表现内容、文体形式方面都参照世界优秀文学进行了全新改造。新诗被称为用汉语写的西诗，小说戏剧散文的文体和技巧也有了大幅度的革新，与当时全球的文学面貌有了更多的相似性。"五四"清楚地表明：中国现代和古代的关系它不是自然的延续，而是有意的反动。怎么才能把它融合成一个统一的"新国学"？

我觉得"起点"问题不光是个知识的问题，还有个心态的问题。正如陈国恩以前所讲过的，我们过多地强调和古代的联系，反而忘了我们对外来因素的吸取这个方面。鲁迅说他的《狂人日记》来源于百十篇外国小说，更直接来源于果戈理的《狂人日记》的启发写成的。郭沫若直接把歌德的《浮士德》的结尾"伟大的女性领导我们前进"（我觉得后来翻译成"引导我们上升"好一些），直接作为《女神》的开头，这完全是西方的观念，是中国传统没有的。歌德的结论成了郭沫若的"先验前提"，成了中国新文学浪漫主义的"起点"之一。当时人们把新诗称作是白话写成的外国诗，也可以作为一个例证。再者，现代作家在五四时期比较强调回避传统影响的一面，鲁迅说不要看中国古代的书，叶圣陶、茅盾都只承认外国作家对他们的影响（陈国恩插话：闻一多有一个形象的说法，"新诗是中西文化结合的宁馨儿"）。宁馨儿，这是闻一多的说法。瞿秋白把五四文学称为非驴非马的文学。我以为"五四"文学是一个以中国传统文学与西方文学相结合的"拉郎配"。是那些不甘心国家落后的知识分子、启蒙家强行拉过来的。所以二者总有些疙疙瘩瘩，一会嫌太"欧化"了（男性中心），一会又觉得太"回归传统"了（女权主体）。

徐德明：我参与讨论，是因为对这个话题有兴趣。说实话，对"现代中国文学史的起点"问题我心里简直"莫衷一是"。因为有多种参照，我一时还难以断定取舍。谈"现代"的概念，在我们研究的对象——那些现代作家们那里，用法常常与我们今天的学科语境不一样。比如老舍，1946 年，战争结束后到美国，在大学里做讲演，谈的是中国现代小说。中国现代小说是从哪里开始的？他举证的重要标志是《金瓶梅》（艾支顿翻译的《金瓶梅》有他参与）。老舍不曾有精确的理论界定。周作人主张的"现代"也不是我们今天的内涵，老舍不一定与周作人有多少联系。其实，"现代性"在西方也有那么多的分歧。就是说，我们现在使用的"现代"，是一个被言说主体赋予诸种不同内涵的歧义概念。

在大致相当的时段内，就不同对象使用"现代"概念，内涵仍然有区别。在晚清，韩邦庆的"现代"和梁启超的"现代"是不一样的。韩邦庆在前，当他把《海上花列传》写完，还不是梁启超提倡的"新民"的现代理论的时候。那么，韩邦庆的小说中有多少现代性成分的呈现呢？就在韩邦庆之前有翻译文学，比如《昕夕闲谈》《百年一觉》，涉及的是巴黎、波士顿等现代都市的想象，对当时的上海人客观上发生了不小的影响。韩邦庆反映上海都市现代性的方式和后来梁启超的启蒙现代性是不一样的。韩邦庆把现代生活的各种因素用"穿插藏闪"的结构表现出来，他别出心裁地完成了这个任务。他的小说中有各色各样的"新"，当然是现代的，但这不是梁启超"新民"的"新"。韩邦庆已经在现代立场上"厌古"，《海上花列传》第五十一回有一段古文的《秽史外编》，我们这里的大多数版本都把它删掉了。这个东西是个什么？纯粹拿"四书""五经"和八股制艺开玩笑。他自己是属于科举时代的，对整个科举制度已然深恶痛绝，他非常隐晦地拿"四书"等开玩笑。韩邦庆这种现代性往后多少年若断若续，然后一下子就体现在张爱玲那里。海外汉学家们讨论现代性，习惯于由上海走晚清与三四十年代一贯的路线，相当程度地在回避梁启超的启蒙路线。

多年来，其实我也习惯了"五四"起点的说法。可是一旦考虑到具体对象，从韩邦庆的《海上花列传》到朱瘦菊的《浦歇潮》再到张爱玲的《传奇》，就不得不承认那也是一条现代的嬗替之路。如果单考量像上海都市现代化，你把张爱玲和韩邦庆之间断开是极困难的事情。若是你仔细研读一下韩邦庆的上海人的生活，到张爱玲，其间绝不像后来我们的观念层面那样的变革。如果你按照他们的思考的线路，那是另样的现代。具体说语言问题，似乎"五四"是古文白话的分水岭，但又不好截然断开。真正的现代白话和传统的白话之间的差别就是句式语法，朱光潜和浦江清等人的说法是欧化的长句具有更大的弹性、更大的思想包容性。"五四"之前，林纾是用古文来翻译外国小说，还用古文写过六部长篇，在他的笔下有很长的句子，其实是西语的多重关系的表达，但那是古文——语法是现代西语的，文字却是古代的。这种语言是现代的吗？太难回答了。

我们现在对"起点"的抉择有了不同标准，范老师的以现代通俗小说的开端，与王德威等海外汉学家不谋而合，基本接近于同一个标准。其实，更具体的层面上还有差别。依我看，可以再把韩邦庆往前推，在清中叶的时候，同治年间，王韬等人做过大量工作，但那些东西不是纯文学的。从纯粹文学的角度来说，韩邦庆确实有相当了不起的现代性在里面。所以说，起点问题是没有解决的问题。

还有一层复杂因素，现在的学者不大守规矩了，在研究现代、当代的同时，又越过界去研究近代与古代。他们面临着新的问题，那就是"古今演变"。晚清是一大变化，"五四"更是一大变化，还又非要确定哪一个是正宗的起点，多么艰难的事情。我看，这个起点还是"权宜"一点。我们做研究，本来就是各抒己见，不应强求一律。至于教书，课堂上还是讲"五四"好，方便而又简捷，不至于把学生弄糊涂了。至于学科，有不同的起点的说法绝不至于就颠覆了这个学科，而是有了更大的内部张力。为求学术共同体内讨论的方便，我们最好从"五四"开始，大家都好说话。如果一提到另外一个起点，就以为会威胁到学科的稳固，那是不必要的担心。其实，我们处处都会有分歧，刚刚周晓明讲的国体问题，刘川鄂就有看法；而且，意识形态也不是唯一或单纯的，可以有多种意识形态，不只是我们过去谈的国家政治意识形态问题。

我的学术步伐历来走得慢，只寄希望于通过具体问题的解决，不断建设，接近一个更踏实、更科学、大家都能接受的东西。到目前为止，坚持说"五四"起点也好，移前也好，大家可以在一个学术共同体当中共同讨论，无非找出更坚定的或者是修正性的东西出来，这是个漫长的过程，我们还有许多工作要去做。

汤哲声：我再插两句。第一点，是新文学的起点。如果你说的是新文学的起点，绝对应该是从"五四"开始，没有人反对，我也一点意见都没有。现在讲的是现代文学的起点，这个点必须要把握住。如果说是现代文学的起点，我不同意从"五四"开始，现代文学的起点不能仅仅考虑人的观念。第二点，刚才陈国恩讲的通俗文学的特点可能并不全面。因为你反复强调一个世俗，还有一个娱乐，再有一个是情欲。其实都对，通俗文学是有，还绝不止这么多。我们这里讲的"通俗文学"是什么呢？"通俗文学"是以后的新文学给它的一个称呼。某种程度上讲，它不叫"通俗文学"，它是传统文学在20世纪的延续发展。到新时期它有了市场的因素。它不完全讲娱乐。这是我的一个补充。

范伯群：新文学以"五四"或者说是以过去文学史中说的以"文学革命"为起点，这是没有问题的。但现在的问题是，现代文学史以何时为起点？多元共生的文学史就不只是"新文学"一元。上面大家提出疑问：像你们这样往上"延伸"上去，简直可以延伸到《诗经》。我认为不存在这样的疑难。"古"和"今"既有继承关系，也可以有明确的边界。我认为《海上花列传》是"古今演变"的一个鲜明标志，是因为它有六个"率先"，显示了它的多方面的现代品性，这是任何古典作品所不具备的。一是《海上花列传》将镜头对准"现代大都会"，不仅它的外观是现代性模式，而且人们的思想观念在发生明显的变异。二是它虽被鲁迅划归为"狭邪小说"，可是它突破了"才子佳人"模式。在封建社会中，商人是"四民之末"，可是在工商发达的上海，商人地位迅速飙升，它以被称为"万商之海"的上海为背景，将商人作为小说的主角，"才子"则仅是扮演"清客"的陪衬角色。三是它率先选择"乡下人进城"这一视角。大量移民进入大都市，是世界步入资本社会时各国小说家所关注的一个"世界性"的共同题材。四是作家在语言上的大胆创新，这是吴语文学的第一部杰作。胡适称它在"语言"主张上也是一次"有计划的文学革命"，连搞语言革命的胡适也实际上承认了韩邦庆是一位先行者。五是作者自称他的小说的结构是"从来说部之未有"，"穿插藏闪"的手法是他的独特之秘，我们查不出他受过什么外国长篇小说的影响，可是他的小说的结构与外国某些经典小说的结构是不谋而合的，这部小说在艺术上也是冒尖的上乘之作。六是小说的发行方式也是现代化的。作者是中国自办个人文学期刊的第一人，《海上奇书》是中国的第一本文学杂志，他的长篇就用连载的方式刊载在《海上奇书》上。这本刊物又利用现代新闻媒体代印代售，在发行之前和发行之中他在《申报》上共刊登了43次广告，作者用一种现代化的运作方式从中取得脑力劳动的报酬。我上面所讲的六个"率先"就说明了"古"和"今"是不会无限"延伸"的，是分得开、分得清的。在我的脑子里，精英文学与通俗文学是平等的，既然通俗文学在新文学之前约四分之一世纪已经在开拓着现代文学的处女地，那么我们的现代文学史的起点"向前位移"就是一个值得重新考虑的问题了。

另外，我觉得在晚清时候的启蒙，要分清"世俗启蒙"与"思想启蒙"也是很难的。正因为西风东渐，世俗生活就逐渐起了变化，其中就有思想与物质双重影响的成分在内。我们过去认定只有"五四"才是一个启蒙时代，其实关于国民性之类问题的讨论在晚清就已有了开端。再说，谴责小说的评价一直是被某些文学史所压低了的。胡适就说过，那些谴责小说家是应"浅人社会的要求"而写作的，其发挥的启蒙作用，我们应该"脱帽致敬"。我认为，陈景韩的《催醒术》是"1909年发表的一篇'狂人日记'"。它的主题就是说：最先觉醒的人会被人们误认为"狂人"的。清末民初通俗文学的启蒙性何止这些，那是一个很值得研究的好课题。

我说"通俗文学不是现代文学史的陪客"，意思是它也应该是主人之一，在现代文学史中是不能缺了"俗"的一翼的。这倒并非让通俗文学一定要占据50%的篇幅。我们应该在确立入史的标准的前提下，中国双翼的现代文学史的体例、格局、份额、比重可以经过讨论，由大家集思广益来决定，这就有待于中国现代文学史界的同行们在深入研究新文学的同时，也以"凭原始资料说话"的精神，同样去研究通俗文学。否则，"要以新文学为主"这句话，并非说它一定不正确，不过"为时尚早"。你没有研究过通俗文学，如果你说这句话，那就是"先验"的；你研究了"通俗文学"，摆出充分的理由来，这句话才有了"科学根据"。我们的现代文学史还应该经过孜孜不倦的探索与优选，才能基本定局。不过现在的中国现代文学史的整体格局是必然也肯定会被打破的。我们的新文学，直到20世纪40年代赵树理等作家出现之前，基本上是面向知识阶层的，它基本上是以"知林文学"为主，它缺了"草根文学"的"另一半"，或者说那"一部分"。在一个存在广大市民阶层的社会中抹杀"市民文学"，是我们整部现代文学史的"软肋"之一。

周晓明：我跟陈国恩最大的区别是，同样一个术语，彼此在外延和内涵上的理解不一样。从性质上来划分一国的文学，我们已经吃够了苦头。从"新文学"的说法开始，到后来的"新民主主义文学"，实践证明它们是带有很大的问题的。现代中国文学史，作为学术分类，既是文学也是史学。史学界关于历史的划分，已有一些共识。以国别论，有英国史、中国史。国别史里面也可以有通史、断代史，还有新近热门的专门史。我所理解的现代中国文学史，事实上是断代史。它是在这个历史时期和时段的这个国家的文学。因此，它有通俗文学，有这样的文学，那样的文学，这都是很正常的。至于你说法西斯文学，如果作为这一时段存在的文学史现象的话，也应该是可以作为研究对象而被接受的。比如说哲学、思想史里面的法西斯主义，并没有被排除在相关学科的研究之外。我的观点是，我们不能仅从性质上来划分现代文学，作茧自缚——苦苦辨析这属于现代文学，那不属于现代文学。我们大致是断代史的文学，里面允许有各种文学形态，比如你说的"五四"以来的新文学或者其他文学。这是我谈的第二个问题。那么，"现代中国"到底怎么划分呢？现代性的概念来自现代化的思想，现代化的理论首先是社会发展理论，这从国外到现在大家都已经有定评的。关于社会现代化的发展阶段性，包括世界各国依次进入现代化的分期，也大致有定评的。以中国为例，从鸦片战争开始了早期现代化的努力，研究近现代史的都有共识。至于为什么我们要谈民国呢？因为民国是共和体制，它不是像原来的封建社会的那种情况。民国以来的政治制度、经济制度、教育制度等，都已经比较接近初级现代化的一些基本指标。所以说，中国从民国开始走向现代化，具有现代国家的基本形态或雏形，这是大家比较公认的东西。至于前面的阶段，比如说早期的现代化，它是一个过程。第三个问题我想谈的是，我们不能机械地理解起点的问题，也不能机械地理解来源和发生的问题。因为发生是一个过程，虽然它有质变，但它仍然是一个过程。我同意通俗文学是我们现代文学一个很重要的来源，但它不是唯一的来源。现代文学的发生是多源与多元的。

启蒙主义的中国现代文学史观

一

　　文学史观是文学史的逻辑基础，它赋予文学史以内在的统一性。中国现代文学史作为一门独立的学科创立时，是建立在新民主主义文学史观基础上的。新民主主义文学史观赋予中国现代文学以独特的性质，即"由中国共产党领导的、人民大众的、反帝反封建的文学"。这规定了中国现代文学以"五四"为起点，终于1949年9月中华人民共和国成立前夕的第一次文代会。研究中国现代文学，也就是研究从"五四"到1949年9月这一个时期的中国新文学发生、发展的历史，揭示新文学在共产主义思想影响和中国共产党的领导下，通过文学大众化和民族化运动，形成了具有中国作风和中国气派的新的民族文学传统，在新民主主义革命中发挥了重要的作用。

　　20世纪80年代初，在重大的政治转折中，新民主主义的中国现代文学史观遭遇了从文学本体方面对新文学的传统进行重新思考的挑战，启蒙主义的中国现代文学史观取得了主导地位。与新民主主义的中国现代文学史观相比，启蒙主义文学史观的最大不同，在于它超越了单纯的政治逻辑，从更为贴近文学的文化现代性方面来思考中国现代文学的生成和发展问题。它把中国现代文学视为中国传统文化从近代向现代转型的产物，认为中国现代文学的最基本属性是现代性，最重要的主题是致力于人的自觉和个性解放。这一人的解放主题，集中体现在以鲁迅为代表的新文学作家身上，并在20世纪80年代初开始的文学解放运动中得到了进一步展开。

启蒙主义的中国现代文学史观，以启蒙主义为思想基础，适应了中国现代社会注重人的个体权利的发展需要，也比较符合文学的内在要求。启蒙主义推崇理性，把人的主体性和独立思考能力视为人的基本属性，认为人可以通过独立的思考探索世界的真相，解决自身所面临的问题，真理不是人以外的宗教力量和政治力量所垄断的。启蒙主义推进了人的自我觉醒和社会现代化进程，在世界范围内产生了巨大影响。五四时期的中国，就是受它的影响，发生了影响深远的新文化运动和文学革命。五四文学反叛封建礼教，张扬人的主体性，采用现代白话，借鉴世界先进文学的经验，使文学的人学特点得到了充分展现，文学性的因素得到强化，从而确立了新文学的人道主义传统。

五四新文学的这种传统在后来的"革命文学"论争中受到了质疑，以此为基础形成了左翼文学的传统。中国左翼文学传统不同于五四文学传统的地方，主要在于它把无产阶级革命意识放在首位，要求知识分子背叛自己的出身阶级，投身到人民的解放事业中，去表现底层民众的不幸与痛苦，反映他们的反抗和斗争，而不再是像五四文学那样把人的自觉和个性解放放在第一位。在相当程度上，它甚至把五四文学所推崇的个性解放、思想自由等原则置于对立面，因为个性解放和思想自由，在具体的历史环境中并不一定能够保证个人的思想和行为完全符合革命的要求。但是五四文学与左翼文学并没有因此构成全面对抗的关系。在纠正左翼内部过左的倾向后，左翼文学实现了与五四文学的和解，两者和解的基础就是启蒙主义与后来以新民主主义理论形态出现的历史诉求之间在基本目标上的共同点。这一历史诉求（新民主主义革命）的最低目标，是完成反帝反封建的任务，这与启蒙主义所致力的人的自觉和个性解放目标有了一致性。有了这个共同基础，鲁迅等"五四"作家才与左翼作家最终达成了联合，并因这种联合使鲁迅进一步向左翼文学的方向靠拢。

五四文学传统与左翼文学传统这种既矛盾又有共同点的关系，实质上体现了启蒙主义思想和新民主主义学说之间既矛盾又有共同性的关系；反映在文学史观中，则是启蒙主义文学史观与新民主主义文学史观既矛盾又有共同性的关系。从两者的矛盾方面来看，当使用启蒙主义的文学史观来考察中国现代文学时，在评价五四文学和左翼文学及其相互关系的问题上就会得出与使用新民主主义文学史观时不同的结论。比如，在启蒙主义的文学史学观念中，鲁迅小说的价值主要是提出了反封建思想革命的时代主题。他批判中国农民的愚昧落后，描写中国农村的闭塞保守，意在强调国民性改造的紧迫性和重要性。而在新民主主义文学史学观的指导下，鲁迅的历史贡献则是他在小说创作中涉及了中国革命的一些根本问题，如革命的动力问题、革命的领导权问题、革命的基本群众问题等，这其实是把鲁迅当成一个伟大的革命家来高度评价他的文学成就的。又比如，按照启蒙主义的文学史学观，左翼文学中的激进倾向忽视了文学是人学这一基本点，把文学简单地当成斗争的工具，因而造成了对文学审美属性的遮蔽，所以左翼文学在总体成就上是不能与五四文学相比的。也就是说，在启蒙主义的文学史学观中，从五四文学到左翼文学的发展表现为一种复杂的变化，它既是一种合乎时代要求的发展，又是一种对文学的审美属性忽视的发展。但是按照新民主主义文学史学观，从五四文学到左翼文学的发展是一种带有绝对进步意义的发展，即不仅仅是文学中的思想观念上的进步，而且也是在审美形态上的进步，认为左翼文学创建了一种新的形式和风格，发展到解放区文学，进一步形成了人民大众所喜闻乐见的中国作风和中国气派。再比如，按照启蒙主义文学史学观，左翼文学与政治运动密切关联，受到了"左"的政治路线干扰，直至新时期，它的缺点才得到克服，文学才接上了五四传统，回到了"人学"的起点上，从而再次创造了辉煌。但是在新民主主义文学史学观中，新文学的发展没有这样一个曲折的过程，而是被描述为不断进步的发展模式，即解放区文学表现新的主题、新的人物，形成了新风格，是对左翼文学的发展；按此逻辑，"十七年文学"属于社会主义的文学，又是对解放区文学的发展（唯一例外是"文化大革命"文学，由于"文化大革命"被彻底否定，"文化大革命"文学在新民主主义文学史观的逻辑中，也是一个巨大的倒退）。

从两者的一致性方面来看，则是启蒙主义文学史学观与新民主主义文学史学观在政治方向和文化理想上存在相互交叉或重叠的部分。正是这种一致性，使中国现代文学学科迄今为止维持了基本的稳定。

启蒙主义的现代性理想，包括文化的现代化，经济的现代化，政治体制、国家组织形式的现代化。新民主主义也追求现代性的理想，要实现政治、经济、文化的现代化，建立繁荣富强的现代民族国家。两者的不同是在追求的方式和途径上存在差异。一个是要通过人的现代化即个人的自觉和理性来实现其现代性的理想，另一个是要通过人的革命化即人的集体主义觉悟和献身精神来实现其现代性的理想。这种差异决定了两者在许多方面存在重大的分歧和冲突，但它们一致的方面又使两者在一定条件下的合作成为可能。所以启蒙主义文学史学观与新民主主义文学史学观在处理不少文学现象时，事实上采取了相似的甚至一致的观点和态度。比如，它们都把中国现代文学的起点定在五四时期，都把白话文学视为新文学的正宗，都把文学的社会作用看得很重，都反对把旧文学纳入现代文学史中来，都反对消费主义的文学史观，反对把文学贬低为一种游戏。这是因为启蒙主义文学史观与新民主主义文学史观都不是坚持纯文学的立场和观点，而是从整个社会关系中来思考文学的问题，即从文学与政治、经济、文化的广泛联系中来思考文学的角色、功能和地位。其中尤其重要的一个一致点是，都把新文学的正统性和合法性建立在"革命"的基础上，即启蒙主义文学史观和新民主主义文学史观都认同五四文学革命对于中国现代文学的历史原点意义。启蒙主义文学史观看重五四文学革命对旧文学、旧思想的反叛和批判，认为新文学包含着现代人的理性和独立精神，实现了审美形式上的革命，因此它与此前的古代文学和近代文学属于性质不同的文学，是一种"新"的文学。新民主主义文学史观同样推崇五四文学革命的开创性意义，它看重的是五四文学革命的"彻底反帝反封建"的新民主主义性质，认为它在指导思想上接受了共产主义思想的影响，由此与旧民主主义文学划清了界限，并规范了向革命文学发展的道路。

有了这种共同性，启蒙主义文学史观与新民主主义文学史观对于中国现代文学学科的根本属性的理解，对于中国现代文学作为一个独立学科的价值和意义的把握，是基本一致的。尽管在许多具体问题上，如关于从五四文学到革命文学发展的价值判断，关于革命文学的文学史地位的判断，关于中国现代文学的基本特色的理解等，存在着重大分歧，但这种分歧还没有重大到要瓦解中国现代文学作为一个独立学科所依存的基础，它还是属于在认同中国现代文学与中国古代文学、近代文学存在基本区别的基础上的分歧，是在认同文学革命的正统性和合法性基础上的针对具体问题的分歧，因而两者在坚持中国现代文学与中国古代文学、近代文学的本质区别方面，依然能够取得共识。这也就可以说明 20 世纪 80 年代实现了从新民主主义文学史观到启蒙主义文学史观转变以后，虽然在许多具体问题的看法上发生了重大变化，却没有从根本上改变"中国现代文学史"的学科结构。

二

中国现（当）代文学的这种相对稳定的学科格局，目前遭遇了重大的挑战。一个根本的原因，是在今天后革命的时代，革命的正统性和合法性受到某种质疑，革命的逻辑已被改写了。标志着这种变化的一个突出事件是李泽厚提出"告别革命"的口号。李泽厚 1995 年出版了他与刘再复的谈话录《告别革命》，他在这本书中认为革命是激情有余而理性不足。他的结论是：要改良，要进化，不要革命。李泽厚的观点由于简单地提倡"告别革命"，使革命历史无法从其自身的连续性上得到合理阐释，所以没能得到主流意识形态的认可，但主流社会自身其实也循着从革命到改革的方向调整策略，从而在带来经济高速发展的同时，促成了 20 世纪 90 年代新保守主义思潮的兴起。于是，我们看到革命的传统虽然没有中断，但对革命的阐释却发生了重大变化，革命意义的表达更多地采取了能被这一时期民众更容易接受的形式，如在革命的话语里添加人性的元素，以强调革命的发生和推进从根本上说是符合人性的内在要求的；又如对革命历史的评价用"时代潮流"和"民族精神"的标准取代阶级正义的标准，使革命的意义能在当下拥有更为广泛的群众基础。但经过这样的阐释，原初与传统完全对立意义上的"革命"已经变成与传统达成了妥协甚至和解的"革命"，其内涵和基本的精神发生了重要的变化。

按照这种新的理解，建立在革命合法性基础上的五四文学革命的划时代意义受到了削弱，从而使建立在五四文学革命基础上的中国现代文学史作为一个独立学科存在的基础发生了动摇，用王富仁先生的话说，我们陷入了困境："我们常常是带着一种莫名其妙的类似原罪感的心情！以退缩的方式应付这些挑战，甚至我们自己就是站在'五四'新文化运动和'五四'新文学运动的'反对党'的立场上提出问题和解决问题的：在晚清文学与'五四'新文学的关系上，我们愈来愈感到晚清文学的成就是令人惊喜的，越来越感到依照晚清文学发展的自然趋势中国文学就会走向新生，'五四'新文化运动那种激进的姿态原本是不应该有的，这造成了中国文化和中国文学的断裂。鲁迅对晚清'谴责小说'的评价是不公正的，茅盾对鸳鸯蝴蝶派小说的批评也是过于武断的；在'五四'新文化运动的倡导者与反对者林纾之间，我们对林纾抱有更多的同情，而认为'五四'新文化运动的发起者对林纾的批判是过激的；似乎《荆生》和《妖梦》的作者更加具有中国传统的宽容精神，而陈独秀等人对林纾的反驳则有悖于中国的传统美德——中庸之道；在'学衡派'与胡适等提倡白话文革新的'五四'新文化运动的发起人之间，我们感到反对'五四'新文化运动的'学衡派'倒体现了中国文化发展的正确方向，而胡适等'五四'新文化运动的发起人则是西方殖民主义文化的产物，背离了中华民族的优秀文化传统……所有这些，都能够得出这样一个结论：'五四'新文化运动原本是不应该发生的，或者是不应该由这样一些人发起的，或者由这些人发起而不应当发表这样一些激进的言论的。我认为，在这里，我们实际已经陷入了一个文化的陷阱：表面看来，我们是在'研究'中国现代文学，实际上我们是在'否定'中国现代文学。"[1]

中国现代文学学科面临的挑战，其实不仅表现在五四新文化运动和五四文学革命的意义受到了质疑，而且还表现在它的内容膨胀和基本结构的改变上。

由于革命的意义被淡化，一部分学者放弃了在五四文学革命的基础上建构中国现代文学史的立场，认为原来作为一个独立学科的中国

---

① 王富仁：《"新国学"与中国现代文学研究》，《文艺研究》2007年第3期，第19—20页。

现代文学史其"现代"的性质不应再具有价值的含义，它仅仅是一个纯粹的时间概念，特指"现代"这个时段，所以中国现代文学史成了"现代"这个时段里的文学的历史，"现代"这个时段内的各种各样的文学都可以进来，如旧派小说、古典诗词，甚至文言散文，都要在文学史中占一席之地。原来这些文学现象是被视为五四新文学的对立面而被排除在中国现代文学史之外的，现在既然放弃了价值的判断，不再以五四文学革命的标准或"现代性"来建构中国现代文学史，它们就顺理成章地要进入文学史了。

这显然造成了中国现代文学史的意义混乱和内容的膨胀，因为性质不同甚至完全对立的文学现象共处于"史"中，你的评价标准必然会是前后矛盾的。对新文学使用新文学的标准，对旧派小说使用旧派小说的标准，对古典诗词使用古典诗词的标准，文学史成了一个单纯的箩筐，什么东西都可以往里装，且不说这不符合文学史的经典化原则（文学史不可能包罗万象，而要对入史的对象进行筛选），仅就新文学与旧派小说、古典诗词的价值立场和审美标准的差异乃至对立而言，治史的也就只能见人说人话，见鬼说鬼话，模棱两可、前后矛盾了：当使用新文学的标准肯定了五四文学革命及其文学实践以后，你又得回过头来或曰自打嘴巴，部分否定甚至全面否定新文学的标准及其文学实践而来肯定旧派小说及文言文学。况且按此逻辑，沦陷区文学也应该包括进来，鼓吹大东亚共荣的文学是不是也要提上一笔？如果对它说不，你岂不是又违背了不进行价值筛选的原则？如此一来，中国现代文学史不再具有内在的逻辑一致性，它的命运只能是陷于意义的消解。不过，这里已经产生了逻辑上的矛盾：如果把"现代"仅仅理解为一个时间的概念，那么凭什么把它命名为"现代"？如果是因为它具有现代的性质，那么这个"现代性"又为什么不能用来判别这个时段中的文学作品和文学现象的性质呢？

问题还在于，如果放弃了五四文学革命的意义坚守，中国现代文学史的开端其实还可以不断地上溯，直到它作为一个独立于中国古代文学的学科合法性被彻底解构。现在已经有学者明确地提出中国现代文学史的开端在 19 世纪末，甚至找到了某一部作品，其理由与海外学者的观点大致相同，认为这样的作品已经具备了现代性的因素。海外学者中坚持晚清文学已经具有现代性的观点影响最大的是王德威，他分析了晚清小说的诸如欲望、正义、价值、知识等方面的现代性因素，提出了"没有晚清，何来'五四'？"① 这一"问"，提醒了人们要注意五四文学不是无源之水，而是有来历的，我们要重视五四文学前缘的研究，清理晚清文学到五四文学的发展的内在机制和基本脉络。但是这一"问"的意义，其实只能存在于晚清文学的价值被忽视的时期，却不能进一步理解成是晚清文学开创了中国文学现代化的新纪元。因为一旦把晚清文学的某些新意看成是带有全局性的创新，那就会造成一种多米诺骨牌效应：人们有同样的理由把中国现代文学的起点再不断地上溯，上溯到明末，上溯到元代甚至更早。因为要在明末文学中寻找出一些现代性的因素，不会比从晚清文学中寻找相同的因素更难。明末小说中的类似现代性的观念，包含两性观念、爱情观念、世俗观念、个性观念等，比晚清小说中更丰富，更有中国特色——周作人就曾明确地主张晚明文学是中国新文学的源头。不过，事情还没有到此为止，我们还可以继续上溯，从更早的文学中找到某些类似于晚明小说中的现代性的爱情描写，某些反封建的思想火花。如此一来，"中国现代文学"学科将不复存在，充其量恐怕只能称为民国文学（把当代文学称为共和国文学），成为整个中国文学中与先秦文学、两汉文学、唐宋元明清文学并列的一个朝代的文学。

其实，文学史是一条历史的长河。只要一个民族没有灭亡，它的文化（包括文学）传统也不会消亡，所以要在文化传统的不同阶段之间寻找出一些前后相同或相似的因素并非难事。即使是在历史发生陡然转折的时期前后，情况也是如此。具体到五四文学革命对中国文学传统的革新上，要在它的前后阶段找出一些相同或相似性的因素也是非常容易的。不过要证明五四文学与晚清文学的前后联系是一回事，证明五四文学与晚清文学性质不同又是另一回事。这两个命题都是可以证明的，因为它们从不同的方面反映了五四文学与传统既有联

---

① 参见王德威《被压抑的现代性——晚清小说的重新评价》，此文被王晓明收入他主编的《批评空间的开创》一书（东方出版中心 1998 年版），后王德威又以《被压抑的现代性：没有晚清，何来"五四"？》为题将此文收入他的专著《想象中国的方法：历史·小说·叙事》（生活·读书·新知三联书店 2003 年版）。

系又有对立的事实。但是这两个命题的重要性是有等级差异的。五四文学革命与传统的联系是隐性的，是通过传统自身的延续性得以实现的，是通过作家所受的民族文化的熏陶得以保证并体现出来的，而五四文学革命与传统的对立则是文学革命的先驱者所自觉追求的结果。胡适的《文学改良刍议》提出"八事"，态度还比较温和，陈独秀举起文学革命的旗帜，提出"三大主义"，把新文学与旧文学完全对立起来，这种自觉的激进态度显然更能代表五四文学革命对于古代文学传统决裂的实质。

因为这种决裂，新文学并没有按照明清文学的路子发展下去，而是沿着五四文学革命的方向走上了与现代社会民生密切相关的创作道路。这种相关性不只是现实主义，还有不少浪漫主义的和现代主义的创作成果，无论是哪种"主义"，此后的文学与中国社会民生问题紧紧相连却是一个事实。这个事实本身的得失也许有可以讨论之处，但它至少说明了，五四文学革命所确立的原则成了此后文学发展所遵循的规范。新保守主义者指责五四文学革命使中国文学的传统变得狭窄了，可是不应该忽视，这种所谓的"窄化"正是新文学传统的重要内容，它表明新文学的强烈的现实主义精神、新文学的与社会民生问题的密切联系，它确立的是一种面向人生的现代化的文学观念，也就是由周作人代拟的文学研究会宣言中宣称的把文学当作高兴时的游戏和失意时的消遣的时代已经过去了、认为文学是一种有意义的工作的那种文学观念。这种文学观此后又有发展，被注入了时代性的内容，但它的基本精神是前后一致的，即重视文学与社会人生的联系，把文学看成是一项有意义的事业，重视文学陶冶人的情操、提升人的精神的作用，而不是仅仅满足于消费和娱乐的功能。

当然，娱乐性的消费主义文学传统在经历了长期的压抑后，到了20世纪末又浮出历史地表。然而这是另外一个问题。它只是表明，在新的历史条件下产生了新的文学消费的欲望，但它也只是作为一种消费方式而存在，没有也不可能遮蔽另外的文学消费方式。因而，与其说它是对晚清文学传统的承续，还不如说它是直接产生于现实的土壤中的。如果一定要找一个文学的源头，与其找到晚清，还不如找到"五四"。道理也很简单，因为它的欲望化叙事，与晚清文学相隔太远。只要看一看现在的美女小说，其描写的大胆与赤裸，晚清文学是难以望其项背的，而且其内在的女权主义思想只有到女权主义思潮盛行以后才会有，对于晚清作家来说，那是他们做梦也难以想象的。

总之，我们可以重视晚清文学的价值，它作为一个过渡时期的文学与此前的文学传统和后来的文学发展的联系，都应得到重视，但这不应成为否定五四文学革命的历史原点的地位，甚至把晚清文学看作中国文学现代化的开端的理由。晚清文学再怎么新，也是新旧混杂的，五四文学再怎么与古典的传统有紧密的联系，也是一种划时代文学。更尖锐点说，晚清文学的创新意义本身缺少可以值得称道的价值，它的价值要通过五四新文学的成就才能得到充分体现，因为它的许多创新要到五四新文学才能作为一种比较成熟的形式表现出来。五四新文学把晚清文学的许多创新消化吸收，在新的价值观念和审美原则基础上加以再创造，从而产生了比较成熟的新风格，使始自晚清文学的种种思想和艺术的探索实验结出了可喜的成果。正是在这样的意义上，我们不妨改写王德威先生的名言，把"没有晚清，何来'五四'？"改写成"没有'五四'，何需晚清？"这意思是说，"没有晚清，何来'五四'？"若作为一种时间性的延续，是没有意义的，因为历史的发展本来就是从晚清的时代发展到"五四"的时代，这无需强调；但若作为一种价值判断，则"没有晚清，何来'五四'？"作为对相当长时期里忽视晚清文学价值的倾向是一个及时的提醒，但在当前批评五四文学革命的激进姿态、淡化其历史原点地位的倾向已经显现的时候，还不如强调"没有'五四'，何需晚清？"更有意义。"没有晚清，何来'五四'？"强调的是一个历史发展延续性的事实，它本身不可能导致把新文学的历史原点从"五四"改写为晚清，也容易使人忽视晚清文学的许多尚欠成熟的方面。"没有'五四'，何需晚清？"也不是不需要晚清，作为历史中的一个阶段，你哪怕不需要，它也是存在的。这里仅仅是强调，晚清文学的意义要通过"五四"的更为成熟的创新才能充分地体现出来，如果没有五四文学革命所造成的文学传统的革新，如果没有五四文学在新的思想和艺术基础上融合中西、大胆创新所取得的成果，如果没有五四文学的新传统对后来的重大影响，晚清文学探索本身的意义是否能得到确认还是一个问题。大量的晚清作品对当下的读者事实上没有什么吸引力，就可以看作是一个相关的证明。①

三

　　问题已经明了：当前中国现（当）代文学学科的独立性面临的挑战，从根本上说是来自后革命时代改写了革命的意义后消费主义文学史观的兴起。在推崇"革命"的时代，无论是五四新文化运动、文学革命，还是稍后的新民主主义革命，都是把消费主义文学观当成革命对象的。消费主义的特点是迎合人的感性欲望，追求人的即时狂欢，这种现代性有助于释放人的本能，却不利于人在现代理性精神指导下承担起历史所赋予的使命。文学革命的先驱正是基于他们所自觉意识到的历史使命，认定文学有助于改造人的灵魂，是一项严肃的工作，因而才在创造新文学的同时把矛头指向了鸳鸯蝴蝶派所代表的消费主义的软性文学。新民主主义革命更是因为消费主义文学观所包含的娱乐化、欲望化的内容会消解革命所需要的奉献和忘我精神，动摇在激烈的阶级斗争中作为一种政治力量所必需的组织纪律观念而对它开展批判的，反映出这一革命对个人享乐主义思想观念的高度警惕。尽管对个人欲望的压抑并不完全合理，但它是符合历史逻辑的。到了后革命时代，"革命"已经被温和的"改革"所取代，私人的空间大大扩展，公共领域也向全社会成员开放，因而个人的欲望、个人的利益，只要不违反法律就有了存在的合法性和正当性，于是市民阶层的享乐主义人生信条开始向全社会渗透。这应该说是一个历史的进步，但也不能不看到它的另一面：文学领域里的欲望化乃至粗俗化的潮流正在随之逐渐兴起。

　　变化悄然出现在20世纪八九十年代之交，这是伴随着80年代性解放的思潮而来的，如刘恒的《伏羲伏羲》《黑的雪》《虚证》，苏童的《红粉》，王安忆的《岗上的世纪》，铁凝的《玫瑰门》，林白的《同心爱者不能分手》等，欲望化的叙事成了这些作品的基本内容，

---

① 参见陈国恩《文学革命：新文学的历史原点》，《社会科学辑刊》2007年第1期。

但作者的意图主要还是在透过人性的扭曲和变态，表现一些含义深刻的伦理主题。到新生代作家，情形则有所不同了。新生代作家生活在物质生活已经大为改善的 90 年代，酒吧、舞厅、夜总会，经常出现在这些作家的笔下，就像邱华东在《手上的星光》中所描绘的北京："这是一座欲望之都"，"在这里你必须学会假笑、哭泣、热爱短暂的事物、追赶时髦"，"这就是当代城市的情感，以当下为主流精神，以欲望为核心，迅速、火热、刺激、偷偷摸摸而又稍纵即逝"。慕容雪村的长篇小说《成都，今夜请将我遗忘》也如此记录了大学生的心态："90 年代初期，是大学生经商最为疯狂的年代，到处都在谈论卖茶叶蛋的应不应该比造原子弹的赚钱多，大学生们好像一夜之间被尿憋醒了，纷纷抛下'为天地立心，为生民立命，为往圣继绝学，为万世开太平'的历史重任，把脑袋削尖，争先恐后、气急败坏地往钱眼里钻。"

最为突出的是朱文和卫慧。朱文在小说《我爱美元》中写道："他相信在千字一万的稿酬标准下比在千字三十的稿酬标准下工作得更好，他看到美元满天飞舞，就会热血沸腾，就会有源源不断的遏止不住的灵感。与金钱的腐蚀相比，贫穷是更为可怕的。"小说里有一段父子的对话，父亲说："一个作家应该给人带来一些积极向上的东西，理想、追求、民主、自由，等等。"儿子回答："我说爸爸，你说的这些玩意儿，我的性里都有。"在朱文人物的观念中，金钱和性欲是创作的动力，是文学的基本内容。作品写得好不好，取决于有没有写到钱和"性"。卫慧的《上海宝贝》写的则是"在上海花园里寻欢作乐，在世纪末的逆光里醉生梦死的脸蛋漂亮、身体开放、思想前卫的年轻一代"，他（她）们无拘无束，一边听着流行音乐，一边吸毒、做爱。性的描写虽然在作品里还没有完全失去社会的意义，但作者是以一种欣赏的态度来渲染，坦然地讲述着关于性爱的故事：女主人公在代表着纯洁但没有性能力的中国青年天天和代表着欲望却缺乏诗意的西方男人马克之间摇摆，她爱着天天，但又无法拒绝马克的身体，与马克在房间、浴室、厕所等处疯狂地做爱，享受激情人生。描写的大胆与赤裸可能更为令人震惊。

朱文和卫慧不是孤立的现象，而是代表了一种时尚。这些作家对传统和社会主流价值观念采取了一种前卫的反叛姿态，把中国人历来最为私密的关于性的态度彻底颠覆了。从朱文等人大力宣扬"断裂"和卫慧的《上海宝贝》配上自己美艳玉照的手法上看，不难领会他们这帮写手的故意引发社会震荡和争议以扩大其知名度的炒作企图。这批作家的走红，说穿了就是市民阶层的享乐主义人生观向社会扩散的反映。正是消费主义文学观的走向强势，成了打破"文学革命"一统天下的契机。换言之，以消费主义文学观为核心的文学史观，把晚清的通俗文学和20世纪末的通俗文学联系起来，在强调文学的娱乐消遣功能的基础上把两者连成一个整体，从而取消了五四文学革命的历史原点意义，打通了现代文学与近代文学的壁垒，从整体上突破了中国现代文学史的格局。这种突破看起来是形式上的，实质上却是价值观念上的，因为它标志着推崇娱乐性、消遣性的消费主义文学观取得了主导地位。

但是，文学的本性真的仅仅是消遣和娱乐吗？在革命的年代，过多地强调文学的功利性，无论是新民主主义文学史观的强调文学是革命的工具，还是启蒙主义文学史观强调文学是启蒙的工具，虽然有其历史的合理性，但都多少留下了遮蔽文学的审美属性的缺憾。对此进行反思是必要的，但反思不能走向另一个极端，变成取消文学的严肃目的，将它降格为单纯的娱乐和消遣，再回到五四文学革命之前的老路上去。

一个富有活力的民族，其文学应该是丰富多彩的，但其主导的方面必定是严肃的文学，而不会是单纯地为了迎合欲望的消费性文学。即使是推崇个人本位主义的西方，代表其民族和国家最高成就的文学也不是单纯的消费性文学，而是承载着诸多严肃的使命和追求的文学。比如，西方的女性主义文学、后现代主义文学，就具有很强的政治色彩。只是它的政治不是片面强调个人服从的政治，而是基于个人独立和自由理想的政治。就个人的理想和追求而言，女性主义文学和后现代主义的思潮就不是消费性的东西，而是包含着严肃的意义的。还可以换一个角度讨论这个问题：我们今天享受了经济发展所带来的成果，富裕阶层似乎可以沉浸在欲望化的想象中了。但是有谁能够保证社会的发展不会出现波折，能保证外部势力不会干扰我们？如果社会又一次需要人们奔赴前线的时候，民族又一次面临生死存亡关头的时候，消费主义的人生观和消费主义的文学观能承担起历史的重任吗？因此，我认为以消费主义的文学史观建构中国现（当）代文学史是不足取的，因为它难以承担起文学的崇高使命。它仅仅代表了某个时期某些阶层的内心需要，不足以代表整个民族在苦难和希望交织着的现代社会的精神特征和崇高志向。

那么，什么样的文学史观才可以担当起这样的重任，可以成为建构中国现当代文学史的逻辑基础呢？是兼顾了中国社会历史特点和现实需求的启蒙主义文学史观。这样的启蒙主义文学史观，应该兼容中西文化传统，体现中国 20 世纪的历史经验，反映中华民族 21 世纪的理想，而以现代性为核心价值，以人的主体性为追求目标。它贴近文学的人学性质，可以充分彰显文学的审美特点，同时又能够最大限度地体现中国现代文学的现代性意义。在此前提下，这种启蒙主义文学史观可以包容文学的消费性和娱乐性因素，但不应相反，而以消费主义文学史观取代启蒙主义的文学史观，淡化或取消文学的精神和意义的追求。启蒙主义的文学史观还远远没有完成它的历史使命，它还有发展的空间。按照上述中国化了的启蒙主义文学史观来书写中国现当代文学史，并没有过时。原因就在于，它贴近文学的审美本质，有利于揭示中国现当代文学的基本精神，发挥文学的提升人的精神境界、丰富人的精神生活的作用。人的最大价值、最高的使命在于创造，这决定了消费和娱乐的文学虽有它的市场，可以满足人们的消费娱乐的要求，但不可能取代严肃的崇高的文学。严肃和崇高的文学，代表着一个民族文学的最高成就，文学史的使命就是要把这样的文学放到突出的位置上，让它成为人的灵魂依归和精神家园。

五四文学传统的嬗变与建构

当我们开始讨论"五四"与中国现当代文学关系的时候，应该先考虑一个问题：什么是五四文学传统？在文化一元化的时期，这不是问题。可到了文化多元化的时代，这个问题成了问题，因为人们发现，大家彼此所理解的五四文学传统，尤其是对五四文学传统的评价，可能是大相径庭的。这种理解上的差异，不仅仅是一个历史认知的问题，更是表明了一种态度，这种态度将直接影响中国文化建设的方向。

一

五四文学传统，当然起源于五四文学革命的实践。但这不是说它在五四文学革命中已经一锤定音了，更不是说人们对它的理解是始终如一的。认知历史，要回到历史中去固然很重要，但完全回到历史的原初状态既然绝无可能，一个重要问题就是如何理解历史，或者说透过不同时期、不同人对历史的理解，可以看到历史以外的一些什么东西？从这样的意义上来看五四文学传统，我们就会发现它虽然起源于五四时期，可是其实际含义却有一个嬗变的过程，前后是有所不同的。确切地说，五四文学的传统是在历史中通过人们的阐释建构起来的，它通过人们的阐释显示了自己的历史规定性，也在人们的阐释中经历了一个变化和发展的过程。

文学革命作为新文化运动的重要一翼，高举"民主"与"科学"的大旗，反对以儒家思想为核心的封建正统文化，因为这种文化到晚清已经成为社会革新的思想阻力。从晚清的政治改良失败到辛亥革命的未能实现自己的原定理想，都在向已登上历史舞台的新一代激进民主主义者暗示，中国的当务之急是进行一场彻底的反封建思想革命，而文学要在这一场反封建的思想革命中承担起自己的使命。这些人主要从两个方面着手，一是用白话取代文言，从而改变中国人的思维形式，为民众接受新的思想奠定语言的基础；二是清除民众思想上的封建意识的毒素，把人从礼教的束缚中解放出来，使其成为有独立思考能力、能主宰自己命运的有觉悟的公民。文学革命的倡导者认为，有了这样的现代国民，中国社会的种种问题就能迎刃而解，并有可能超越近代以来历次并不成功的社会改良和政治革命运动，把历史推向一个新的阶段。

相比较而言，胡适更看重文学语言的改良。他早在与《新青年》编辑部的通信中就提出了文学改良的"八事"，后来在《文学改良刍议》中又对此做了进一步补充。所谓"不模仿古人""须讲求文法""务去滥调套语""不用典""不讲对仗""不避俗字俗语"等，基本的精神就是文学语言的变革，推动白话文的普及。胡适对他在这方面所作出的贡献一向引为自豪，事实也证明语言形式的革新对于中国人思维的现代化和历史进步起了极为重要的作用，影响深远。周作人，则更关心文学内容的革新。他在《思想革命》及《人的文学》等文章中倡导思想革命，提出新文学是以人道主义思想为指导来研究和记录人生诸种问题的文学，从而把文学革命落到了内容的革新上，使新文学与历史悠久的古代文学传统划清了界限。

文学革命发动后，引发了争议。封建复古派对白话文运动竭尽攻击之能事，这在情理之中。但在新文学阵营内部，也多少存在一些歧见。比如胡适等提倡文学改良，理论的依据主要是文学进化论，鲁迅在五四时期也信奉进化论。进化论的文学观，王国维在此前已经提出，意思是文学是进化的，所谓"一代有一代的文学"，从诗经、楚辞、汉赋、唐诗、宋词、元曲，到明清小说，中国古代文学呈现出了一条清晰的发展线索，这种观念为王国维推崇宋元戏曲提供了理论依据。胡适不过是在新的历史条件下，借用进化论的文学观来论证五四白话文学的合法性罢了。因为按照文学进化的观点，出现一种与古代文学很不相同、采用了白话语言形式的新文学是完全合乎逻辑的，也符合现实的需要。这种新文学，自然不能用古代文学的标准来衡量，它应该有自己独立的准则。然而同是文学革命的倡导者，周作人后来似乎并不赞同胡适的这种直线进化的文学观，他宁可把文学的发展理解为"言志"和"载道"两种文学潮流相互交替发展的历史循环，而且认为新文学的源头就在晚明的"公安派"①。胡适的观点直截了当，可似乎简单了一点；周作人的观点包含了唯心主义的历史观和士大夫的审美趣味，反映了他在 20 世纪 30 年代初改变了五四时期对新文学基本的态度，他从反古代传统的立场退回来，向传统文化靠拢了。

有意思的是梁实秋在 1926 年发表了长文《现代中国文学之浪漫的趋势》，批评五四新文学的浪漫趋向。他认为五四文学是感情混乱、"不合常态"的文学。他所持的标准，是他的美国先生白璧德的新古典主义。新古典主义认为文学应该有自己的纪律，不能对感情持放任的态度。用这种保守的标准来衡量充满个性解放精神、追求形式绝对自由的五四新文学，自然要对它提出批评。

不过，封建复古派的攻击无法阻挡文学革命的前进脚步，新文学阵营内部的意见分歧也没有影响到大家对新文学之相对于"旧"文学的新特质及其价值持基本肯定的态度。这是因为新文学阵营基于五四时代反对封建传统的需要，在一些基本问题上取得了共识，即古老的封建传统不能再延续下去了，必须建设与新时代相适应的新的文化和文学，这种新文化和新文学必须具有自己的思想原则和审美形式，能充分体现个性解放和思想自由的时代特色，能够承担起思想启蒙使命。这些共识在文学研究会那里，具体化为"为人生"的文学主张，就像文学研究会在其成立宣言中说的，把文学当作高兴时的游戏和失意时的消遣的时代已经过去了，文学是一件对人生有意义的工作，它的意义就在于能够改良人生。这种观点虽然带有泛功利色彩，明显地继承了中国传统文学观中重视文学的社会功能和教化价值的思想，然而他们又把这种社会功能和价值的实现置于现代民主思想的基础上，

---

① 周作人：《中国新文学的源流》，北京人文书店 1932 年版。

致力于对人进行现代化的思想启蒙，这就使文学研究会的创作，从一开始就与社会人生紧密地联系在一起，并表现出了鲜明的时代特色。以创造社为代表的浪漫主义文学流派，则从另一个方面体现了五四文学革命的基本精神。他们高举个性解放的旗帜，追求情感表达的绝对自主和文学形式的绝对自由，创造了一种富有时代特点的浪漫主义的风格。

文学革命的倡导者，利用他们在文学革命实践中所取得的成就及其巨大影响主导了新文学发展的方向，牢牢地掌握了新文学建设的话语"霸权"。更为重要的是，他们借助《中国新文学大系》的出版等历史机遇对五四文学进行了系统整理和权威性的阐释，对五四文学作出了历史定位，从而建构起了他们观念中的五四文学传统。这个传统内容十分丰富，但其核心的要素就是在启蒙主义的思想主导下对封建文化传统的彻底批判，高扬人道主义旗帜，张扬人的个性，否定文言文，确认白话文学的正宗地位。

二

历史是不断发展的。随着 20 世纪 30 年代左翼文学运动的兴起，新文学从"文学革命"跨进了"革命文学"的阶段。从左翼文学这方面说，他们碰到了一个无法回避的重大问题，即如何厘清历史，通过对五四文学传统的重新阐释，获得左翼文学产生和发展的逻辑合理性和历史合法性。

对五四文学传统进行重新阐释的过程，集中表现在"革命文学"的论争中。革命文学的倡导者在开始时对五四文学采取了基本否定的态度。他们认为无产阶级革命时代的作家要去获得无产阶级的意识，去反映劳动者的生活和他们的抗争。[1] 五四文学停留在人道主义的水平上，已经不适应无产阶级革命时代对文学的要求。他们对五四文学

---

[1] 参见成仿吾《从文学革命到革命文学》，《创造月刊》1928 年第 1 卷第 9 期；李初梨《怎样地建设革命文学》，《文化批判》1928 年第 2 号；蒋光慈《关于革命文学》，《太阳月刊》1928 年 2 月号；冯乃超《艺术与社会生活》，《文化批判》1928 年 1 月创刊号。

的这种简单否定，当然要遭到鲁迅等五四作家的强烈不满，并给予反击。不过随着争论的深入，左翼方面接到了中国共产党高层的指示，要他们与鲁迅联合起来共同反抗国民党政府的专制统治。不过既然要合作，左翼方面就必须改变早期对五四文学的简单否定的态度，在新的思想基础上把左翼文学与五四文学整合起来。这其实是一个双方互动的过程：从鲁迅这方面说，是他基于国共分裂后的社会现实和人生经验，开始反思早期所信奉的进化论思想，反思早期所选择的文学启蒙的道路。他不仅发现进化论经不起现实的检验，而且发现落后的农民不可能通过读他的小说得到启蒙，因而他的启蒙主义理想无法通过文学的途径实现。相反，左翼力量所领导的社会革命却展现了一种前景，即民众可以通过革命的方式组织起来，这似乎有助于实现他原初的引导民众走上自我觉悟道路的启蒙目标。① 主客观因素结合，促使鲁迅顺着他早期的致力于国民性改造的"听将令"的立场迅速地向左翼的方向靠拢。而从左翼方面来说，因为接受了中共中央的指示，他们逐步调整了对待五四文学传统的非理性态度，肯定了五四文学的反封建意义。这一调整，意味着左翼方面对五四文学传统采取了分析的态度，即把五四文学分成几种类型，接受了以鲁迅为代表的具有激进民主主义思想倾向的部分，认为它代表了五四文学的正宗，而把五四文学中大量的具有自由主义思想倾向的作家排除在外了。这意味着，在左翼方面看来，五四文学总体上仍是一种以资产阶级和小资产阶级思想为指导的人道主义性质的文学，因而左联在其理论纲领中明确地提出："我们不能不站在无产阶级的解放斗争的战线上，攻破一切反动的保守的要素，而发展被压迫的进步的要素……我们的艺术是反封建阶级的，反资产阶级的，又反对'失掉社会地位'的小资产阶级的倾向。我们不能不援助而且从事无产阶级艺术的产生。"② 而鲁迅之所以可以被接受，归根到底是因为鲁迅是一个革命的民主主义者，一个清醒的现实主义者，更为重要的是他在关键时刻实现了从进

---

① 陈国恩：《革命现代性与中国左翼文学》，《学习与探索》2008 年第 3 期；《浪漫主义与 20 世纪中国文学》，安徽教育出版社 2000 年版，第 87—88 页。

② 《萌芽月刊》1930 年第 1 卷第 4 期。

化论到阶级论、从个性主义到集体主义，也就是从革命民主主义者到共产主义者的转变。左翼方面以此强调接受鲁迅的根据，实际上是对五四文学传统进行了选择性的阐释。

进行选择性的阐释，理由主要有两点，一是五四文学传统不能否定，否定了它也就等于割断了左翼文学与历史的联系，损害了左翼文学存在的基础；二是五四文学传统本身又的确难以被左翼方面全盘接受，因为它包含了左翼方面所难以认同的自由主义思想成分。即使是后来被左翼所认同了的鲁迅，他对国民劣根性的批判，他对人的理性自觉的坚持不懈的追求，他的独立思考和个性精神等，也很难完全合乎左翼方面所信奉的无产阶级的革命原则。所以对五四文学传统进行重新阐释，肯定其中合乎无产阶级革命原则的一些东西，而把与此相抵触的成分排除在外，显然是个不二选择。

但重新阐释的结果，是左翼所定义的五四文学传统已经改变了它在五四时期的内涵，它不再是五四时期的作家所认同的那种传统了。这种改变，既是剔除，又是加强。剔除的是五四文学中不符合新的阶级原则和革命需要的人道主义和个性主义的内容，加强的是五四文学中已经存在的民主主义思想，并且把本来侧重于争取个性解放的这种民主主义急剧地引向了革命民主主义，使之更符合无产阶级的意识形态要求。这样的改变，可以推瞿秋白对五四文学的整体性贬低和他对鲁迅杂文的高度评价为代表。在 30 年代初关于文艺大众化的讨论中，瞿秋白批评五四文学是一场没有意义的革命，认为它只是产生了一种"非驴非马的新式白话"，一种"'不人不鬼，不今不古——非驴非马'的骡子文学"①，可是瞿秋白同时又极力推崇鲁迅的杂文，并且归纳出鲁迅的思想发展是从进化论到阶级论，从个性主义到集体主义。运用这样的策略，瞿秋白不仅通过鲁迅把五四文学与左翼文学很顺利地联系起来了，而且充分强调了左翼文学的逻辑合理性和历史正当性。

于是，五四文学传统的一些要素被继承下来——五四文学的彻底反封建精神被左翼文学直接用于反对国民党政府的独裁统治，五四文学的为人生的文学观由左翼文学加以改造被用来反映民众的苦难和他

① 《瞿秋白文集》第 2 卷，人民文学出版社 1953 年版，第 596 页。

们对于统治阶级的反抗。经过重新阐释，左翼方面用无产阶级的思想信仰、集体主义的伦理原则和革命文学的工具论，置换了五四文学中的自由主义思想、个性主义精神和对美的坚持不懈的探索，从而把社会对五四文学传统的理解推进到了一个新的阶段——说这是一种嬗变或建构也罢。

三

左翼方面对五四文学传统的阐释和重构，带有明显的实用主义色彩，即心里认为五四文学是以资产阶级和小资产阶级思想为指导的，它难以适应他们所理解的无产阶级革命的要求，但从策略上说，又必须接受中国共产党高层指示接纳鲁迅。于是，左翼方面常常陷于两难的处境：如果充分地肯定了鲁迅，就不能很好地贯彻他们批判五四文学的所谓历史局限性的立场；如果根据无产阶级革命原则对所谓的五四文学的局限性持批判的立场，就不太好向革命文学的拥护者证明鲁迅的正当地位。当然还有一个办法，就是把鲁迅的被接纳和认同，置于鲁迅转变了思想、向革命文学靠拢的前提下。但是这样的证明，在理论上的裂隙是难以完全弥合的，而这正是左联时期因鲁迅而在其内部引起一些重大论争的深层次原因。换成通俗的话讲，这是由于没能解决好五四文学传统与左翼文学的原则之间的关系，相当多的左翼理论家（恐怕只有胡风除外），实际上是感觉到自己与鲁迅存在区别的，尽管他们在公开的场合总是认鲁迅为左翼文学的精神领袖。

左联时期没有解决好的这一重大问题，到了延安时期获得了一种新的解决方式，即不是对五四文学传统采取分析的有保留的态度，而是直接把五四文学纳入整个新民主主义文学的传统，予以正面的肯定。毛泽东在《新民主主义论》中指出："五四运动是在当时世界革命号召之下，是在俄国革命号召之下，是在列宁号召之下发生的。五四运动是当时无产阶级世界革命的一部分。"① 既然如此，"'五四'

---

① 毛泽东：《新民主主义论》，《毛泽东选集》第 2 卷，人民文学出版社 1991 年版，第 699 页。

以后，中国产生了完全崭新的文化生力军，这就是中国共产党人所领导的共产主义的文化思想，即共产主义的宇宙观和社会革命论"①。因而，"所谓新民主主义的文化，就是人民大众反封建的文化……这种文化，只能由无产阶级的文化思想即共产主义思想去领导，任何别的阶级的文化思想是不能领导了的。所谓新民主主义的文化，一句话，就是无产阶级领导的人民大众的反帝反封建的文化。"② 毛泽东的过人之处在于从根本上解决了此前的困难问题：既然五四文学属于新民主主义的性质，那么它与同样属于新民主主义性质的左翼文学，乃至解放区文学，就不再存在相互抵触的根本性矛盾，它们之间的差异，只是代表了新民主主义文学的不同发展阶段罢了。按照这个理论，毛泽东高度地评价了鲁迅，肯定鲁迅的方向就是中华民族新文化的方向。很明显，一旦把五四文学纳入新民主主义文学的范畴，左联时期在处理五四文学传统与左翼文学所持的无产阶级原则的矛盾时所难以解决的困难已经不复存在，鲁迅在中国现代文学史上，乃至中国现代思想史上和革命史上的崇高地位也就不会有任何疑问了。当然，左翼文学与以鲁迅为代表的五四文学传统之间本来存在的不协调的方面，这时主要不是因为认定鲁迅扬弃了五四文学的传统而得到解决，而是因为对五四文学传统本身进行了新的理论阐释和历史定位而弥合起来了。

不过仔细考察可以发现，这种新的阐释是以所需要的结论来进行反向论证的。既然新民主主义理论把五四运动视为新民主主义历史的起点，而后来的左翼文学和解放区文学又需要有一个直接的文学源头，那么作为社会生活反映的新文学的历史也必须与新民主主义的历史保持一致，以五四文学革命作为它的开端。而要在新民主主义的理论框架内把五四文学与此后的左翼文学和解放区文学统一起来，在逻辑上又必须要求五四文学具有与左翼文学和解放区文学相同的性质，即新民主主义的性质，所以问题就是怎样来证明五四文学具有新民主

---

①　毛泽东：《新民主主义论》，《毛泽东选集》第 2 卷，人民出版社 1991 年版，第 697 页。

②　同上书，第 674—675 页。

主义的性质了。要证明五四文学具有新民主主义的性质，其实也不困难，因为五四文学的确具有一些可以向新民主主义解释的要素，比如在五四时期已经出现了像李大钊、蒋光慈、邓中夏、恽代英那样接受了共产主义思想的知识分子，他们受苏联文艺思潮的影响，发表了一些具有社会主义思想内容的文艺观点；又如五四文学的人道主义内容也可以朝着劳工神圣的社会主义方向进行阐释。不过经过这样的阐释，实际上已经在相当程度上改变了五四文学的原有属性，把本来认为是属于资产阶级和小资产阶级文学范畴的五四文学理解成有了社会主义的性质，五四文学的指导思想也就从资产阶级和小资产阶级思想改变为社会主义的思想了。当然，要明确地说五四文学是由社会主义思想指导的，这有困难，所以又要强调它是某种"社会主义的因素"，而无产阶级的领导是通过具有社会主义思想信仰的知识分子起作用的，由此来解释五四文学并不充分的社会主义性质向左翼文学的更为充分的社会主义性质发展的过程。

但是，通过这样重新定义五四文学的传统来弥合它与左翼文学和解放区文学之间的思想裂隙，在取得特定成效的同时，也产生了新的问题。这是由于重新定义的五四文学传统虽然取得了与左翼文学和解放区文学相同的属性，可是却不能再充分有效地解释它自身了。它的内涵已经改变，本来被认为是资产阶级和小资产阶级文学的五四文学已经成为新民主主义文学的一个部分，于是以胡适和周作人为代表的带有自由主义倾向的文学就不再被视为五四文学的主流，最多只肯定一下胡适和周作人等人在文学革命之初的贡献，很快便回过头来批判他们思想的不彻底性甚至右倾。即使是鲁迅，他虽然被接纳进新民主主义文学，甚至认为"他的思想、行动、著作，都是马克思主义的。他是党外的布尔什维克"[1]，可是鲁迅的形象其实已被重新塑造，启蒙主义者的鲁迅变成了马克思主义者的鲁迅。用这样经过重新阐释的五四文学传统，显然不能再有效地解释包括胡适和周作人在内的整个

---

[1]　毛泽东：《论鲁迅》，胡采主编《文学运动·理论编》（二），重庆出版社1992年版，第880页。

五四文学的存在状况了。①

四

这一问题到 20 世纪 80 年代初充分地凸现出来了。其标志，就是关于五四文学革命指导思想的一次重要讨论。

1983 年，时任南京大学中文系副主任的许志英在《中国现代文学研究丛刊》该年第 1 期发表了题为《"五四"文学革命指导思想的再探讨》的文章，他提出："与其说'五四'文学革命的指导思想是无产阶级文化思想，不如说是小资产阶级革命民主主义思想和资产阶级民主主义思想更符合历史事实。"许志英的文章是就事论事的，他从四方面对文学革命的"无产阶级领导说"提出了不同意见：一是当时能够称得上共产主义知识分子的似乎只有李大钊一人，而且到 20 世纪 80 年代初为止，"人们还很难令人信服地指出来，共产主义知识分子和共产主义文化思想是如何具体地在'五四'文学革命运动中起到指导作用的"。二是五四文学革命发动时，对马克思主义学说的宣传介绍并不平衡，政治和经济方面比重大些，而马克思的许多主要文艺论文一篇也没有介绍进来，包括李大钊、李达在内的介绍者，对马克思主义还"有不够精确甚至错误的看法"。三是五四文学革命最有影响的文学主张是胡适的改良"八事"、陈独秀的"三大主义"以及周作人的"人的文学"，这些主张的基本倾向是资产阶级民主主义或小资产阶级革命民主主义。四是就创作而言，鲁迅反封建的清醒性与彻底性，郭沫若对摧毁旧世界的决绝态度和对新世界的热烈

---

① 其实，在延安时期，仍然有一些共产党人强调五四文学与左翼文学和解放区文学存在差异，只是这种强调差异的观点，被更为权威的新民主主义文化理论所掩盖了。比如，张申府在《五四纪念与新启蒙运动》一文中说："在思想上，如果把五四运动叫做启蒙运动，则今日确有一种新启蒙运动的必要；而这种新启蒙运动对于五四的启蒙运动应该不仅仅是一种继承，而应该是一种扬弃。"（张申府：《张申府散文》，中国广播电视出版社 1995 年版，第 298 页）毛泽东在《五四运动》一文中也说："五四运动是中国资产阶级民主革命的一个新的起点。"到《新民主主义论》，毛泽东才更明确地说，"'五四'以后，中国产生了完全崭新的文化生力军，这就是中国共产党人所领导的共产主义的文化思想，即共产主义的宇宙观和社会革命论"，从而把五四划入了新民主主义的范畴。

追求，其思想基础都是革命民主主义。如果按图索骥、索隐发微地从他们作品中寻找社会主义思想，势必混淆革命民主主义和社会主义的思想界线。在20世纪80年代初，思想禁锢依然存在，因而对许志英的这一观点提出批评，是不可避免的，因为他的观点与新民主主义文化理论在五四文学革命指导思想问题上的定性是相左的。然而时代毕竟不同了，这篇文章所引起的争论并没有引发悲剧。原因有两点：一是这篇文章并没有从根本上否定共产主义思想对新文学的领导作用，作者仅仅是把这种领导作用推迟了几年——从五四文学革命时期推迟到20世纪20年代中期，所以它并没有造成颠覆性的冲击；二是当时整个社会改革正在向纵深发展，在更为广泛和重要的领域，如经济领域，体制方面，突破与现实发展不相适应的教条，已势在必行。比较起来，许志英的文章所涉及的问题还是范围有限，带来的变化不是根本性的，比他的观点更具冲击力的改革正在进行或将要进行，这使中国现代文学研究界得以回避了政治上的压力，回归理性和学术的立场，从而在相当大的范围内事实上接受了五四文学革命的指导思想主要还是资产阶级思想和小资产阶级思想这一观点。

但是，这也意味着此时对五四文学传统又进行了一次重要的"改写"。这次"改写"，是回到五四文学革命的立场上去，强调五四文学革命的启蒙主义性质。"改写"的是历史，真正的动因却来自社会现实：正处于改革开放起步阶段的中国，迫切地需要打破阻挡社会发展的僵化教条，因而实事求是、一切从实际出发的思想原则重新得到确认，重视个人的权利，包括个人独立思考的权利等，成了整个社会，尤其是知识分子所追求的目标。这些体现了思想解放原则的重要价值观，有相当部分可以从五四传统中"重新"发现。所以回归"五四"，本身即新时代思想解放运动的重要组成部分。在这样的背景中，中国现当代文学的研究进入了一个新的阶段。变化发生在大部分领域，比如鲁迅小说的最大贡献，现在认为是在思想界推进了启蒙主义运动，而不再是新民主主义文化理论所强调的是鲁迅回答了无产阶级革命所涉及的有关革命领导权、农民的革命可能性、辛亥革命失败教训等重大问题；又比如重新评价了一批自由主义作家，沈从文等人的文学史地位明显提升，相反左翼作品在艺术上的缺点被正面地提了出来。这些新的观点，与新民主主义文化理论的标准提法存在差异，它们构成了 20 世纪 80 年代前期风靡一时的回归"五四"的文化思潮。

不过还须注意，这种"改写"只是改变了提法，而其所遵循的逻辑还是此前新民主主义文化理论对五四文学传统进行"改写"时所遵循的逻辑，那就是从现实需要出发对历史传统进行重新阐释，突出其与现实需要相适应的方面，淡化乃至遮蔽其与现实不相适应甚至对立的方面。无论突出，还是淡化，皆处在这一传统本身的包线范围内。所谓"改写"，只是对某些方面做了特别的强调罢了。当然，由于这种特别的强调，五四文学传统所呈现的面貌和它的实际内涵，还是发生了重要的变化。比如，20 世纪 80 年代初在所谓的新启蒙中强调回归"五四"，仔细审视，其实并没有真的回到"五四"，因为在五四文学革命发动时非常重要的进化的文学观和白话文学正统观，在20 世纪 80 年代前期没有被强调，更确切地说，是根本没有被提起，因为它们在 80 年代前期的环境中根本没有成为问题。当时成为问题，或者说受到人们关注的，是如何确立人的主体性，尊重个人的独立思考的权利等，因而所谓的新启蒙，只是借着回归"五四"的口号，充分地发掘了五四文学传统中的理性精神和现代人的意识。从这一点上可以说，对传统的重新理解，反映的其实正是社会历史本身的发展和变化。

五　结语

如何理解五四文学传统？这一问题或许不会有最终的答案，因为这一传统依然在嬗变和建构的过程中，会不断有新的答案产生。

今天谈论"五四"，特别惹人关注的是质疑五四文学革命正当性和合理性的保守主义声音在抬头。保守主义者认为，五四新文化运动和文学革命造成了中国文化传统的断裂，导致了中国社会后来的无序混乱和文学水平的整体下降。这种声音是与国学热的兴起相辅相成的，反映了当下文化发展的一种新趋势。探究这一发展所涉及的复杂关系，是另外的一个专题，而我想在这篇文章的结尾处提出来的，只是基于前面的讨论我们需要思考现在究竟该从什么立场来理解五四文学传统的问题。五四文学传统在将近一个世纪的时间内被多次改写，然而直到 20 世纪末，也都是在承认"五四"对于中国现代思想史、中国现代文学史，乃至整个中国现代社会的极端重要性的前提下进行的。这说明，参与五四文学传统建构的绝大多数人是把现代性的追求视为现代中国社会的一项根本任务。在这一意义上，他们事实上是把"五四"当成了现代性的一种语义符号了。可是现在，"五四"似乎背上了原罪，从这样的立场出发来反思五四文学革命及其传统，刚好与"五四"的精神相反，也使"现代性"的含义变得暧昧起来。

五四文学的传统既是一个历史的范畴，也是一个当下的课题。对它的理解，不管采取怎样的立场，前提是要保证符合现代性的基本要求，要把它放到中国社会现代化和人的现代化的历史进程中来考虑，不能脱离社会现代化和人的现代化的目标简单套用西方后现代主义的理论，更不能从民粹主义的立场对它加以简单的否定。中国社会的现代化和人的现代化，不应走民粹主义的狭隘道路，而应该与世界先进文化保持广泛的联系，进行有效的对话。如果持这样一种与当前世界文化发展大势相符合的开放的文化立场，五四文学传统就可会发出新的光彩，并且可以成为中国人民追求现代化理想的一个精神动力！

作为历史镜像的"五四"及其意义

1919 年 5 月 4 日，作为一个具有重大政治意义的日期，是中国新民主主义革命和中国现代史开始的一个标志。"五四"又是一个时期，指中国思想文化史从近代到现代的一个过渡阶段，大致从陈独秀创办《青年杂志》的 1915 年 9 月算起，延伸到 20 世纪 20 年代初，即一般所称中国新文化运动和文学革命的时期。尽管对"五四"的时间坐标已有共识，但关于"五四"的意义依然存在歧见。何为"五四"及其传统，如何评价"五四"传统，今天的分歧似有扩大的趋势。这显然不仅仅是针对历史问题的争论，更重要的是关乎中国未来的想象，反映了当下中国正处在一个重大的转折时期，人们对发展的方向持有不同的看法，对未来有不同的期待。

一　由谁讲述的"五四"？

谁讲述的"五四"这一问题看似奇怪，其实是存在的。作为中国新民主主义革命和目前主流中国现代史的起点的"五四"，是 1919 年 5 月 4 日发生在北京的学生大游行。这一场由爱国学生打头阵的群众革命运动，标志着中国革命从旧民主发展到了新民主主义的阶段。新旧之分的标志，是工人阶级登上了历史舞台——6 月 5 日，上海工人开始大规模罢工，支持学生运动。次日，上海各界联合会成立，反对开课、开市，并且联合其他地区，通告上海罢工主张。6 月 11 日，陈独秀等人到北京前门外散发《北京市民宣言》，声明政府如不接受市民要求，"我等学生商人劳工军人等，惟有直接行动以图根本之改造"。陈独秀被捕，又引发各地学生团体和社会知名人士强烈抗议。面对强大的舆论压力，曹、陆、章相继被免，总统徐世昌提出辞职，中国代表最终没有在巴黎和约上签字。工人的加入，虽是象征意义的，但它改变了这场运动的性质，正如毛泽东说的："五四运动的成为文化革新运动，不过是中国反帝反封建的资产阶级民主革命的一种表现形式。由于那个时期新的社会力量的生长和发展，使中国反帝反封建的资产阶级民主革命出现一个壮大了的阵营，这就是中国的工人阶级、学生群众和新兴的民族资产阶级所组成的阵营。而在'五四'时期，英勇地出现于运动先头的则有数十万的学生。这是五四运动比较辛亥革命进了一步的地方。"① 按中国共产党人的观点，"五四"是一场爱国主义的政治运动，也是一场爱国主义的思想文化运动，其影响深入社会生活的各个方面，包括使中国文学实现了从古代到现代的转型，形成了无产阶级领导的人民大众的反帝反封建的文学。

　　但是，"五四"作为一场思想文化运动，它与作为群众政治运动的"五四"是有所不同的，不仅起点不是 1919 年 5 月 4 日这一天，而是一般认为的陈独秀创办《青年杂志》的 1915 年 9 月，而且其历史内涵也有相当大的差异。作为政治运动的"五四"爱国主义，矛头指向帝国主义，而作为思想文化革命的"五四"，重点却是批判封建主义，特别是清除封建思想在愚昧落后民众中的影响。这种区别，王富仁说得很清楚："中国民主主义政治革命的主要对象是帝国主义和封建主义。它的主要任务就是推翻帝国主义和封建主义的压迫。但作为思想革命，二者则并不完全契合。当时中国的思想革命，主要对象是封建主义思想，但它的主要任务并不是改造这种思想的制定者、倡导者和自觉维护者的封建地主阶级。中国反封建思想革命的任务，始终是为了清除封建思想在广大人民群众中的广泛社会影响。"② 这构成了启蒙主义"五四"观的核心内容。

　　不过，今天重新审视"五四"新文化传统，特别不应忽视那些反

---

　　① 毛泽东：《五四运动》，《毛泽东选集》第 2 卷，人民出版社 1991 年版，第 558 页。
　　② 王富仁：《中国反封建思想革命的镜子——论〈呐喊〉〈彷徨〉的思想意义》，《中国现代文学研究丛刊》1983 年第 1 期，第 9 页。

对五四新文化运动的人对"五四"的看法。虽然这些人在文学史上常被视为顽固保守派，但他们对"五四"的看法在后来是有影响的，甚至有不少同情者。林纾作为译介外国名著的先锋，他指责陈独秀等人"铲孔孟、覆伦常"，"尽废古书，行用土语为文学"，并写《荆生》与《妖梦》攻击新文化运动的主将，受到新文化阵营的猛烈反击。但冷静地观察可以发现，像林纾这样反对新文化运动和文学革命，虽极为少见——他凭自己的名望，把此前《新青年》与《东方杂志》就中西文明关系的争论，推向了极端，显得颇为荒谬，但他提出的问题却在后来大半个世纪里并非没有回响。这个问题，实质就是如何更为合理地处理古今文化和文学传统的关系。林纾反对的是颠覆传统，所谓"尽废古书"。客观地说，他的指责太夸张，因为新文化运动和文学革命的核心人物，他们的反传统是有选择性的，主要针对封建礼教，因此才能在反传统的同时，着手通过旧传统的批判来建设"五四"新传统，甚至他们个人的伦理观念也深受传统的影响，如鲁迅之接受母亲的包办婚姻。但尽管夸张，林纾的指责不能不说体现了一条思路，即传统不能是断裂的。

如果说林纾的反对新文化，是因为他认为《新青年》危及了作为中国文化命脉的孔孟之道，稍后的学衡派提出"昌明国粹，融化新知"，则试图在坚守中国文化传统的前提下融化外来文明的"新知"，其反对五四新文化运动的激进性与林纾有程度上的差别，但坚持文化传统的连续性的观点，却是与林纾一致的。

1935 年，王新命等十位教授发表《中国本位的文化建设宣言》，又延续学衡派引起的争论，针对陈序经等人全盘西化的文化主张而提出中国本位文化建设的观点。他们在宣言中开宗明义地说："在文化的领域中，我们看不见现在的中国了。中国在对面不见人形的浓雾中，在万象蜷伏的严寒中：没有光，也没有热。为着寻觅光与热，中国人正在苦闷，正在摸索，正在挣扎。有的虽拼命钻进古人的坟墓，想向骷髅分一点余光，乞一点余热；有的抱着欧美传教师的脚，希望传教师放下一根超度众生的绳，把他们吊上光明温暖的天堂；但骷髅是把他们从黑暗的边缘带到黑暗的深渊，从萧瑟的晚秋导入凛冽的寒冬；传教师是把他们悬在半空中，使他们在上不着天下不着地的虚无境界中漂泊流浪，憧憬摸索，结果是同一的失望。"基于这种忧心，他们提出："要使中国能在文化的领域中抬头，要使中国的政治、社会和思想都具有中国的特征，必须从事于中国本位的文化建设。""要从事中国本位的文化建设，必须用批评的态度、科学的方法，检阅过去的中国，把握现在的中国，建设将来的中国。我们应在这三方面尽其最大努力。""不守旧，是淘汰旧文化，去其渣滓，存其精英，努力开拓出新的道路。不盲从，是取长舍短，择善而从，在从善如流之中，仍不昧其自我的认识。根据中国本位，采取批判态度，应用科学方法来检讨过去，把握现在，创造未来，是要清算从前的错误，供给目前的需要，确定将来的方针，用文化的手段产生有光有热的中国，使中国在文化的领域中能恢复过去的光荣，重新占着重要的位置，成为促进世界大同的一支最劲最强的生力军。"① 他们主张的内容比较模糊，其在建设思路和基本方法论上的新意在于提出中国文化主体性，而且把这个主体性建立在中国现时的社会需要基础上，而非中国传统文化的基础上。换言之，是"中国本位的文化"，而非"中国文化的本位"，强调的是根据社会需要的创新，而非守旧。这显然是基于30年代的社会文化状况，坚持反对全盘西化的文化建设立场，与五四新文化运动中"打孔家店"（吴虞）、"不读中国书"（鲁迅）、"拼命往西走"（胡适）的激烈反传统有很大的不同，也标志着他们对激进主义"五四"观的修正。

有意思的是，对激进主义"五四"观的批评到了20世纪末成了一个突出的现象。1993年，郑敏先生发表《世纪末的回顾：汉语语言变革与中国新诗创作》，对五四白话文运动否定文言文提出了尖锐的批评，认为这场运动以文白、新旧二元对立的思维逻辑否定文言，成为中国新诗百年没有像样成就的一个主因。郑敏先生字里行间，暗示五四白话文运动反对文言，就是反对文言所承载的中国古代文明。现在看来，如果说白话文运动否定文言，还是一个事实（是否正确，可以讨论），那么说白话文运动否定文言就是否定文言所承载的古代文化，这就与事实相去远了。我感兴趣的，不是郑敏先生的具体意

① 王新命等：《中国本位的文化建设宣言》，《文化建设》1935年第1卷第4期。

见,而是她这个意见所代表的一种思潮,即到了 20 世纪末,相隔半个世纪,突然再次出现了批评"五四"激进主义的声音,随之则是对五四新文化阵营所批判的保守主义者,如学衡派、甲寅派及 30 年代的中国本位文化派开始重新研究,在为这些保守派观点辩护的同时,对五四新文化运动和文学革命本身及其代表性人物,如陈独秀、胡适、鲁迅等,提出了批评,甚至相当尖锐。不能不说,这是一种新的"五四"观!

这种批评到了 21 世纪初,呈现出越来越强的势头。与此同时,国学热,孔子热,三字经、弟子规热,却成为时尚。2014 年年底,我参加北京一个中华诗词的学术研讨会,一位 80 多岁的老革命,批评一些中国现代文学研究者,说他们中"五四"的毒太深。这样的"五四"观,虽然不是主流,但它的影响不容小觑,而其核心显然是否定五四新文化运动的。

有如此多样的"五四"。问题来了:你指的是哪一种"五四",是谁讲述的"五四"?

二 从未来想象"五四"

不同的"五四"观作为历史的镜像,反映的其实是想象者所要追求的价值以及目标。不同的"五四"观错综复杂的关系和此起彼伏的交替,则又勾画出了中国 20 世纪历史发展的轨迹,其背后的意义要比表面的现象更值得思考。

中国新民主主义革命的"五四"观,实质是一种政治的历史叙事。它从历史真实中突出了"五四"反帝反封建的主题和中国工人阶级登上历史舞台的意义。反帝反封建的革命,旨在救亡,所以爱国主义成了新民主主义"五四"观的核心内涵。但这样的爱国主义,是要从新民主主义跃进到社会主义阶段的,也即要体现时代的发展。换言之,把"五四"定义为现代爱国主义的源头,是受共产党人关于新民主主义向社会主义过渡的未来想象规范的。不仅如此,中国新民主主义革命以工农联盟为基础,中国共产党人必然要把"五四"的爱国主义与知识分子跟工农相结合的问题联系起来。这一点,毛泽东1939年5月4日在延安举行的五四运动20周年纪念会上发表的题为《青年运动的方向》讲演中说得非常清楚："看一个青年是不是革命的，拿什么做标准呢？拿什么去辨别他呢？只有一个标准，这就是看他愿意不愿意、并且实行不实行和广大的工农群众结合在一块。愿意并且实行和工农结合的，是革命的，否则就是不革命的，或者是反革命的。他今天把自己结合于工农群众，他今天是革命的；但是如果他明天不去结合了，或者反过来压迫老百姓，那就是不革命的，或者是反革命的了。"① 把是否与工农相结合作为衡量知识分子革命、不革命或者反革命的标准，这是因为新民主主义革命的主体是工农联盟，同时又离不开知识分子的参与，因而改造知识分子的思想，使他们走与工农相结合的道路，在毛泽东看来，成了中国革命取得胜利的一个关键。毛泽东强调这一点，是革命领袖从他的政治观点出发向知识分子提出的要求，并把它作为"五四"爱国主义的一个重要内容加以强调，成为吸引进步知识分子参与新民主主义革命的一个思想基础。

启蒙主义的"五四"观与新民主主义"五四"观的关系，有一个调整和变化的过程。在新民主主义"五四"观形成前，也即在"五四"时期，启蒙主义的观点居于思想意识形态领域的中心地位，其突出表现就是从启蒙意义上来理解五四新文化运动和文学革命。当左翼文学思潮兴起后，启蒙主义的观点受到了批评，一些激进的左翼批评家匆忙宣布"阿Q"的时代已经死去。他们认为无产阶级革命的时代，必须表现农民的反抗，而鲁迅等人的描写农民思想愚昧的人道主义小说也就过时了。直到毛泽东总结中国革命的历史经验，创造性地提出了新民主主义的理论，才把五四文学的启蒙意义与新民主主义反帝反封建的性质联系起来，从新民主主义文学的思想高度把五四新文学与左翼文学统一起来，从而使反封建的思想启蒙纳入新民主主义的范畴中，成为新民主主义文化的一个重要组成部分。但也正因为是从属于新民主主义文化的，所以五四文学的启蒙主义内容受到了阶级

---

① 毛泽东：《青年运动的方向》，《毛泽东选集》第2卷，人民出版社1991年版，第566页。

观点的改造，其中旧时代农民的革命积极性以及旧民主主义革命领导者忽视农民的革命性问题被特别地提了出来，作为中国新民主主义革命的一项重要经验来强调。在此后相当长的一个时期，思想理论界就是按照新民主主义的理论来评价五四新文化运动和五四新文学，实际上改写或者说发展了"五四"精神，即淡化其中的个性解放、思想自由的内容，突出爱国主义的精神，把"立人"的"五四"发展为基于阶级观点的爱国主义的"五四"，服务于一个关于在新中国人民当家做主的美好想象。但既然新民主主义革命的根本任务是反帝反封建，所以在反帝反封建的思想基础上新民主主义的"五四"观与启蒙主义的"五四"观依然保持了历史性的兼容，它在社会实践中具体表现为以民主、自由的名义反对国民党政府的专制与独裁，同时也重视对落后农民的思想教育，使之跟上新时代的革命潮流。

启蒙主义的"五四"观，到了20世纪80年代初以新的历史形态重现。这是因为经历了"文化大革命"极左思潮的危害与个人迷信所造成的严重后果，更多的人深刻地领悟到了"五四"思想启蒙的历史任务还没有完成，而"文化大革命"中的封建主义残渣涌起，说明现代启蒙理性依然具有现实的意义。正是基于这样的背景，学术界呼吁回归"五四"，推动新时期的思想解放运动。具体地说，就是重新审视现代文学史上的作家作品、文学论争和文学思潮，特别是研究鲁迅，把政治革命视角中的鲁迅依据历史主义的原则重新纳入思想革命的视角，强调鲁迅的《呐喊》与《彷徨》是中国反封建思想革命的一面镜子，[①]发掘"鲁迅"的现代启蒙的思想史意义。这些正本清源的工作，是恢复实事求是的思想传统、运用历史唯物主义方法所取得的成果，其背后则是确立了未来中国的新方向——建设一个现代化的中国，与世界潮流接轨的繁荣富强的中国，而不是一个阶级斗争年年讲、月月讲、天天讲，而经济濒临崩溃、文化遭受摧残、社会陷于危机的中国——从这样的关于未来中国的想象出发来重新理解"五四"，强调"五四"的启蒙理性的意义，事实上构成了新时期思想解放运动极为重要的内容，对于

---

① 王富仁：《中国反封建思想革命的镜子——论〈呐喊〉〈彷徨〉的思想意义》，《中国现代文学研究丛刊》1983年第1期。

推动中国历史进步发挥了重大作用。

新时期启蒙主义的"五四"观，当然不是五四时期启蒙主义的"五四"观的简单翻版。这是因为新时期的"五四"观在社会主义发展到新阶段的条件下有了新的时代内容，因而关于未来中国的想象与五四时期有了重大的差别。如果说五四时期启蒙先驱关于未来自由民主新中国的想象还是朦胧模糊的，停留在一般自由民主的水平，那么到了80年代，有了正反两方面的历史经验，特别是极左路线的沉痛教训，中国人民对于自己追求的目标更为清晰和明确，自觉地选择了中国特色的社会主义道路。此时强调新启蒙，就是清除现代迷信的流毒，解放思想，以经济建设为中心，调动人的积极性，建设中国特色的社会主义。新启蒙的"五四"观，就是由这样的未来中国想象所规范的。

历史发展不会一帆风顺，前进路上肯定会遭遇新的问题。20世纪90年代中期开始，随着中国经济的发展，社会贫富差距拉大，腐败现象趋于严重。如何落实社会主义共同富裕的原则，纠正社会不公现象，成了人们关注的一大焦点。这一问题具体到文化建设上，就再一次与"五四"发生了关系。具有标志意义的是，一些思想解放运动中的先锋人物，此前已经转变了态度，开始回归改良主义的道路，实际上也就改变了对"五四"的看法。比如李泽厚提出"告别革命"的口号，开始推崇改良性质的发展模式。① 这一转变，具有预兆意义，表明中国社会从激进主义的革命模式向改良主义模式转型，由此带动了思想理论界出现了反思激进主义文化的思潮，而且因为这种思潮有利于社会的有序和稳定而受到主流意识形态的鼓励。于是，出现了前述的国学热，孔子热，三字经、弟子规热。这一思潮的重要组成部分，就是开始对五四新文化运动和文学革命进行反思和批判，同时为一些在五四新文化运动和文学革命中受到批判的，比如学衡派、本土文化派，进行"平反"，认为是这些人代表了"五四"以来思想界的稳健力量，而陈独秀、胡适、鲁迅等人则是文化传统的破坏者，导致

---

① 李泽厚的"告别革命"，有意为改革开放提供理论支持，但这个口号自身涉及怎样评价中国革命的历史问题，所以是存在争议的。

此后新诗的乏善可陈、人伦道德的败坏，甚至认为"文化大革命"就是"五四"激进主义传统的一个灾难性后果。① 这种保守思潮影响到中国现代文学学科，又表现为超越"五四"，向晚清寻找现代文学史的起点。这些观点的保守性，就在于事实上降低了五四新文化运动和文学革命对于现代思想史、现代文学史所具有的重大意义，削弱了现代启蒙理性的历史地位。

当然，不可否认，在社会利益和思想趋于多元化的条件下，这种保守主义的"五四"观难以做到一统江山，反而引起了激烈的争议。争议的焦点，并非纯粹的理论问题，而是一个实践的问题，或者说是从未来想象中国的问题。"五四"的批评者和批判者，所希望的未来中国与"五四"时期的知识分子所想象和期待的中国存在重大差异。这主要地不是百年前的想象模糊笼统与现在的清晰明确，而是对变革的期待在性质上有了不同。指责和批判五四新文化运动和文学革命的，所期待的中国是一个告别了革命的中国，既不同于"五四"式的中国想象，也不同于毛泽东式的中国想象，同样地也不同于新时期思想解放运动中一些知识分子的中国想象。谁都希望未来的中国是一个繁荣富强、和平崛起的中国，但问题是指责和批判"五四"，有助于实现这个目标吗？在这种质疑和批判声中，是不是存在着丧失现代化和改革开放动力的危险？

三　历史规定中的"五四"

历史的镜像，不是历史本身，但并非没有意义。历史研究的目标当然是还原历史，揭示真相，但人们所能做的大多只是在朝向这个目标锲而不舍地前行。在此过程中建构起来的历史话语，作为历史的镜像，是存在的反映，但又受到讲述者主观因素的影响。正因为如此，后来的研究者便有可能借它来考察人类思想发展的轨迹，从中发现历史本身和人们认知过程中的一些重要而有趣的问题。

---

① 持此种观点者，只看到现象，而没有意识到如果真正继承了"五四"的理性批判精神，就不会有"文化大革命"的建立在现代个人崇拜基础上的全民狂热。

不同的"五四"观，除了透露出"五四"本身历史意义的丰富，还能告诉我们，怎样评价"五四"，其实有一个隐藏在它背后的思想逻辑。启蒙主义的"五四"观，代表了"五四"反封建思想革命的时代需要，为个性解放和思想突围提供了充分的依据。左翼知识分子的"五四"观，初时犯了割断历史联系的"左"倾幼稚病，是毛泽东把"五四"定义为新民主主义革命的历史起点，克服了"左"倾错误，使中国共产党领导的新民主主义革命获得了超越旧民主主义革命的正当性和合理性，"五四"也就成为凝聚革命力量的重要思想资源。这充分展现了一个政治领袖的敏锐眼光和杰出的理论创新能力。保守主义的"五四"观，不同程度上代表着保持历史的联续性、反对激进变革乃至回归传统的诉求，而它发展到新的世纪之交，表达的不过是对中国发展前景的另一种展望罢了。这告诉我们，应该把不同的"五四"观看成历史的镜像，通过它去研究其背后的历史缘由，梳理其发展的脉络。这样才不至于迷失在历史表象中，比如看到什么就以为是什么，从而犯下与盲人摸象类似的错误。

但是这也提出了一个问题，即今天我们应该怎样来认识"五四"，如何看待不同的"五四"观？有两种态度和方法，一种是照着过去的逻辑，从自己对未来中国的想象出发，或者说从自己对现实中国发展的诉求出发，来阐释"五四"和"五四"传统，讲述爱国主义的"五四"传统，知识分子经由思想改造走与工农相结合道路的"五四"传统，或者推进思想解放的启蒙主义"五四"传统。另一种则是单纯地回归历史，而不涉及关于未来的想象和意义的纠结。这两种态度和方法，产生的结果是不同的。比较起来，前一种态度和方法产生的是基于对中国发展期望所做出的结论，受到"未来"的规范；后一种态度和方法则执着于历史真相，重点是指向过去。可是，这两种态度和方法又是可以统一的，即在指向"未来"的同时又反观"过去"，或者依据"过去"的经验来想象未来。这样就不至于脱离历史语境，而是从过去与未来的辩证统一中来阐释"五四"的意义。这种跳出历史来看历史的方式，正是我们相对于先辈所占有的优势。

回到前一节最后提出的问题。保守主义者批评"五四"，其出发点并非回到"五四"语境，去考察"五四"的时代特性，而是从他们认为的当下中国发展所要解决的问题出发，反对"五四"的激进主义。他们倾向于从中国传统文化中寻找思想资源，来建设当下的新文化，维护社会思想秩序和道德秩序，实现社会的平衡发展。这种反思与批评的声音，有助于人们从新的角度来思考和发掘"五四"的思想资源，但如果超过了合理的度，把"五四"传统与现代化的方向对立起来，则就有可能既背离历史，又脱离现实，犯下实用主义的错误。以前述极端的所谓追求变革的知识分子"中'五四'的毒太深"为例，这种反历史主义的观点在当下传统文化复兴的背景下有一定的代表性。说这话的老者，其实忘记了正是五四新文化运动为马克思主义在中国的传播扫清了思想障碍；而当中国革命取得胜利，虽走过一些弯路，到 20 世纪 80 年代初找到了改革开放的道路，这时却来否定为马克思主义传播和中国革命胜利创造了条件的五四新文化运动，把它简化为激进主义的文化符号，并且视其为破坏社会稳定的思想根源，这就既不符合历史事实，也无助于推进今天的现代化建设。这就像一个人住在五楼，却大声喧哗说要拆除他五楼以下的建筑一样地荒谬——五楼不能凭空存在，历史也不能依据某种需要而随意加以遮蔽。

那么，今天该怎样看待历史上的"五四"，又如何从过去与未来的辩证统一中来理解"五四"，厘清"五四"的精神内涵？这显然是一个大题目，需要专题研究，本文只能在剩下的篇幅中就此谈点粗浅的看法。

一是回归"五四"的历史语境。五四新文化运动的发生有其具体的历史背景，即以儒家为核心的传统文化到晚清，对外已经不能协调中西的利益关系，既不能抵御西方炮火，又不能抵御西方的思想。其实质，是中国传统文化中的重农抑商观念以及与此相适应的伦理体系，适合以农业为基础的社会结构，与西方基于现代工业发展的国际交往需求发生了猛烈冲突。而当冲突发生，西方列强用大炮打开中国国门后，一些人还在希望以中国固有之文明来加以应对，结果就像鲁迅嘲讽的，《易经》咒不翻人家的潜水艇。外来势力的侵入，引起中国社会内部的深刻变化，此时再试图用传统文化那套劝人安于现状、不要犯上作乱来维持社会的稳定，已经变成白日梦呓。五四新文化运动，虽然直接针对辛亥革命后的政治混乱，更内在的原因则是传统文化面对内外巨变束手无策，先驱者试图寻找一条新的救国救民的道路。他们发动了一场无论规模还是深度都远超梁启超在 20 世纪初开始的启蒙运动，其激进的姿态是历史的语境及他们承担的时代使命所规定的，而且其所针对的只是传统文化中不再适应现实发展需要的部分。他们为传统文化的现代转型注入了巨大的活力——而他们的实践，仍在历史之中，没有也不可能割断与中国传统文化的联系。看"五四"，就应该如此把它放到历史的语境中去，不能用今天倡导传统文化来说明"五四"当年批判封建礼教错了——当你这样做时，时空错位，你说的"五四"已不是当年的"五四"，你说的传统文化也非五四新文化运动所批判的传统文化，而不过是借评说"五四"的由头来为当下试图保持某种秩序和利益体系提供一个注解罢了。这显然不是历史主义的态度。

二是理性评估"五四"的当代意义。五四新文化运动以彻底反封建的姿态，成为中国文化从传统进入现代的一个显著标志。它的激进性，既是一个历史的产物，同时又具有新的时代意义。换言之，它所反对的既是一些僵化的教条，也是某种因循守旧的思想作风。它在实践中不时地被注入新的时代内容，成为现代化的强大思想动力，这是被 20 世纪不同时期的思想解放运动和社会进步所不断证明了的。究其根本原因，就在于从"五四"开始的新民主主义历史阶段，追求一个现代民族国家的现代化梦想，前承辛亥革命的制度变革成果，后推中国社会的进步。今天中国的现代化梦想，从本质上说，就开始于作为新民主主义历史起点的"五四"——当然，是作为一个阶段的标志意义的那个"五四"。这就不难理解，五四新文化所蕴含的现代启蒙理性精神、人的主体自觉精神和对历史的责任感，即从个人与社会的统一中确立价值理想的那种文化观念，在今天仍然发挥着重要作用。这种作用是与中国社会的现代化进程相始终的。一切反对"五四"启蒙理性精神和人的主体自觉精神的观点，认为"五四"破坏了中国文化传统、犯下严重错误的观点，本身就是缺乏历史眼光和现实关怀的守旧思想的一种表现。我们要做的工作，不是简单地批判和否定"五四"，而是从"五四"传统所拥有的现代性思想资源出发，结合新时代的特点，加以发扬光大，使它在中国现代化进程中相当长的时期内始终保有新鲜的思想活力。

三是确立具有普遍性的"未来"维度。关于"五四"的不同理解乃至争议，既然根源于对未来中国的不同想象——"过去"是未来的"过去"，未来是"过去"的未来，那么，要历史地看待"五四"，并使"五四"精神保有活力，就必须从一个具有普遍性的未来维度来凝聚和发展"五四"的传统。人们所理解的"五四"各有侧重，那么具有未来意义的"五四"传统，就应该合乎中国未来发展的历史要求。"五四"精神是历史的存在，但同时又应该而且必须根据未来的长远目标来定义，随着时代的发展不断激发其内在的活力，而不是害怕它的思想活力，依某一阶段的特殊需要来简单地加以批判和否定。这后一种态度发展到极端，就是极端文化守旧主义者的思想逻辑。他们反对革新，因而对"五四"持批判甚至否定的态度。这样做，对中国社会发展所起的作用往往是消极和负面的。

《新青年》 进化论思想的实践及影响

进化论，是一种现代的世界观。它在 19 世纪末从西方引进，从根本上改变了中国人的历史观念和思维方式，在中国现代反封建思想斗争中起了极为重要的作用。《新青年》倡导新文化运动，所用的一个思想武器就是进化论。但查阅相关报刊资料可以发现，《新青年》并非宣传进化论的主力，而是实践进化论思想的一个主要阵地。它从思想启蒙的实战需要出发对进化论思想的理解和运用，影响了进化论在中国现代思想史上所扮演的角色，其内在的思想裂隙则又在新的历史条件下给人们评价五四新文化运动的历史贡献、确立中国发展方向时带来了一些值得深思的问题。

一 顺势而为之：把进化论思想付诸实践

据晚清与民国时期期刊全文数据库统计，1897 年 12 月严复翻译的《天演论》于《国闻汇编》（天津）刊出后的两年时间里，报刊上文章的标题中没有"进化"的字样。1900 年，有 12 篇文章提及进化问题，主要是《清议报》连载的日本人有贺长雄著《社会进化论》，由瑷斋主人翻译。这表明进化论开始在思想界引起重视。迄至《新青年》（第 1 卷《青年杂志》）创刊的 1915 年，报刊上关于进化论思想的文章总计 335 篇，进化论思想在这个时期开始产生重大影响，成了整个社会及思想变革的重要工具。

考察这一时期报刊上关于进化论思想的文章，大致属于翻译和学理探讨为主。发表这方面文章较多的报刊有：《新民丛报》22 篇（集中在1902—1904年，如连载的《中国专制政体进化史论》《进化论革命者颉德之学说》等），《万国公报》29篇（集中在1901—1906年，如连载的《格致进化论》《论欧洲进化源流》《论红种人之进化》），《新世纪》21篇（集中在1907—1908年，如《进化与革命》《论习惯之碍进化》、连载的《互助：进化之大原因》），《东方杂志》9篇（集中在1905—1915年，如《社说：论中国进化》《社说：物质进化论》《社说：工业进化论》《社说：论中国政教宜求进化》《华赉斯博士道德进化新论》《人群进化观》），《大同报》17篇（集中在1908—1914年，如《论着：人类进化说》《论着：天然和平进化之世界说》《社说：家庭进化论》《社说：世界进化之先导》《论说：论人类天演进化之理由》《论着：论古今进化退化之机关在于道德》《论着：世界学术思想进化编叙略》）。另外还有一些刊物发表过少量的关于进化论的文章，比如《外交报》1903年第3卷第20期发表《论外交之进化》，1904年第4卷第30期发表《日本研究国际法之进化》。《人道周报》1903年第3期发表《人道进化之动机》，同年第4期发表《如何而渡此危险：中华民国之隐忧，世界进化之大梗》。《甲寅（东京）》1915年第1卷第10期发表《道德进化论》。甚至《绣像小说》杂志也发表了由惺庵所著的连载小说《世界进化史》。

　　1915年9月《青年杂志》创刊，《新青年》也参与了进化论思想的宣传。有意思的是，到1920年，它发表关于进化论思想的文章仅见3篇，即1918年5卷4号胡适的《文学进化观念与戏剧改良》，1919年6卷6号朱希祖译的厨川白村《文艺的进化》，1920年7卷3号胡适的《国语的进化》。同一时期其他各报刊发表关于进化论思想的文章却总计178篇。1921—1923年，全国各报刊发表关于进化思想的文章达到一个历史高峰，分别为163、124、104篇，总计391篇。在20世纪上半叶，这是空前绝后的。可以说反映了五四新文化运动思想交锋的新形势，即新文化运动迅猛展开后遭遇了保守势力的抵制，相应地促进了启蒙的先驱对进化论思想的高度重视，加大了宣传进化论思想的力度。但同样非常有意思的是，1921—1923年《新青年》发表关于进化论的文章仅2篇，即王星拱发表于1921年9卷3号的《生物进化与球面沿革之概说（附表）》和周佛海发表于1921

年 9 卷 2 号的《从资本主义组织到社会主义组织底两条路：进化与革命》。

这个统计数据表明，因为进化论强调进化的观念，众多新兴的报刊大力宣传，成为晚清和民初推动社会变革、批判封建文化的强大思想武器，进化的观念从此开始被知识界中的进步力量广泛接受。《新青年》基于这种寻求变革的社会思想形势则更进了一步，把关注重点从进化论思想的宣传转向用进化论思想来解决中国社会的实际问题，因而它发表的关于进化论的理论文章相对很少，而它所推动的新文化运动则处处借助于进化论的观念，用进化、发展的思想来批判旧文化和旧文学，提倡新文化和新文学。

这一办刊宗旨，反映了民初社会的复杂矛盾和陈独秀对这些重大问题的独特思考。中华民国的成立开创了亚洲现代民族国家建设的历史新纪元，但随之而来的袁世凯专权在革命派看来，是辛亥革命成果付之东流，因而他们在军事上掀起讨袁行动的同时，在思想文化界开始酝酿更集中地批判封建专制所依赖的儒家思想体系。[1] 陈独秀提出："吾国之社会，其隆盛耶，抑将亡耶？非予之所忍言者……予所欲涕泣陈词者，惟属望于新鲜活泼之青年，有以自觉而奋斗耳。自觉者何？自觉其新鲜活泼之价值与责任，而自视不可卑也。"[2] 陈独秀看到辛亥革命后中国的危机已相当严重，关键在于旧的思想依然牢固地统治着民众的头脑。而要解决这一危机，他发现必须在晚清的思想启蒙运动基础上以一场新的文化运动来彻底批判封建思想，他把希望寄托在青年身上。这体现的是青年胜于老年的进化论思想，但他关注的重点显然是辛亥革命后积累起来的严重社会问题。也就是说，他是用进化论思想来解决中国社会所面临的挑战。在这样的思想指导下，他心目中堪当中国社会变革大任的"青年"，必须是"自主的而非奴隶的""进步的而非保守的""进取的而非退隐的""世界的而非锁国

---

① 陈独秀在《驳康有为致总统总理书》中写道："中国帝制思想，经袁氏之试验，或不至死灰复燃矣，而康先生复于别尊卑，重阶级，事天尊君，历代民贼所利用之孔教，锐意提倡，一若惟恐中国人之'帝制根本思想'或至变弃也者。"明显的，他是从防止专制复辟的角度来思考文化革新问题的。

② 陈独秀：《敬告青年》，《青年杂志》1915 年第 1 卷第 1 号。

的""实利的而非虚文的""科学的而非想象的"。这样的青年，与中国传统思想熏陶下培养出来的士大夫完全不同，是新时代具有新思想、新视野、新人格的新人。

《敬告青年》，其性质相当于《青年杂志》的发刊词。整个《新青年》在倡导新文化运动期间的重心就是沿着《敬告青年》所声明的宗旨展开的，比如开展了对以孔子为代表的儒家思想的批判，对中西国民性的比较研究等。陈独秀在《孔子之道与现代生活》《复辟与尊孔》《驳康有为致总统总理书》等文章中强调，现代青年应该追求人格独立、思想自由，而"孔教"则成了思想解放的重大障碍，甚至成为封建专制复辟的思想帮凶。他在《东西民族根本思想之差异》中论及中西文化的差异，强调："西洋民族以战争为本位，东洋民族以安息为本位"，"西洋民族以个人为本位，东洋民族以家庭为本位"，"西洋民族以法治为本位，以实利为本位；东洋民族以感情为本位，以虚文为本位"。他对中西根本思想的这一概括并不十分准确，但他看到两者的重要差异则是颇具眼光的，特别是他指出了中国国民性的安于现状、抹杀个性、尊崇家族、勤于虚饰，击中了问题的要害。

陈独秀的文章及《新青年》对同一主题的大力宣扬，处处贯彻了进化论的思想，但没有拘泥于进化论思想的理论探讨；相反，是站在一个历史的高度，把进化论的思想有针对性地应用于紧迫的中国实际问题的解决，显示了陈独秀及整个《新青年》团队的先进观念及实践性的思想品格。换言之，这代表了陈独秀及整个《新青年》把外来的思想与中国实际问题结合起来的一个重大的思想成果。他们抓住了具有新思想背景的知识分子的心，因而《新青年》成为新文化运动最为重要的思想阵地，陈独秀成了当时具有重大影响的思想界领袖。

二 坚持"突变"观：发起反封建的新文化运动

达尔文的进化论，强调任何生物都处在进化的链条中，这是以地理纪年为时间单位的科学发现。但落实到某一个历史时期，生物进化只能通过物种的前后差异表现出来，从而产生进化中的突变现象。当然，生物界的这种突变现象要经历相当长的过程，是以渐变为基础的，但在足够长的时间里这种渐变又以突变的形式表达出来。进化论向人们提供了线性的时间观念和发展观念，但当我们运用这种观念来解释人类历史时，其进化中的渐变和突变相统一的观点在实践中会产生两种不同结果：一是在渐变观点的指导下强调人类文化发展的延续性，重视对传统的继承；二是在突变观点指导下强调文化发展的飞跃和革命性，即强调对旧的文化传统的整体性批判。

进化论思想进入中国并发生重大影响，是因为中国社会陷于内外交困正面临着一场深刻的变革。陈独秀及其《新青年》团队基于对民国初年社会和文化变革紧迫性的认识，对进化论的理解明显侧重于进化思想中的突变观点，并在中国思想文化界发起了一场轰轰烈烈的、激进的文化革新运动。

新文化运动的激进性、体现进化观念中的突变思想的，首先是强调基于线性时间观的古今思想的对立。与中国传统圆形的时间观不同，新的线性时间观里，历史不再是循环的，因而古代的思想观念不再成为当下社会的价值标准。不仅如此，从进化论的经由渐变而触发的突变观念又特别强调某一事物在其发展的临界点上之质变的合理性，这极大地影响了人们对待传统文化的态度。陈独秀在《尊孔与复辟》一文中这样写道：“张、康虽败，而共和之名亦未为能久存，以与复辟论相依为命之尊孔论，依旧盛行于国中也。孔教与共和乃绝对两不相容之物，存其一必废其一，此义愚屡言之。张、康亦知之，故其提倡孔教必排共和，亦犹愚之信仰共和必排孔教。盖以孔子之道治国家，非立君不足以言治。”又曰：“孔子生于二千年前君主之世，所言治术，自本于君政立言，恶得以其不合于后世共和政制而短之耶？曰：是诚然也。愚之非难孔子之动机，非因孔子之道之不适于今世，乃以今之妄人强欲以不适今世之孔道，支配今世之社会国家，将为文明进化之大阻力也，故不能已于一言。”他就是以进化论的名义强调“孔教”已不适合于两千年后的“共和政制”，古今思想在所有重大方面皆难以调和。

在《吾人最后之觉悟》中，陈独秀又提出要巩固共和政制，政治之觉悟非常重要："甲午以还，新旧之所争论，康梁之所提倡，皆不越行政制度良否问题之范围，而于政治根本问题，去之尚远。""今之所谓共和所谓立宪者，乃少数政党之主张，多数国民不见有若何切身利害之感而有所取舍也。盖多数人之觉悟，少数人可为先导，而不可为代庖。共和立宪之大业，少数人可主张，而未可实现。人类进化，恒有轨辙可寻。故予于今兹之战役，固不容怀悲观而取卑劣之消极度态，复不敢怀乐观而谓可踌躇满志也。"他进一步说："进化公例，适者生存。凡不能应四周情况之需求而自处于适宜之境者，当然不免于灭亡。日之与韩，殷鉴不远。吾国欲图世界的生存。必弃数千年相传之官僚的专制的个人政治，而易以自由的自治的国民政治也。"他认为从专制的个人政治到自由的自治的国民政治，是人类进化的大势。"果能实现与否？纯然以多数国民能否对于政治，自觉其居于主人的主动的地位为唯一根本之条件。自居于主人的主动的地位，则应自进而建设政府，自立法度而自服从之，自定权利而自尊重之。倘立宪政治之主动地位属于政府而不属于人民，不独宪法乃一纸空文，无永久厉行之保障，且宪法上之自由权利，人民将视为不足重轻之物，而不以生命拥护之，则立宪政治之精神已完全丧失矣。是以立宪政治而不出于多数国民之自觉多数国民之自动，惟日仰望善良政府贤人政治，其卑屈陋劣，与奴隶之希冀主恩、小民之希冀圣君贤相施行仁政无以异也。"这是他从民国体制的立场上提出共和政治的能否真正成功取决于国民的政治觉悟。

　　但陈独秀认为社会变革中更为重要的是伦理的觉悟："儒者三纲之说，为吾伦理政治之大原，共贯同条，莫可偏废。三纲之根本义，阶级制度是也。所谓名教所谓礼教，皆以拥护此别尊卑明贵贱制度者也。近世西洋之道德政治，乃以自由平等独立之说为大原，与阶级制度极端相反，此东西文明之一大分水岭也。吾人果欲于政治上采用共和立宪制，复欲于伦理上保守纲常阶级制，以收新旧调和之效，自家冲撞，此绝对不可能之事。盖共和立宪制，以独立平等自由为原则，与纲常阶级制为绝对不可相容之物，存其一必废其一。倘于政治否认专制，于家族社会仍保守旧有之特权，则法律上权利平等经济上独立生产之原则，破坏无余，焉有并行之余地？自西洋文明输入吾国，最初促吾人之觉悟者为学术，相形见绌，举国所知矣。其次为政治，年来政象所证明，已有不克守缺抱残之势。继今以往，国人所怀疑莫决者，当为伦理问题。此而不能觉悟，则前之所谓觉悟者，非彻底之觉悟，盖犹在惝恍迷离之境。吾敢断言曰：伦理的觉悟，为吾人最后觉悟之最后觉悟。"① 伦理观比政治观更内化于人的心理和人格，也就更深刻地影响到人在日常行为中的价值取向。现代政治制度的成败取决于人的现代化，而人是否达到现代的思想水平，关键还在其伦理观的现代化，即养成"自由、平等、独立"之人格。从这样的意义上，陈独秀提出了"伦理的觉悟，为吾人最后觉悟之最后觉悟"。他强调在中国古今伦理观的针锋相对，显然又是采取了进化论思想中突变观念，不留丝毫的新旧调和的余地。

在陈独秀的推动下，新文化运动发起了对"孔教"的猛烈批判。吴虞在《新青年》2 卷 6 号发表《家族制度为专制主义之根据论》，猛烈抨击封建礼教。又作《吃人与礼教》，认同鲁迅在《狂人日记》所提出的封建礼教吃人的主题。胡适称他为"中国思想界的清道夫"，"四川只手打孔家店的老英雄"。易白沙在《青年杂志》1 卷 5 号和 6 号连载的《孔子平议》，提出历代封建帝王尊孔，是"利用孔子为傀儡，垄断天下之思想，使失其自由"，而独夫民贼所以能利用孔子，是因为孔子学说本身存在四大缺陷，一是"孔子尊君权，漫无限制，易演成独夫专制之弊"；二是"孔子讲学，不许问难，易演成思想专制之弊"；三是"孔子少绝对之主张，易为人所藉口"；四是"孔子但重作官，不重谋食，易入民贼牢笼"。其矛头直指袁世凯称帝及其提倡"尊孔读经"。高一涵也在《新青年》上发表大量文章，宣传民主、自由、共和的思想，产生了重大影响。

在五四时期，新旧伦理问题其实也是中西思想的问题。因而偏重进化论思想中的突变观念，在新青年一派中又表现为他们持中西文化发展水平高下和对立的观点。陈独秀在《东西民族根本思想之差异》一文中论及中西民族性格的特点时，他所着眼的虽是因传统延续而形成的中西民族性的不同，但他在评论中表达的倾向却是西洋文化高于

---

① 　陈独秀：《吾人最后之觉悟》，《青年杂志》1916 年第 1 卷第 6 号。

东方（中国）文化的态度。换言之，陈独秀认为中西文化的差异不仅仅是地域性的，更是时间性的，即西方文化代表进步，中国文化代表落后；中西差异，其实也是新旧差异。这种观点，在新文化阵营中是相当普遍的。他们对中国传统文化、礼教思想的批判，与引进西方现代文明皆相表里。于是，中西文化的差异在中国文化要向西方文化看齐的呼声中被历史性地放大了，民族文化的发展似乎成了一次脱胎换骨的蜕变。

新文化运动的另一大主题，是反对旧文学、提倡新文学。新旧文学的关系，在新青年一派看来同样是尖锐对立的。胡适的《文学改良刍议》用了"刍议"做题目，而就其文中对文言的否定而言，却是革命性的。陈独秀在《文学革命论》中打出了革命旗号，称"有不顾迂儒之毁誉，明目张胆以与十八妖魔宣战者乎？予愿拖四十二生之大炮，为之前驱"。并以公开信的形式宣称："鄙意容纳异议，自由讨论，固为学术发达之原则；独至改良中国文学，当以白话为文学正宗之说，其是非甚明，必不容反对者有讨论之余地，必以吾辈所主张者为绝对之是，不容他人之匡正也。"[1] 1918 年 4 月，胡适发表《建设的文学革命论》，态度也坚定起来："文学革命，只是要替中国创造一种国语的文学。有了国语的文学，方才可有文学的国语。有了文学的国语，我们的国语才可算得真正国语。国语没有文学，便没有生命，便没有价值，便不能成立，便不能发达。"他把这意思概括成十个字的宗旨："国语的文学，文学的国语"，并宣称"二千年的文人所作的文学都是死的，都是用已经死了的语言文字作的。死文字决不能产出活文学。所以中国这二千年只有些死文学，只有些没有价值的死文学"[2]。他的基于白话与文言势不两立的新旧文学观的对立，已与陈独秀的看法一致起来。沿着陈独秀和胡适所提倡的文学革命方向，钱玄同、刘半农在白话文的文法、语音方面进行了有益的探讨，周作人发表《思想革命》和《人的文学》，在新文学的思想内容方面做了更深入的研究，而鲁迅则以其创作的成就体现了文学革命的实绩。

---

① 陈独秀：《答胡适之》，《新青年》1917 年第 3 卷第 3 号。
② 胡适：《建设的文学革命论》，《新青年》1918 年第 4 卷第 4 号。

无论是打倒旧道德、提倡新道德，还是打倒旧文学、提倡新文学，新青年阵营都表现出坚定的态度，体现了指导思想上坚持进化论的突变观一面。这种激进倾向，是符合历史辩证法的。鲁迅曾说在中国要做点改变，很难。你想想在一间黑屋子里开一扇窗户，众人都会反对。你必得说要掀翻屋顶，旁人才会妥协，主张开一个窗户。这种思想状态，原是历史的惰性使然。而在中国，由于历史的悠久和封建观念的深入人心，这种历史惰性特别严重，因而在"五四"这样的历史转折关头，以矫枉过正的态度对束缚人的思想和个性的封建礼教采取彻底批判的态度，掀起一场声势浩大的新文化运动，顺应了历史的要求。

三　历史辩证法：新传统遭遇老问题的挑战

进化论思想中的渐变观与突变观，是生物界进化和人类社会发展中一体两面的问题。两者在进化观上一致，区别仅在于观察角度和采取立场的差异所造成的侧重点有所不同。然而这区别所包含的思想方法和思维形式上的差异却会造成迥异的后果，甚至引发激烈的争论。

严复翻译《天演论》，是想告诉人们"物竞天择，适者生存"。他是个维新派，但问题到了怎样进化、进化到什么政制，他却成了保皇派。他终身反对革命、共和，辛亥革命后卷入洪宪帝制，提出"大总统即君"，成为袁氏谋叛的先声。

严复之后宣传进化论不遗余力者，如《东方杂志》，主编杜亚泉等就与《新青年》的陈独秀就中西文化发生了一场影响很大的论争。陈独秀所质问的《东方杂志》三篇文章，发表于1918年，分别是杜亚泉的《迷乱之现代人心》，钱智修的《功利主义与学术》，平佚编译的《中西文明之评判——译日本杂志〈东亚之光〉》。《中西文明之评判——译日本杂志〈东亚之光〉》是介绍三位西方学者受辜鸿铭中西文化观的影响，认为"欧洲之文化，不合于伦理之用……吾人倾听彼（辜）之言论，使吾人对于世界观之大问题，怅然有感矣"[①]。《功利主

---

① 平佚：《中西文明之评判——译日本杂志〈东亚之光〉》，《东方杂志》15卷6号（1918年6月）。

义与学术》，批评一些人"以应用为学术之目的，而不以学术为学术
之目的"①。这两篇文章皆持中国传统文化本位立场，拒绝西方文化
向中国渗透。这一立场在杜亚泉的《迷乱之现代人心》一文中表现
得尤为集中，杜亚泉说："进化之规范，由分化与统整二者互相调剂
而成。现代思想，其发展而失其统一，就分化言，可谓之进步，就统
整言，则为退步无疑。我国先民，于思想之统整一方面，最为精神所
集注。"他认为西方思想界自文艺复兴以后，杂乱无章，我们引进这
些思想，只能造成"精神界之破产"，陷于物质主义之泥潭。这种看
法有第一次世界大战的社会背景，即西方文明通过生灵涂炭的"一
战"暴露了它注重物质的内在缺陷。但杜亚泉显然是太保守了。他认
为西方文明已经病态，而我们的"救济之道，在统整吾固有之文明，
其本有系统者则明了之，其间有错出者则修整之。一方面尽力输入西
洋学说，使其融合于吾固有文明之中"。原因就在于："吾固有文明
之特长，即在于统整，且经数千年之久未受若何之摧毁，已示世人以
文明统整之可以成功。今后果能融合西洋思想以统整世界之文明，则
非特吾人之自身得赖以救济，全世界之救济亦在于是。"② 陈独秀先
后发表《质问〈东方杂志〉记者——〈东方杂志〉与复辟问题》和
《再质问〈东方杂志〉记者》，批驳的重点放在杜亚泉的文章。陈独
秀坚决反对中西文化调和说，指出中国学术文化最为发达的是"整
统"前的诸子时期，而西方文明的灿烂又在"整统"的中世纪后的
文艺复兴以还。③ 这话是切中杜氏要害的。陈独秀在《再质问〈东方
杂志〉记者》一文的结尾又最后质问道："此中最要之点，务求赐答
者，即：中国固有文明，重精神，国本，一、自西洋混乱矛盾文明输
入，破坏吾国固有文明中之君道臣节名教纲常，遂至国是丧失精神界
破产国家将致灭亡。二、今日吾人迷途中之救济，非保守君道臣节名
教纲常之固有文明不可。三、欲保守此固有文明，非废无君臣之共和
制不可，倘废君臣大伦，便不能保守君道臣节名教纲常，便不能救济

① 钱智修：《功利主义与学术》，《东方杂志》15 卷 6 号（1918 年 6 月）。
② 杜亚泉：《迷乱之现代人心》，《东方杂志》15 卷 4 号（1918 年 4 月）。
③ 陈独秀：《质问〈东方杂志〉记者——〈东方杂志〉与复辟问题》，《新青年》
1918 年第 5 卷第 3 号。

国是丧失，精神界破产，国家灭亡。此推论倘有误乎否耶?"① 这让
杜亚泉没法回答。

《新青年》与《东方杂志》的这一场论争，开启了中国现代中西
文化比较研究的先河。争论的焦点，其实是如何看待中西文化的优劣
以及如何建设中国现代文化。它上承晚清的体用之争，而将焦点置于
新的时代背景中。信奉进化论，使他们共同超越了晚清体用之争的思
想水平，但进化论显然没有让他们达成共识。比较起来，杜亚泉等人
坚持的是进化论的渐变观点，强调文化的前后延续，甚至主张以中国
固有文化整合外来文明。这种保守倾向，暴露了故步自封的缺点。按
他们的观点，外来文明的优点反而会被异化成符合本土僵化传统的糟
粕。但他们的观点在学理上有一可取之处，即强调在保持中国传统文
化血脉的前提下争取文化的改良。陈独秀们对这种保守倾向的尖锐批
判，合乎时代要求，因为在中国传统文化已无力应对现实提出的严重
挑战，外不能解决中西冲突，内不能调和新旧矛盾时，以先进的西方
文明批判日渐僵化和衰落的民族传统文化，确实是重振中国传统文化
生机的一条途径。但陈独秀们的问题是，以西方文明的标准来批判中
国传统文化，在学理上就有可能脱离中国实际，造成过分西化的弊
端。传统文化的现代化这一难题，此后延续下来。到 20 世纪 20 年代
初的文学革命一派与"学衡"派的文白之争，接着 30 年代的全盘西
化与中国本位文化之争，乃至 90 年代末且延续至今的国学热和儒学
复兴思潮等，每一次论争虽都有新的背景，注入了新的内容，但实质
上都是围绕中西文化关系和新旧文化争论焦点而展开的，而且迄今没
有一个理想的答案。但恰是这没有"理想答案"的状况，表明开始
于新文化运动的中西文明和新旧文化之争，是一个严肃的理论问题和
重要的实践问题，值得今天进一步深思。

首先，这类争论都是关系到中国文化发展和社会现代化的重大主
题，采取或保守或激进的态度，如杜亚泉与陈独秀、梅光迪与胡适
等，反映的其实是当事者的政治立场，进化论只是作为他们维护其政
治立场的一种方法来使用。但一旦采用了进化论思想的渐进或者突变

---

① 陈独秀：《再质问〈东方杂志〉记者》，《新青年》1919 年第 6 卷第 2 号。

观点，其实已经与其政治立场联系在一起了，人们也能从他们的方法论能看到各方的政治观点。

其次，采取进化论思想的渐变或者突变观点是否得当，即在面对文化建设问题时的保守或者激进态度是不是合理，不是由态度本身来决定，而是要看历史的内在要求。在"五四"这样重大的历史转型时期，传统文化必须革新，强调新旧对立、引进西方先进文明改造中国传统文化成为一种历史的必然，因而以陈独秀、胡适为代表的新青年派无论在实践方面还是在学理方面都占据了上风，让杜亚泉、梅光迪们无力招架。新青年派因此取得了文化革新的巨大成就，建立了现代的科学、民主的新文化传统，对中国社会此后的发展产生了直接的、决定性的影响。当然，一个国家和民族的文化传统并不会因此中断，因为传统文化内更具有"普世"意义的内容会在民族国家的共同心理上沉淀下来，即使革新者也不能例外，所以哪怕反传统最为激烈的鲁迅、郁达夫等人身上事实上仍延续了传统文化中更为稳定的价值观念，而"五四"一代的学人则恰恰因为接受了西学而在传统文化的发掘和研究上作出了开创性的贡献，成为新形成的现代文化传统的极为重要的内容。

很有意思的是，进化论所内含的渐变与突变辩证统一的矛盾在历史中展开时造成了一个逻辑悖论，即在重大历史转折时期坚持突变论的激进态度虽然具有历史的合法性，可是一旦进入常态社会，由于要追求社会和文化发展的稳定有序，一些人倾向于强调历史的延续性，因此在历史转折时期显得理不直气不壮的中西文化调和论甚至中国本位文化论其内含的强调文化发展的继承性和本位文化的正统性的观念，会脱离具体的历史语境，作为一种文化发展的模式反而有了某种合理性，就因为任何文化的发展没有谁能否认它的历史继续性和历史连续性。这是文化发展中的一个规律性的现象，即时机的错位。具体说，就是一种思想、一个运动，在合适的时机是有效的、进步的、积极的；时过境迁，到了另一个时机，比如保守主义势力抬头的时代，它可能呈现另一种性质的意义，甚至会被认为存在一些问题。这时，在重大历史转折关头显得理直气壮的激进主义观念，就会在坚持文化传统延续性的保守主义势力中相形失去了原来的风头，受到批评甚至攻击。

但是这种批评和攻击，明显犯了非历史主义的错误。也就是说，一些保守主义者看待问题不是把问题提到历史的语境中去，而是脱离历史来抽样地谈论问题；不是看到诸如五四新文化运动那样的文化革命有其具体的历史背景，他们只是从当下的某种政治需要出发，从僵化的观念对五四新文化运动提出批评甚至发起攻击，因而造成他们自己也难以摆脱的自相矛盾的困境。比如，在一个关于现代旧体诗的高规格研讨会上，有一老者从捍卫社会主义核心价值观的良好愿望出发批评一些坚持现代性价值的学者是中"五四"的毒太深了，他的意思是"五四"激进的反传统造成了严重问题，流毒深广。今天持这种观念的学者不乏其人，主要是因为今天进入常态社会，告别了革命的时代，开始注重文化和价值观的历史连续性，有人甚至想借重中国本位文化的复兴，比如倡导国学，来抵制西方观念的渗透，用思想封锁的办法来保卫中国文化的传统。但一个不容否定的事实是，你认为中了"五四"的毒是坏事，那是因为你只看到今天的片面需要，而一旦回到历史语境，你就不得不承认，若没有"五四"的这个"毒"，你今天想捍卫的马克思主义也就不可能在中国社会中发芽并且在革命实践中取得了伟大的成就了。原因不是别的，就因为马克思主义恰恰是借着五四新文化运动所开创的机遇进入中国，并成了中国共产党人的指导思想。这些学者，没有真正弄懂历史的辩证法，而只是采用了形而上学或者实用主义的态度，归根到底是缺乏历史眼光的问题。其结果就是离开历史语境对"五四"新传统发起了挑战，使历史似乎又回到了20世纪初的起点上。

以历史辩证法的眼光来看，激进和保守其实皆是一种态度，它们在历史发展中只是扮演了相互制约的角色。这既表现在激进和保守在时间轴上展开的互动，推动历史以螺旋式的方式向前发展，避免了直线发展历史观的缺陷；同时也表现为在激进变革的历史时期通过相互较劲甚至搏击从而保证激进变革一方受到一种制掣，或起到某种提醒的作用，不致造成难以预料的破坏性后果。换言之，基于进化论渐变观的保守主义思维方式，即使在合乎历史要求的激进变革时期虽遭到广泛的批评，但其实也具有某种"积极"的作用，而这种"积极"

作用在其抽象的形式上到了常态社会又会得到更为广泛的认同。20世纪末，学术界开始广泛地重新评价杜亚泉，重新评价学衡派，重新评价中国本位文化派，倡导国学热和复兴儒学等，体现的就是这种历史的辩证法。

其实，对于思想和文学来说，离开具体的历史语境简单地谈论它们的好坏，是一种急功近利、很不负责的危险做法。几千年来的固有思想，其得失要结合历史的实践来评价。人类进入 21 世纪，古希腊的哲学和中国的诸子思想，仍是有效的，而且是人类宝贵的思想财富，但重要的是须结合社会的实践来加以吸收，灵活地加以运用。至于文学，有了新文学，唐诗宋词的光彩不会减去丝毫。但我们也不能反过来以唐诗宋词的辉煌而反对文学革命，贬低新文学的重大成就，否认在文学革命中确立的新文学传统成了中国现代文学发展的方向。

总而言之，文化和文学发展中的新旧关系问题，以及由它引申出来的中西文化关系问题，与进化论的思想联系在一起，在历史发展中是个永恒而又常新的课题，谁也不能夸口说有了最后的结论。时间的无限性，历史进化的没有止境，决定了这个问题的无限延伸。我们的工作只能是推动这个问题常说常新，利用前人的经验，通过思想的革新来推动历史的进步。当然，任何想以此回归古代的思想，或以古例今，妨碍今天向明天前进，都是没有出路的！

新保守主义与中国现代性问题[*]

20 世纪 90 年代以来，中国思想界最令人注目的症候之一，是回归传统文化或文化传统的热情开始高涨。抑或如有的学者对 90 年代以来中国思想界地形图所作的概括，以回归传统文化为旨归的"新保守主义"，成为"自由主义"和"新左派"之外的第三种社会思潮。[①]

这种"新保守主义"，是艾恺所关注的"全球范围内的文化守成主义思潮"的一种表征。艾恺在分析文化守成主义思潮时发现，西方和非西方的坚守文化守成主义的思想家们"都视中古时代为一个绝对'整全'的时期：一个建基于共有价值上的真正社区与乡谊的时代；在这个时代，社会是个活生生的成长中的有机体"[②]。20 世纪 90 年代以来，倾心于回归传统文化的新保守主义，显然成为一种有着极为丰富意义的文化征候。这样一脉回归或者镜鉴传统文化的社会思潮，并非纯粹的转变方向问题（不是简单的在"古""今""中""西"之间的转变问题），也并非一个老话题——中体西用——的"借尸还魂"。它是"中国现代化整个历程中不断会遭遇到的一大障碍，更是中国知识分子在相当长时间内都很难完全摆脱的鬼影"[③]。毋宁说，它关涉到 90 年代以来，中国知识分子在全球化的浪潮中，如何反思 20 世纪的中国历史与现实，如何想象中国的未来，如何重新面对中

---

* 本文与王俊博士合作。
① 许纪霖：《许纪霖谈当代中国的三种社会思潮》，《开放时代》1998 年第 4 期。
② 艾恺：《世界范围内的反现代化思潮——论文化守成主义》，贵州人民出版社 1999 年版，第 40 页。
③ 甘阳：《古今中西之争》，生活·读书·新知三联书店 2006 年版，第 39 页。

国的现代性，如何检讨自己的价值、立场，如何超越自身的局限性等诸多问题。

一 "历史的终结"与"文明的冲突"

一个不容忽视的事实是，20世纪90年代出现的回归文化传统的所谓"新保守主义"文化思潮，实际上正是后冷战时代的产物。随着80年代末的苏东巨变，一个所谓的"历史终结"时代已然来临。在西方学者看来，"历史的终结"并非意味着人类历史的结束，而是在苏联解体和东欧社会主义国家变色之后，一个意识形态对抗的时代的终结，而一个人类向往的自由、民主、平等的世界已经一统天下。"自由民主制度也许是'人类意识形态发展的终点'和'人类最后一种统治形式'，并因此构成'历史的终结'。"① "历史的终结"宣告的其实是社会主义历史发展的终结。在坚信西方所代表的自由民主制度成为唯一的历史发展道路的同时，同样来自西方，也同样是来自美国的学者宣告："现在，虽然我们还没有达到历史的终结，但是至少我们已经达到了意识形态的终结。21世纪是作为文化的世纪的开始，各种不同文化之间的差异、互动、冲突走上了中心舞台……在一定程度上，学者、政治家、经济发展官员、士兵和战略家们都转向把文化作为解释人类的社会、政治和经济行为最为重要的因素。"② 福山的"历史的终结"论和亨廷顿的"文明的冲突"论貌似宣告冷战时代的终结，但是其浓郁的冷战意识形态色彩和西方中心主义色彩却是露骨的。"历史的终结"俨然是以胜利者的姿态宣告了失败者"被淘汰"的"历史"。它再次证明了历史终究是由胜利者书写的陈腔滥调。也正是在福山的"历史的终结"的命题中，社会主义与极权、暴政乃

---

① ［美］弗朗西斯·福山：《历史的终结及最后之人·代序》，黄胜强等译，中国社会科学出版社2003年版，第5页。有意味的是在中文版的另一个版本的封面上，赫然印着"自由与民主的理念已无可匹敌，历史的演进过程已经走向完成"。宛如宣告一个西方资本主义的乌托邦社会降临，其意识形态性昭然若揭。参见［美］弗朗西斯·福山《历史的终结及最后之人》，黄胜强等译，远方出版社1998年版。

② ［美］塞缪尔·亨廷顿：《再论文明的冲突》，李俊青编译，《马克思主义与现实》2003年第1期。

至法西斯主义画上等号。"革命"尤其是"无产阶级革命"被放大为血腥、暴力、杀戮和非理性。于是,在"历史终结"的背后,被否定、被无视乃至被宣判死刑的是曾经在极为广阔的世界范围内所进行的社会主义实践,是几代人为之奋斗的社会主义运动本身所容纳的极为丰富的意义,是人类探索历史发展的多种可能性。和"历史的终结"遥相呼应的还有对革命和左翼社会运动的祛魅。在"历史终结"之处,回望历史得出的结论却是"告别革命"和寻找被革命压抑的"人性",抑或是被革命压抑的"现代性"。"文明的冲突"宣告"意识形态的终结",实际上也意味着一段冷战时代历史的终结。在战争只是因为文化的差异所引发的宏大叙事的帷幕之后,悄然被掩盖的是帝国主义、后殖民主义、全球资本主义的铁血定律在今日"民主、自由"大旗下推行的战争中难以推脱的责任。文化冲突论遮蔽了在今日世界日益突出的阶级分化、贫富差距、性别压抑、种族变相歧视等问题。

必须承认的是,中国学术界对福山的"历史的终结"论和亨廷顿的"文明的冲突"论多持批判态度。但是需要引起注意的是,"历史的终结"和"文明的冲突"等论调实际上是以美国学术理论为参照,即以一种强势的西方话语方式参与后冷战思维构造所得出的结论。在这样一个全球化的时代,后冷战的思维方式已经深刻地影响到了中国学术界。那些曾经在20世纪80年代热切地呼唤"启蒙",呼唤西方镜像中的中国"现代化",曾经坚决批判充斥着"恶之花"——封建专制主义——的传统文化的中国知识分子,在90年代却以反思20世纪中国历史的姿态宣布"告别革命"。"革命"同样被指认为破坏、暴力、血腥,尤其是20世纪中国的左翼革命一下子变成了破坏社会文化秩序的罪魁祸首。"告别革命"是为了更好地总结历史经验和教训,避免重蹈覆辙,少走弯路,这实际上成了对中国该如何发展这一问题的间接发言。

于是,在"告别革命"的姿态下,重新回到中国的本土文化、回到传统之中成为了某种应然的选择。一批20世纪80年代"新启蒙"的著名人物,纷纷从80年代对"五四"精神的承续、对以儒家为代表的传统文化的批判转向对"五四"精神的反思、批判与对传统文化的同情、理解乃至推崇。在这方面，甘阳可以说是一个典型。在回顾自己思想的转变时，他明确地意识到："从我个人来说，1985 年—1986 年是提出'发扬传统的最强劲手段就是反传统'的阶段，但1987 年—1988 年已经不同，我 1987 年发表的'从理性的批判到文化的批判'着重强调西方对现代性的文化批判，而 1988 年的'儒学与现代'已经全面肯定儒学与中国文化传统，明确为'文化保守主义'辩护。"① 曾经在 20 世纪 80 年代提出"启蒙与救亡的双重变奏"的李泽厚，在 90 年代也发出"新儒学的隔世回响"，并从最广义的角度指出"儒学是已融化在中华民族……的行为、生活、思想感情的某种定式、模式"，即所谓的"活着的文化心理结构"，而"儒家最重要的是这个深层结构"②。也正是从 90 年代开始，对一个传统文化意义上的中国镜像的呼唤变得极为炽热。在所谓"新儒学""国学"的勃兴中，再加上港台乃至海外新儒家们的推波助澜，对传统的倾慕逐渐衍变成一股声势浩大的社会文化思潮——新保守主义。

以回归传统文化为旨归的新保守主义思潮，在"告别革命"和"回归传统"的姿态下，"着手全盘反省本世纪（20 世纪——笔者注）中国知识分子的文化立场和学术态度，由此抽绎出反激进主义的命题（思想纲领）——它不仅仅只具有学理的意义，同时也有更广泛的文化象征意义"③。于是，对 20 世纪中国历史的反思，便不再仅仅只是对"革命"的"告别"，而成为对历史的一种重新书写。20 世纪的中国历史被书写成贯穿了一条有主线、有问题的"历史"，而这条主线、这个问题则是"激进主义"。"从'五四'到'文化大革命'、'文化热'的过程，文化的激进主义始终在其中扮演了重要的角色……实际上，激进主义在三次文化批判运动中达到的高潮，其规模之宏大与影响之深刻，是 20 世纪儒学重构运动根本无法与之相比的，激进主义的口号远远压过了（文化）保守主义的呼声。在这个意义上，可以说，整个 20 世纪中国文化运动是受激进主义所主导的。"④

---

① 甘阳：《古今中西之争》，生活·读书·新知三联书店 2006 年版，第 10 页。
② 李泽厚：《新儒学的隔世回响》，《天涯》1997 年第 1 期。
③ 陈晓明：《反激进与当代知识分子的历史境遇》，《东方》1994 年第 1 期。
④ 陈来：《二十世纪文化运动的激进主义》，《东方》1993 年创刊号。

尤其是在 20 世纪 80 年代还被整个中国知识界视作现代化思想资源的"五四",转瞬之间成了孕育激进主义的摇篮。在一些人的眼中,"五四"对传统文化的批判——诸如"打倒孔家店"——俨然是影响 20 世纪中国历史的罪恶之源,它的所谓"全盘反传统"即使不是数典忘祖意义上的对传统文化的背叛,也被认为是非理性的无限扩大,陷入极端的偏执(狂),乃至无情的破坏主义,而这一切似乎正可以为半个世纪之后引发的那场"文化大革命"的浩劫付账买单。"五四"所批判的国民劣根性似乎不仅没有得到清理,反而又延伸出更为严酷的"国民劣根性"。在这样的历史反思视野中,曾经被视若神明的"五四"启蒙精神最终被无情而又酣畅淋漓地瓦解了。

站在时代的高度上,对"五四"进行理性的反思本身并不存在问题。"五四"与"五四"的启蒙精神也并不是不可以批判。问题在于,我们究竟应该以什么样的姿态展开对历史的省察与批判。"五四"是不是仅仅只有充满所谓的罪孽的"激进主义"?我们对历史的再解读,在充满后见之明的快感时,是不是恰恰遮蔽了历史本身的斑斓与驳杂?即使退一步而言,"五四"对传统文化的批判所引发的激进主义充满了非理性与破坏性等诸多弊端,是不是这种对传统的批判本身就失去了在当时所应有的(积极的)意义与(合理的)价值?这还牵涉到,今天的我们究竟应该怎样"想象"(或者理解)"历史"?对历史的反思与批判是将其抽离复杂的历史语境而观之,还是应该将其重新置入充满问题的历史网络中打量?显然,将"五四"的激进主义无限放大,已经违背了历史反思的精神,更不符合历史主义的学理态度。貌似的反省与批判已经变为抽离具体历史语境的上纲上线的大批判。

问题不应该仅仅到此为止。一方面,对历史的反思是以对历史的再解读与重写的形式践行的,但是这种以"告别革命"与"反思激进主义"的姿态对历史的再解读与对历史的重新书写,显然包含了强烈的政治色彩。告别与反思的过程不仅仅是一个解构意识形态的过程,而且也是一个重建新意识形态的过程。这个新意识形态的核心色彩就是重归文化传统。但是,到底这个文化传统抑或传统文化是什么,却又语焉不详。似乎它可以不言自明的存在,却只是一个空洞的能指。在某种程度上而言，中国传统文化或文化传统并非铁板一块，并不能够简单地等同于"儒学"与"国学"。其内部的复杂与矛盾，历史演变的千回百转，良莠的交叠与耦合，都不是简单而热切的"回归"就可以解决的。另一方面，"告别革命"与"反思激进主义"以貌似反思的姿态施行的却是对历史的拒绝反思。毋宁说，当它们对革命式的激进主义与激进主义式的革命大肆挞伐时，本身就是一种颇为"激进主义"的姿态。颇为吊诡的是，它们本身的批判立场与姿态实际上不仅仅没有颠覆原有的二元对立的结构，反而更为牢固抑或是建构了诸如"革命"与"人性"、"激进主义"与"保守主义"、"中西"与"古今"等二元对立的权力等级结构。

二　韦伯命题与中国现代性

20 世纪 90 年代以来，中国学术界出现的新保守主义文化思潮，实际上与德国社会学家马克斯·韦伯的一个命题密切相关。韦伯在分析欧洲资本主义兴起时发现，新教伦理（主要是清教徒的禁欲主义）认为"不停歇地、有条理地从事一项世俗职业（这项世俗事业即追求财富——笔者注）是获得禁欲精神的最高手段，同时也是再生和信仰纯真的最可靠、最明确的证据"。"这种宗教思想，必定是推动我们称之为资本主义精神的生活态度普遍发展的、可以想象的、最有力的杠杆。""强迫节省的禁欲导致了资本的积累。在财富消费方面的限制，自然能够通过生产性资本投资使财富增加。"韦伯因此认为，新教伦理"是促进那种生活发展的最重要的而且是唯一前后一致的影响力量"，是"养育现代经济人的摇篮的护卫者"[1]。于是，新教伦理催生出了强有力的资本主义精神便成了一个经典的韦伯命题。不过，当韦伯分析以儒家文化为基础的中国古代社会结构时，却认为，中国之所以没有发展出西方那样的资本主义，是因为儒家文化所产生的内在

---

　　① ［德］马克斯·韦伯：《新教伦理与资本主义精神》，黄晓京、彭强译，四川人民出版社 1986 年版，第 162—163 页。

阻力没有形成特定的经济伦理。①

　　极为吊诡的是，当韦伯命题作为一种西方理论旅行到中国时，它一再地被借用，同时却又被颠覆。与韦伯命题密切相关的是部分中国知识分子对一个文化意义上的东亚共同体的想象。在一些学者看来，尽管东亚地区在"国民性格、文化性格方面仍有差别"，但是"在器物、制度、精神文化等方面确实形成了一些共同的文化素质，以至仍然有理由把东亚看成一文化的共同体（文化圈）"②。维系这个东亚共同体的文化被想象成中国传统文化中的儒家文化。于是，那个以"怀柔远人"而昭告天下的中华古帝国的文化意义被凸显放大。在一定程度上，这样的指认隐喻了某种意识形态的企图，③ 即将中国的地方经验普世化为亚洲经验甚至世界普遍经验，使儒家文化"突破跨越地方局限的问题意识，建立它的普世性"④。另一个一再被提及的事实是，东亚地区的日本及韩国、新加坡和中国台湾、香港地区等所谓的"亚洲四小龙"，以及90年代以后经济高速增长的中国内地共同营造出了东亚地区经济繁荣的景观。于是，韦伯命题——文化形成经济伦理然后推动资本主义发展的命题——被借用为：东亚地区的经济繁荣发展源自该地区的文化共同体，即儒家文化。东亚经济的强劲增长，被认为得力于儒家文化所产生的经济伦理。东亚部分国家和地区以经济腾飞为标志的现代化的成功被视为"儒教资本主义"的胜利。于是，韦伯命题中的另外一部分，即中国的儒教伦理阻碍中国形成经济伦理的结论被颠覆乃至改写。"通过把儒教与资本主义挂钩，中国的传统不再是阻碍现代化的历史负担，而是实现现代化的历史动力"，"儒教在中国现代化的过程中的作用如同韦伯所说的新教伦理对于欧洲现代

---

　　① ［德］马克斯·韦伯：《新教伦理与资本主义精神》，黄晓京、彭强译，四川人民出版社1986年版，第162—163页。

　　② 陈来：《儒家思想与现代东亚世界》，《东方》1994年第3期。

　　③ 李泽厚、王德胜：《关于文化现状道德重建的对话》（上），《东方》1994年第5期。

　　④ 在2007年10月29日北京大学举行的"儒学第三期的三十年"学术座谈会上黄万盛描述了杜维明关于儒家发展的历程与趋势。参见黄万盛、李泽厚、陈来等《儒学第三期的三十年》，《开放时代》2008年第1期。

资本主义的作用一样"①。正是儒家伦理被解读为在整个东亚经济腾飞中起到了如同新教伦理在资本主义发展中所起的那种重要作用，对儒家文化的重新建构抑或对其意义的重新发掘与塑造变成了一项极为迫切的任务。新保守主义在 20 世纪 90 年代异军突起，便不再会令人感到惊讶了。

在对韦伯命题的借用与改写之中，被忽视的是所谓的东亚共同体内部存在的文化差异，东亚各国经济腾飞的不同的历史背景、不同的内在与外在原因，乃至它们对儒家文化的实际接受与具体转化的复杂性。将东亚地区想象成一个以中国的儒家文化维系的共同体，此间可能隐含的文化霸权也并未为中国知识者所检省。

韦伯命题的中国之旅以及亚洲之旅，实际上还牵涉到有关中国现代性的问题（迄今为止，关于什么是现代性、什么是中国现代性的问题仍然是一个众说纷纭的话题。20 世纪 90 年代中国知识界的分化，最主要的原因就在于知识分子在这个问题上存在分歧）。如果说在 20 世纪 80 年代，团结在启蒙大旗下的中国知识界，"直接从早期的法国启蒙主义和英美自由主义中汲取思想的灵感，它把对现实中国社会主义的反思理解为对于传统和封建主义的批判"，那么，"不管'新启蒙思想者'自觉与否，'新启蒙'思想所吁求的恰恰是西方的资本主义的现代性"。别有意味的是，80 年代"新启蒙"的结果是："把对中国现代性（其特征是社会主义方式）的反思置于传统/现代的二分法中，再一次完成了对现代性的价值重申。"② 那么 90 年代伴随韦伯命题的旅行而来的"儒教资本主义"，以貌似皈依传统本位来反省批判 80 年代的唯西方为是的"中国现代性"，以"在中国发现历史"的历史观重新发掘中国历史中被压抑的现代性，但它"仍然是一种现代化的意识形态"，"通过对西方价值的拒斥，'儒教资本主义'所达到的则是对资本主义生产方式和世界资本主义市场这一导源于西方的历史形态的彻底肯定，只是多了一层文化民族主义的标记"③。

---

① 汪晖：《当代中国的思想状况与现代性问题》，《天涯》1997 年第 5 期。
② 同上。
③ 同上。

20 世纪 90 年代对 80 年代的反省和批判变成了与批判对象的殊途同归。重新回归中国传统——"古"——以对抗"西（方）"的姿态来确立自己的主体性，或者是重新塑造关于"中（国）"的独特性，恰恰又重新落入了"西（方）"的陷阱。表面上是对西方普世化模式的反思和质疑，实际上却变成了对西方普世化模式的佐证。

三　后现代与全球化

西方学术背景中的后现代主义，并非只是为了宣告"现代性的终结"这么简单。在某种程度上，"后现代"在西方的出现传达出西方学术界对自身的质疑与反省，检讨与批判。更具体地说，这种质疑与反省，检讨与批判，所针对的正是早已流行于西方的"现代性"问题。因此，后现代的题中应有之义正是反省和批判现代性。作为欧美学术界内部对自我进行反省和自我批判的理论话语，后现代所针对的主要是现代性引发的诸多恶果。同时也是西方学术界"站在边缘的文化立场对西方中心主义文化所作的批判"①。当这样一种理论旅行到中国来的时候，虽然在身为第三世界的中国知识分子身上同样呈现出反思和批判西方现代性的姿态，但转瞬间又演变成对中国本土历史、文化乃至学术的自主性的追求。或者"强调'从中国自身发现历史'"，在中国历史内部寻找一条自身生发、演变而成的现代性链条。②或者以"中华性"来重建中国自己的"现代性"③。

在后现代主义的视野之内反思与批判现代性，对身处第三世界的

---

① 汪晖：《当代中国的思想状况与现代性问题》，《天涯》1997 年第 5 期。

② 在 2005 年 11 月由《开放时代》杂志社主办的"第二届开放时代论坛"上，来自生活·读书·新知三联书店的舒炜认为，在中国自身发现西方现代性或者中国自己的现代性"显然是一个难以证明的前提假想"。他指出，"近几十年来，人们（主要是知识分子）……要么是以想象中的中国传统来埋怨现代中国历史，要么就是拿着想象中的现代西方要来'提携'现代中国历史"，"现代中国面对的关键实质就是'中西冲突'问题。""如果严肃地重新思索中国现代历史，实质上很可能对于'以西方中心主义'为主导的世界历史观念构成极大挑战，关键在于我们是否有自信、有自己的想法。"参见刘小枫等《中国学术的文化自主性》，《开放时代》2006 年第 1 期。

③ 张法、张颐武、王一川：《从"现代性"到"中华性"》，《文艺争鸣》1994 年第 2 期。

中国学者来说，批判现代性背后的西方中心主义的文化霸权显得极其必要。但是，是不是对西方现代性的批判就一定意味着对自己本土/传统文化的皈依？或者说，当我们为了批判西方现代性而选择本土文化时，是不是就可以真正地摆脱西方（现代性）的梦魇？当站在边缘尤其是第三世界文化的边缘批判西方中心主义，成为欧美学术界进行自我批判的话语方式时，置身在第三世界文化的边缘立场的我们，该以怎样的方式再次彰显出我们与前者不同的立场？一个不容忽视的事实可能在于，当我们重归本土文化的传统，以突出第三世界民族文化属性的方式对抗西方的文化霸权时，采用的也许正是西方的话语方式，那正是"无法摆脱的西方思想资源和西方视点"①。

反思和批判现代性的另一个语境是全球化。曾几何时受到人们欢呼雀跃的地球村，眨眼之间给我们带来了文化灾难，原本多姿多彩/文化多元主义的世界日渐变成趋向同质化的、单一化的世界。多元文化的逝去成为全球化/现代性的恶果之一。于是，在警惕全球化的陷阱的时候，更为本土、也更为传统的文化价值得以凸显。"在全球化的过程中，捍卫（民族）文化价值的独立性成为最富激情的论辩领域。"② 中国甚至世界出现的诸多问题，诸如自然环境的污染和破坏，道德堕落，文化危机等，都成为全球化/（西方）现代性的不二罪证。因而，回归传统文化，就不仅仅意味着对民族文化的自主性的重建，还会在中西之间重新确立优劣的价值等级。在艾恺看来，非西方的保守主义的文化策略正在于，"倾向于将其本国的文化认作肩负着为人类全体带来救赎及改善的历史任务，通常这种理论是以向西方提供其救赎的方式出现的，也就是要将西方从自身挖掘的陷阱之中拯救出来"③。在与后现代主义反省的合谋中，20 世纪 90 年代以来中国新保守主义思潮显然赋予中国传统文化以救世主的姿态。"孔孟之道历来被认为是一种政治——伦理哲学，它可以成为我们重建道德秩序的精神支柱。"似乎"作为一个中国人"，"我们""原则上相信作为中

---

① 陈晓明：《反激进与当代知识分子的历史境遇》，《东方》1994 年第 1 期。

② 杜维明、黄万盛：《启蒙的反思》，《开放时代》2005 年第 3 期。

③ 艾恺：《世界范围内的反现代化思潮——论文化守成主义》，贵州人民出版社 1999 年版，第 93 页。

国文化的核心的中国哲学能够给当今的中国文化危机和全球的文化危机开出一条最好的解救的道路来"①。"在目前这个危急存亡的时候，只有乞灵于东方的伦理道德思想，来正确处理人与自然的关系"，"只有东方的伦理道德思想，只有东方的哲学思想能够拯救人类"②。中国传统文化的优点被无限放大的危险性在于，一方面，关于现代性的反思与批判这样一个牵涉到社会、历史、政治、经济、文化的复杂问题被简单化为温情的救赎故事：一个传统中国（而且是文化意义上的中国抑或是中国传统文化）救赎西方/世界危机的情节剧，在这出貌似温馨的关于东方/中国拯救西方/世界的危机的情节剧中，所有的问题只能被想象性地解决；另一方面，在中国传统文化被赋予拯救者的角色之时，一个有别于西方（现代性）的特殊的中国（现代性）被乐观地建构了起来。问题的实质在于，这不仅仅是中国学者/中国人乐观抑或是民族主义的激情投射，而且还再次建立起一个关于自我与他者的二元结构。在这个充斥着等级观念的对立结构中，本土的传统文化，在危机四伏的西方现代性面前有着不言自明的优越性。颇有意思的是，在特殊性与普遍性之间，中国的特殊性的建构只不过是为了达到将其放之四海而皆准的普世性。显然，将有别于西方的中国/东方文化中的传统价值从地方性经验提升到世界性/全球化的普世理念的高度，那种从"现代性"到"中华性"的诉求，在强化"中国/西方"的二元对立的话语模式时，已经从对西方中心主义的批判变成对中国重返中心的可能性的论证。③ 中国在貌似批判和反思全球化/（西方）现代性的背后却是对反思和批判的再次婉然甚至决然的拒绝。

也是在全球化和后现代主义的背景下，第三世界的民族文化属性再次变成了部分中国知识分子的政治/文化身份。皈依文化传统不仅仅只是"只有民族的才是世界"的这么简单。当西方学术界以重新反省现代性而青睐边缘文化时，无疑隐含着从他者之处寻找不同的现

---

① 李慎之：《全球化时代中国人的使命》，《东方》1994 年第 5 期。
② 季羡林：《"天人合一"，方能拯救人类!》，《东方》1993 年创刊号。
③ 汪晖：《当代中国的思想状况与现代性问题》，《天涯》1997 年第 5 期。

代性发展方向的企图。在西方学者看来，只有中国的传统文化才真正显示出不同于西方的他者意义。于是，中国传统文化，似乎成为了部分中国知识分子彰显自我身份的彩妆华服。此间的微妙之处却别有意味。回归本土文化的传统使中国知识分子的"中国"/自我身份得到确认，但最有分量的确认显然来自西方的目光。因为正是在全球化的语境中，西方才从第三世界特有而古老的彩妆华服中认定了他者的存在。由于得到了西方的肯定，那些回归传统文化的中国知识分子极容易获得来自西方的请柬，在所谓的世界学术圈中亮相登场，从而在欧美主导的世界上凸显出不同的他者来。只是，在这个时候，西方想听我们讲述什么样的故事以便来印证他们对东方/中国这一他者的想象？我们又该讲述什么样的故事来印证我们的身份，以获得西方的再次认可？当我们迎合西方期待的目光，讲述我们的传统文化的"古老故事"的时候，我们是不是宛如那只笨大的鸵鸟将脑袋扎进泥沙深处，对中国的当下/现实问题（显然也是全球化语境中的中国问题）置之身后而不顾？问题的悲剧性也许不仅仅是我们身陷西方中心主义/东方主义的牢笼而不知，还有我们对我们自己所面对的问题的忽视、无视、漠视乃至逃避。

四 结语

在一定意义上而言，对民族、传统、本土文化的回归并非没有积极的意义。在传统文化中发掘资源，重新思考所谓的"在整个 20 世纪……反复要呈示和再现的'第一主题'"——"中国向何处去——到底向何处去"这一问题，在当下的中国显然是一条可以尝试的路径。① 只是在借鉴传统资源时，我们应该追问，我们借用的传统"能否真正触及当代中国社会面对的社会问题"，我们"能否在具体的情境中作出审慎有度的分析"②。其实，更应该追问的是，所谓的"传统中国文化""中国文化传统"到底是谁的"传统"，谁的"中国"，

---

① 刘东：《中国能否走通"东亚道路"？》，《东方》1993 年创刊号。
② 汪晖：《当代中国的思想状况与现代性问题》，《天涯》1997 年第 5 期。

又是谁的"文化"？"传统（文化）""本土（文化）"不应该视作不言自明的实体与实物，也不应该视为解决中国问题乃至世界问题的唯一良方。对当下的中国知识者而言，对自己的立场，对自己思考问题的方式，对自己言说问题的话语，应该保持某种警觉与清醒，而"超越中国知识分子早已习惯的那种中国/西方、传统/现代的二分法，重新检讨中国寻求现代性的历史条件和方式，将中国置于全球化的视野中考虑，却是迫切的理论课题"①。

① 汪晖：《当代中国的思想状况与现代性问题》，《天涯》1997 年第 5 期。

林语堂论中国文化的几点启示

在现代作家中，脚踏中西文明，向中国人说西方文化，向西方人说中国文化，两头讨巧，成为世界文化名人，恐怕最成功的就数林语堂。有人说林的国学根底比不上周氏兄弟，这或许是实情，但林语堂的长处是英语了得，不像周作人虽然深解从古希腊以来的西方文明，但他说中国话还带着浓重的绍兴方音，曾让邀请他给北大学生演讲的梁实秋直呼听不懂，以为听他的报告真不如看他的文章，那就更遑论要周作人用英语向英国人、美国人演讲了。这意思是说，林语堂的优势不在专门学问，而是中西文化兼通。这篇文章的主旨，也就与林语堂的这一优势有关：因为他通中西文化，所以他以西方的眼光看中国文化的过去、当时和未来，他表面洒脱中的实质性焦虑，就具有别人所不具备的特别感受，提出的问题也就更值得我们深思。

一 从全面批判到有条件肯定

在五四时代，鉴于启蒙的需要，现代作家绝大多数对传统文化持批判的态度，有些还非常激烈。比较起来，留学英美的骨子里西化，对中国传统文化的态度反而相对平和，个别的像闻一多，甚至称他爱中国，固然因它是自己的祖国，更因为中国有它那种可敬爱的文化。①林语堂对传统文化的批判比较接近鲁迅和周作人，比如他写了《祝土

---

① 闻一多：《〈女神〉之地方色彩》，《闻一多全集》第 2 卷，湖北人民出版社 1993 年版，第 121 页。

匪》，把自己与所谓的"学者"区别开来，宣告："土匪有时也想做学者，等到当代学者夭灭殇亡之时。到那时候，却要请真理出来。"①在写给钱玄同的信中，他说："今日谈国事所最令人作呕者，即无人肯承认今日中国人是根本败类的民族，无人肯承认吾民族精神有根本改造之必要。"他在此信中还引用周作人的话："今日最重要的工作在于'针砭民族卑怯的瘫痪，清除民族淫猥的淋毒，切开民族昏愦的痛疽，阉割民族自大的疯狂'"，由此强调"今日中国政象之混乱，全在我老大帝国国民癖气太重所致，若惰性，若奴气，若敷衍，若安命，若中庸，若识时务，若无理想，若无热狂……欲对此下一对症之针砭，则弟以为惟有爽爽快快讲欧化 之一法而已"②。然而，"精神之欧化，乃最难办到的一步，且必为'爱国'者所诋诬反对"。为此，他特地开出"精神复兴"的六项条件：

1. 非中庸（即反对"永不生气"也）。

2. 非乐天知命（即反对"让你吃主义"也，他咬我一口，我必还敬他一口）。

3. 不让主义（此与上实同。中国人毛病在于什么都让，只要不让，只要能够觉得忍不了，禁不住，不必讨论方法而方法自来。法兰西之革命未尝有何方法，直感觉忍不住，各人拿刀棍锄耙冲打而去而已，未尝屯兵秣马以为之也）。

4. 不悲观。

5. 不怕洋习气。求仙，学佛，静坐，扶乩，拜菩萨，拜孔丘之国粹当然非吾所应有，然磕头，打千，除眼镜，送讣闻，亦当在摒弃之列。最好还是大家穿孙中山式之洋服。

6. 必谈政治。所谓政治者，非王五赵六忽而喝白干忽而揪辫子之政治，乃真正政治也。新月社的同人发起此社时有一条规则，谓在社里什么都可来（剃头，洗浴，喝啤酒），只不许打牌

---

① 林语堂：《翦拂集 大荒集》，人民文学出版社 1988 年版，第 9 页。
② 同上书，第 11—12 页。

与谈政治，此亦一怪现象也。①

很明显，林语堂把矛头指向了以儒家思想为核心的传统文化，即实行所谓的"非中庸""非乐天知命""不让主义"。他也否定传统文化影响下的民间信仰，所谓"求仙，学佛，静坐，扶乩，拜菩萨"之类。而他批判的武器显然是西洋的，如"不怕洋习气""必谈政治"，都是西方的观念。秉持这样的态度，林语堂在20年代的前七八年，虽然在该不该打落水狗的问题上与鲁迅发生过小小的分歧，但整体的态度却与周氏兄弟十分接近。即使是关于"弗厄泼赖"之争，他也很快画了一幅"鲁迅先生打叭儿狗图"表示认同鲁迅。特别是在女师大风潮及"三一八"惨案问题上，林语堂与周氏兄弟等是同一战壕的战友，他写下了《悼刘和珍杨德群女士》《讨狗檄文》《闲话与谣言》等文章，抨击军阀政府的残暴，揭露闲话派绅士的虚伪，其批判的锋芒和力度绝不在鲁迅之下。

但是，这样一个林语堂，到了1932年发表了一篇题为《中国文化之精神》的文章，提出与他前此迥然有别的"新观点"。他说：

> 我们要发觉中国民族为最近人情之民族，中国哲学为最近人情之哲学，中国人民，固有他的伟大，也有他的弱点，丝毫没有邈远玄虚难懂之处。中国民族之特征，在于执中，不在于偏倚，在于近人之常情，不在于玄虚的理想。中国民族，颇似女性，脚踏实地，善谋自存，好讲情理，而恶极端理论，凡事只凭天机本能，糊涂了事。凡此种种，与英国民性相同。西塞罗曾说，理论一贯者乃小人之美德。中英民族都是伟大的，理论一贯与否，与之无涉。所以理论一贯之民族早已灭亡，中国却能糊涂过了四千年的历史，英国民族果能保存其著名"糊涂渡过难关"（"Somehow muddle through"）之本领，将来亦有四千年光耀历史无疑。②

---

① 林语堂：《翦拂集　大荒集》，人民文学出版社1988年版，第14页。
② 同上书，第152页。

他原来批判中庸思想，现在说中庸思想正是中国哲学之近人情的表现："脚踏实地，善谋自存，好讲情理，而恶极端理论"。他接着又说：

> 凡事以近情近理为目的，故贵中和而恶偏倚，恶执一，恶狡猾，恶极端理论。罗素曾言："中国人于美术上力求细腻，于生活上力求近情。"（"In art they aim at being exquisite，and in life at being reasonable."见《论东西文明之比较》一文）在英文，所谓 to be reasonable 即等于"毋苛求""毋迫人太甚"。对人说"你也得近情些"，即说"勿为己甚"。所以近情，即承认人之常情，每多弱点，推己及人，则凡事宽恕、容忍，而易趋于妥洽。妥洽就是中庸。尧训舜"允执其中"，孟子曰"汤执中"，《礼记》曰"执其两端，用其中于民"，用白话解释就是这边听听，那边听听，结果打个对折，如此则一切一贯的理论都谈不到。譬如父亲要送儿子入大学，不知牛津好，还是剑桥好，结果送他到伯明翰。所以儿子由伦敦出发，车开出来，不肯东转剑桥，也不肯西转牛津，便只好一直向北坐到伯明翰。那条伯明翰的路，便是中庸之大道。虽然讲学不如牛津与剑桥，却可免伤牛津剑桥双方的好感。明这条中庸主义的作用，就可以明中国历年来政治及一切改革的历史。①

这是在强调中庸之道有其积极的意义，中国的智慧也有其特别的价值。在谈到法治时，林语堂又进一步说：

> 中国人主张中庸，所以恶趋极端，因为恶趋极端，所以不信一切机械式的法律制度。凡是制度，都是机械的、不徇私的、不讲情的，一徇私讲情，则不成其为制度。但是这种铁面无私的制度与中国人的脾气，最不相合。所以历史上，法治在中国是失败的。法治学说，中国古已有之，但是总得不到民众的欢迎。商鞅

---

① 林语堂：《翦拂集 大荒集》，人民文学出版社 1988 年版，第 157—158 页。

变法，蓄怨寡恩，而卒车裂身殉。秦始皇用李斯学说，造出一种严明的法治，得行于羌夷势力的秦国，军事政制，纪纲整饬，秦以富强，但是到了秦强而有天下，要把这法治制度行于中国百姓，便于二三十年中全盘失败。万里长城，非始皇的法令筑不起来，但是长城虽筑起来，却已种下他亡国的祸苗了。这些都是中国人恶法治、法治在中国失败的明证，因为绳法不能徇情，徇情则无以立法。所以儒家倡尚贤之道，而易以人治，人治则情理并用，恩法兼施，有经有权，凡事可以"通融""接洽""讨情""敷衍"，虽然远不及西洋的法治制度，但是因为这种人治，适宜于好放任自由个人主义的中国民族，而合于中国人文主义的理论，所以二千年来一直沿用下来，至于今日，这种通融、接洽、讨情、敷衍，还是实行法治的最大障碍。①

这里，他称中国人反对走极端，所以人治的情理并用、恩法兼施，"合于中国人文主义的理论"，两千年一起沿用下来。其实，这种人治制度最大的问题，是把国家安危、民众福祉寄托在明君身上，而君王也是人，难以保障他的"圣明"，而且"圣明"也不可能具备普遍的适用性。林语堂却说："这种人文主义虽然使中国不能演出西方式的法治制度，在另一方面却产出一种比较和平容忍的文化，在这种文化之下，个性发展比较自由，而西方文化的硬性发展与武力侵略，比较受中和的道理所抑制。这种文化是和平的，因为理性的发达与好勇斗狠是不相容的。"在他看来，这种"人文主义"就有了不同于西方文化的优点了。

二　西方视角带来的新问题

关键是中国传统文化的这种优点如何呈现？林语堂的话告诉人们：是在西方文化的视野里！

林语堂不是从中国传统的角度来肯定中国文化的优点，而是从西

---

① 林语堂：《翦拂集　大荒集》，人民文学出版社 1988 年版，第 158—159 页。

方文化背景上向西方人展现中国文化的长处。《中国文化之精神》原是他 1932 年春在牛津大学和平会的演讲稿，后来他译成中文发表时特意在前面加了一段说明：

　　（一）东方文明，余素抨击最烈，至今仍主张非根本改革国民懦弱委顿之根性，优柔寡断之风度，敷衍逶迤之哲学，而易以西方励进奋斗之精神不可。然一到国外，不期然引起心理作用，昔之抨击者一变而为宣传者。宛然以我国之荣辱为个人之荣辱，处处愿为此东亚病夫作辩护，几沦为通常外交随员，事后思之，不觉一笑。（二）东方文明、东方艺术、东方哲学，本有极优异之点，故欧洲学者，竟有对中国文化引起浪漫的崇拜，而于中国美术尤甚。……（三）中国今日政治经济工业学术，无一不落人后，而举国正如醉如痴，连年战乱，不恤民艰，强邻外侮之际，且不能释然私怨，岂非亡国之征？正因一般民众与官僚，缺乏彻底改过革命之决心，党国要人，或者正开口浮屠，闭口孔孟，思想不清之国粹家，又从而附和之，正如富家之纨绔子弟，不思所以发挥光大祖宗企业，徒日数家珍以夸人。吾于此时，复作颂扬东方文明之语，岂非对读者下麻醉剂，为亡国者助声势乎？中国国民，固有优处，弱点亦多。若和平忍耐诸美德，本为东方精神所寄托，然今日环境不同，试问和平忍耐，足以救国乎，抑适足以为亡国之祸根乎？国人若不深省，中夜思过，换和平为抵抗，易忍耐为奋斗，而坐听国粹家之催眠，终必昏聩不省，寿终正寝。愿读者对中国文化之弱点着想，毋徒以东方文明之继述者自负。①

这说明他在英国夸耀中国文化，不是简单地出于爱国主义，而是发现中国传统文化，比如中庸、平和、韵雅，在中国本土成了"懦弱委顿""优柔寡断""敷衍逶迤"，但在西方却具有前面一节所述的各种优点。

---

① 林语堂：《翦拂集　大荒集》，人民文学出版社 1988 年版，第 150 页。

这种一体两面的文化观念，在林语堂是贯彻到底的。比如他说：

> 我们可以举出历史的悠久绵长，文化的一统，美术的发达（尤其是诗词、书画、建筑、瓷器），种族上生机之强壮、耐劳、幽默、聪明，对女士之尊敬，热烈的爱好山水及一切自然景物，家庭上之亲谊，及对人生目的比较确切的认识。在中立的方面，我们可以举出守旧性、容忍性、和平主义及实际主义。此四者本来都是健康的特征，但是守旧易致落后，容忍则易于妥协，和平主义或者是起源于体魄上的懒于奋斗，实际主义则凡事缺乏理想，缺乏热诚。统观上述，可见中国民族特征的性格大多属于阴的、静的、消极的，适宜一种和平坚忍的文化，而不适宜于进取外展的文化。此种民性，可以"老成温厚"四字包括起来。①

照此看来，中国文化发挥何种作用，要看它针对什么人。"守旧性、容忍性、和平主义及实际主义"，在生活于静的文化环境的中国人身上，会起坏的作用，而它们"本来都是健康的"，在"进取外展的文化"语境中，即在西方，对人就具有积极的意义。

林语堂提供了一种不同于"中学为体，西学为用"的文化发展观。这之前，中国文化的改良基本是遵循"中体西用"的思路，也即中国文化遭遇了西方文明的挑战后，一些文化人力求在维护中国文化正统地位的前提下通过吸收西方文明的元素，使中国文化适应变动的现实，这客观上也就形成了西学东渐之势。但囿于"中体西用"的成见，在体用割裂的观念指导下吸收西方文明，事实上只能取西方文明的一点皮毛，吸收的只是符合中国传统文化标准的东西，说穿了也就是传统文化自身的一个延续，而与传统文化异质、为现实发展所需要的新思想却难以进入本土，从而造成文化与现实严重不相适应的局面。这正是五四新文化运动兴起的一个重要原因。林语堂的贡献，当然是向人们展示，对历史悠久、影响深远的中国文化可以做不同的阐释，其内在的丰富思想资源可以针对不同的要求阐释为相互有联系

---

① 林语堂：《翦拂集　大荒集》，人民文学出版社 1988 年版，第 153 页。

却又功能不同的新体系。比如同样的"中庸"思想，中国人拿来讲人情，凡事取中，造成一团和气、死气沉沉的思想局面，但到了西方激烈的竞争环境中，这种"近人情"的思想却可以发挥重塑生存哲学、缓和人际关系的积极作用。

林语堂以中西互参的方式，来评价中西文化，思考中国传统文化的革新问题，与"五四"彻底反传统的立场是有所不同的。换言之，他不是用一元论的视角，从中国的观点看西方，又用中国的观点看中国自身，而是从二元论的视角看待中西文化的关系：用西方的观点看中国文化，重新发现中国文化的功能；又用中国的观点来看西方文化，发现中国文化对西方有平衡和补充的意义。林语堂的这一态度，反映了时代的发展，说明五四激进主义的文化革命，到20世纪二三十年代之交已经开辟了文化建设的新思路，减弱了反叛传统的力度，从全面批判旧文化发展到对传统文化有条件地肯定态度。当然，林语堂的这一变化，最主要的原因是他本人的西学背景。他有充分的条件从西方的观点来发现中国传统文化的新义，并由此与30年代中期比较保守的本土文化派划清了界限。30年代的本土文化派，是另一种形式的一元论，即用中国的观点来择取西方文明，与中体西用的老观点相似，对异质的西方文明采取了排斥的态度。

但不得不指出，林语堂的中西互参的方法，在重新阐释中西文化的同时，却很容易陷入相对主义的困局。关键是它在处理中西文化关系、寻找中国文化革新方向时，缺少一种超越中西文化而可以对文化的历史发展给出中立评价的客观标准。用西方的观点看待中国文化，会在西方视域中扭曲中国文化；以中国的观点看西方文化，也会把西方文化纳入中国的思想体系，重回中体西用的老路。这两种情况，都不利于以发展的观点吸收西方文明的优点，推动中国文化的现代化。比如他说：

> 人文主义的发端，在于明理。所谓明理，非仅指理论之理，乃情理之理，以情与理相调和。情理二字与理论不同，情理是容忍的、执中的、凭常识的、论实际的，与英文 commonsense 含义与作用极近。理论是求彻底的、趋极端的、凭专家学识的、尚理

想的。讲情理者，其归结就是中庸之道。此庸字虽解为"不易"，实则与 commonsense 之 common 原义相同。中庸之道，实则庸人之道，学者专家所失，庸人每得之。执理论者必趋一端，而离实际，庸人则不然，凭直觉以断事之是非。事理本是连续的、整个的，一经逻辑家之分析，乃成片断的，分甲乙丙丁等方面，而事理之是非已失其固有之面目。惟庸人综观一切而下以评判，虽不中，已去实际不远。①

他把"中庸"等同于"commonsense 之 common"，显然脱离了中国文化的语境。他按西方的人文主义观点赋予"中庸"新的意义，认为其直觉思维可以避免人们走极端，而又能把握事物的总体，"去实际不远"。中庸的所谓近人情，与西方的人文主义本属于不同的思想体系，相去甚远。按林语堂的这样解释，肯定无法获得中国坚持中庸观点的文化人士的认同，也不可能对他们的思想产生实质性的影响，所以它的最终结果至多也是"误导"西方学人，使他们按这一思路来认识中国的传统文化。

中西文化关系上的这种相对主义观点，在林语堂 30 年代以及后来的文章中不时可见。比如他 1929 年 12 月在光华大学中国语文学会所做的报告《机器与精神》，有几个足以代表他核心思想的小标题，其中有"论物质文明并非西洋所独有""论有机器文明未必即无精神文明""论没有机器文明不是便有精神文明之证""论机器就是精神之表现"等。② 这很有意思，一看便知是遵循逆向思维原则，在中西文化之间挪移意义，把某一概念置于新的语境中赋予其新的内涵。这种方法，可以让人们对一些现象有新的发现，但发现新意的前提却是他们要像林语堂一样，此前已经有了新的立场，而不是这一新发现改变了人们的原有立场。这说明，文化相对主义的观点对于中国文化现代化没有实质性影响，因为它的有效性是以中国社会西化为前提的。如果中国社会已经西化，那就不存在中国文化现代化的问题；如果中

---

① 林语堂:《翦拂集　大荒集》，人民文学出版社 1988 年版，第 156—157 页。
② 同上书，第 140—146 页。

国社会没有西化，那么林语堂所设想的对西方人具有积极意义的中国新文化也就没了合适的对象。它至多是向西方人展现中国文化优点的策略，而非实现中国传统文化现代转型的有效手段。

问题又回到了：如何使中国传统文化在中国社会现代化过程中发挥积极作用，在历史的过程中获得现代的性质，在改造社会的同时改造自身，也在改造自身的同时推进社会的发展？这是一个世纪性的难题，曾造成几代中国知识分子的严重焦虑。林语堂不过是以表面的洒脱把这种无奈和焦虑，掩盖起来罢了。

三　传统现代化的时间逻辑

但是，林语堂的探索不是没有意义的，它使我们今天可以转变思考的角度，从时间逻辑上来探讨中国传统文化现代转型的课题。

回到时间的逻辑，实质是正视中西互参的文化整合与革新思路的那种相对主义的不足，把文化传统的革新与文化发展的立足点从中西互观这样悬空的概念降落到现实的土地，明确这是一个中国本土所要解决的重大问题，而不是西方社会的问题。中国文化的现代化，不是西方视野中所想象的中国文化，而是与中国现实变革密切联系的中国文化。不是西方用来点缀其文化丰富性，或者想象中国神秘性的工具，而是中国社会自身变革的一个重要条件。由于是与中国的现实变革紧密相连的，所以它的发展所呈现的时间逻辑，就是它自身联系着中国现实的变化发展，以时间的连续性和发展的阶段性相统一的一个过程。

林语堂的相对主义文化发展观，优势在于用外来的视角从中国传统发现新意义，但这新的意义是与外来背景关联，而与本土的问题没有直接联系。这样的思考，是一种旁观者的态度，而不是实干家的姿态；是与"五四"反传统相联系的另一种批判性的口惠，而不是扎根在中国土地上的切实改革践行。与此相反，一旦文化发展方略从游移的空中落到中国的大地，考虑问题的出发点有了明确的坐标，知道是中国自身的问题，而不是林语堂所做的那样向西方人介绍中国文化，那么其发展就转变为联系着现实变革的时间问题，成为一个与现实矛盾和历史纠葛联系在一起的错综复杂的过程。

与现实联系在一起，就意味着传统文化的现代化是一个具体的历史选择。它与西方有关系——文化的交流当然仍很重要，但起决定作用的却是中国社会的现实力量，而不再是西方的观点，不再是从西文的视野来进行选择。比如"中庸"，在封建末世面对西方列强的文化挑战时，它越来越不适应社会发展的需要，甚至成为中国民众人格退化的思想根源。到了激进革命的时代，"中庸"很自然成为被批判的对象，因为它凡事搞调和的倾向与革命精神格格不入，成了革命所要克服的思想障碍。但一旦再回到和平与建设的时代，社会要求协调发展，"中庸"里反对极端行为的思想资源就可能重新获得正面的意义，发挥其积极的功能。比如它会引导人们追求合理的发展，处理好人与自然的冲突，协调好人与人、人与社会的关系。在参与协调各种社会关系的过程中，它的防止极端和激进、保证社会有序运作的那种思想也就逐渐沉淀到新时代的思想体系中去。这时的"中庸"就已经不再是封建末世不讲原则的中庸，而是有了现代性内涵的思想，大致接近西方的理性精神，从而成为现代文化的重要组成部分。不过也应看到，这种现代性的反极端的理性精神在参与协调社会关系的过程中逐渐形成和发展，已经吸收了别的思想资源，包括来自西方的以维护个人权利为目标的民主、自由的思想——这些思想保证"中庸"不再有扼杀个人自身权利的内容，或者说剔除了封建末世的"中庸"中回避社会矛盾和中西冲突的那种模棱两可的思想，突出了在协调发展中的有所为的方面，成了与古代"中庸"有了质的差异的现代思想。当然，这一过程中西方思想的被吸收，又并非取决于西方思想本身，而是取决于西方思想适应中国现实发展逻辑的需要，因而西方思想不是简单地挪移过来，而是在改造中国的"中庸"的同时，其自身也被改造，因而有了中国的特点。

由此可见，传统文化的现代化，外来思想的中国化，并非纯粹是思想自身发展的问题，而是思想的现实的发展，是社会综合发展的一个组成部分。既然如此，那么它除了遵循思想发展的逻辑，更多地还是受着客观条件的限制，要接受社会现实的选择。现实是什么？现实是各种社会关系的矛盾统一体，包含了不同的利益诉求。现实问题的解决，是不同利益群体力量平衡的一个结果。在这一过程中，思想的参与及其影响，也就体现着不同群体的诉求及其平衡关系，绝不会是单纯的思想设计那么简单。一个人可以发表自己的观点，甚至创建自己的思想体系，但它能不能成为具有影响的思想，能不能在社会发展中产生积极的作用，就不是单纯地取决于他的思想本身，而是看它对社会实践有没有用。至于影响了历史进程的思想，则肯定是代表了绝大多数人的根本利益、合乎历史发展方向的思想。

但困难就在于，"绝大多数人的利益"是在历史过程中通过冲突，甚至是非常尖锐的斗争而实现的，历史的方向也不是自明的，而是各种力量矛盾和冲突的一个结果。因而，要从传统文化中发展出现代的思想，或者说对传统进行现代化的改造，就不是一蹴而就能做到的事，而是一项相当长期的艰难而巨大的工程。这期间必然地充满了许多不确定性，比如在一个时期被广泛接受、认为是真理的思想，经过相当长时间的实践检验后，结果却是一个灾难（比如法西斯主义）；相反，在一个时期里被批判的思想，到了后来却发现它是真理，代表了人类的共同利益，这就是所谓真理可能掌握在少数人手里。如此逆转，可能是因为这一思想本身随着历史的发展做了调整，其合理性后来被人们所认识；也可能是这一思想遇到了它得以发挥影响，甚至是巨大影响的历史机遇，各种社会力量的折冲到那时恰好提供了使这一思想发挥作用，甚至是重大作用的条件。总而言之，实践是检验真理的标准，但检验的具体环节和细节却是非常复杂的。一种思想，一个传统的革新，是不是合理有效，是不是成功，不是思想者和革新者自己说了算，甚至也不是他们同代人说了算，其真正的效果要由时间来裁决。某种意义上说，它是一个时间问题，即历史问题。而在这一过程中，无疑又充满了复杂的斗争和巨大的不确定性。

实践检验的具体环节和细节，是一个专门的问题，有待于系统深入的研究，但这里可以鉴于它的复杂性简单讨论一下我们判断思想的正确性时应该有的态度，而且这其实也是传统文化的现代化之时间逻辑的题中应有之义。

一是实践的观点。林语堂式的中西文化相对主义的观点，是就文化谈文化，有助于促进跨界的文化对话，并在对话中相互沟通。

这比中体西用的观念坚持传统主导的立场在思想上更为解放，但它仍不是解决传统文化现代转型的根本方法。传统文化的现代转型，是一个历史选择的问题，也是一个现实发展问题，它涉及民族国家主体不同方面的诉求及其协调。在开放的环境中，保持交流关系的中西文化都参与其中，但都不可能单独地主导，而是经由现实中不同力量的博弈和协调所进行的选择来决定如何兼收并蓄，建构适应于现实发展的新的价值理念和文化体系。这样的实践观点，就是尊重客观规律、在实践中发展并接受实践检验的观点，避免了任何个人的主观武断。

二是宽容的态度。既然是由实践来检验，而且这不是在实验室做科学实验那样的一次性复核，而是一个历史的过程，那么任何个人都无法在某个时间点确保自己的观点是正确的。这就要求有一种谦虚和宽容的态度，认识到与自己不同的意见未必就是错误。你可以坚持你在传统文化转型问题上的观点，但你要准备好随时修正自己的错误。你的"错误"可能最后又会被证明是正确的，就像在五四时期被批得体无完肤的"中庸"，一旦脱离了那个激进革命的背景而遇上了新的时代机遇，经过改造，它的避免极端、注重社会合理发展的理性观点，又被认为是有价值的"传统"思想。其实，这种不偏执，随时准备在证据面前修正错误的态度，本身就是"中庸"思想的一个现代翻版，这也正是林语堂在 20 世纪 30 年代从西方文化视野所设想、但因为其脱离中国的现实而没有真正实现的理性精神。

三是进步的标准。在思想发展史上，即使把检验真理性的时间拉得足够长，对于某种思想或者对于传统文化现代转型的某种成果，依然会有不同意见的。社会是分层的，不同的群体对于某一思想的认同一般受利益原则的支配：对自己有利的就接受，否则就反对，少不了分歧和冲突。因此，作为不同意见之间的沟通交流的必备条件之一，就是要有一个超越这些分歧和对抗的观念的客观标准，我认为这个客观标准应该是进步的标准。个人或者社会集团，可以有自己的进步标准，相互之间甚至可能水火不容，但承认有一个进步标准，这是意见交锋具有意义的前提。进步的具体内涵，可以争论，但你得承认按照现实发展的观点，有利于历史进步的意见总是合理的，哪怕此种合理性可能要由超出个人视野的更为久远的历史来作结论。这样的观点，意义主要在于处理思想发展问题时，我们要有一颗谦虚的心和一种历史的眼光，要避免独断。

怎样评价文化守成主义？

　　文化守成主义在 20 世纪末的重新兴起，带着对盛行几十年激进主义思潮纠偏的意味，是一个有目共睹的事实。之所以说它重新兴起，是因为它在中国其实早就存在，比如五四时期的林纾、学衡派、甲寅派，就是文化守成主义的重要代表，30 年代国民政府官方和陈立夫授意陶希圣、何炳松、王新命、黄文山、萨孟武等 10 位教授发表《中国本位文化建设宣言》，就是文化守成主义思潮的重要事件。文化守成主义不啻是中国的特产，像一些学者已经指出的那样，它还是一种世界性的现象，是在应对现代化的负面现象过程中产生的。

　　文化守成主义首先是一种立场。这种立场的特点，一是立足于本民族的传统来思考社会问题，这有利于民族传统的维护，但如果做得不好，也极有可能趋向守旧和封闭；二是它反对激进变革，这有助于社会的有序发展，但如果做得过头，就可能成为阻挡历史前进的保守力量。

　　文化守成主义，又是一种价值观念。作为一种价值观念，它并没有一个确定的体系，其内涵在不同历史时期是各不相同的，可以说五花八门、因时而异，但这些观念的共同指向是注重稳定，反对变革，尤其是反对剧烈的社会变革。

　　就其注重稳定、反对变革而言，文化守成主义是平衡激进主义思潮的一股重要社会力量。它会起到削弱激进主义力量的作用，试图把社会的发展纳入可控、有序的轨道。这在客观上限制或者抵消了激进主义思潮的破坏性后果，有其积极意义。但也不容否认，文化守成主义在历史上扮演过负面的角色，而且这样的例子并非个别。这主要是因为其中一些保守人士常以卫道者自居，反对变革，甚至主张开历史的倒车。

一个很有意思的现象是，作为价值观的文化守成主义，一般会从具体的守成主张中抽象出普遍性的原则，上升为一种思想方法和价值标准。一旦成为这样的文化守成主义，它就很可能蜕变成反对一切变革、主张保存国粹的守旧思想力量。

文化守成主义在历史上所起作用，主要取决于主张者的具体观点，更重要的是看他在什么样的条件下提出的主张，他要解决什么样的社会和文化问题。如果要解决的，确实是后来被历史证明带有破坏性影响的激进主义思潮所造成的问题，它所起的作用就是积极的，尤其是当这些守成主义者具有世界性的眼光，反对因循守旧时，他们从事传统学术的整理和发掘，往往会作出开创性的贡献，对于保存民族传统文化的精髓起重要的作用。但如果他们只是固守传统，不思变革，甚至以僵化的立场来对抗世界变革的大势，那么他们注定要成为螳臂挡车的顽固派。

评价文化守成主义，不能一概而论，而是看其具体主张，看它在历史语境中的实际表现，这本是一种历史唯物主义的态度，即把问题放到历史规定情景中进行具体分析。不过这样的分析并非要排斥当代意识；相反，真正的历史分析，不是盲目地被历史牵着鼻子走，而是在历史研究中体现出当代的立场。历史意识与当代立场的辩证统一，是从事学术研究者必须解决好的一个重大挑战。要客观评估文化守成主义的历史功过，就必须在实践中追求历史与当代相统一的这种学术态度。

评价文化守成主义，也不能离开与它对应甚至对立的激进主义思潮和自由主义思潮。激进主义与文化守成主义的对立，是明摆着的，不必多说。自由主义，在历史上要比激进主义保守，比保守主义激进；它是在激进中的保守，保守中的激进，似乎取了一个折中的立场，因此也常与文化守成主义者说不到一起去。在中国，两者最大的差异，就是自由主义者接受的是西方的思想影响，有些就是全盘西化派；而文化守成主义者虽有一些人也受到西方思想的影响，但也仅限于用他山之石来攻民族传统文化之玉，有一些则就是十足的国粹派。

这种对立和矛盾，用长时段的历史观看，并非毫无意义。它们看似矛盾和对立，但在历史发展中却正是由此矛盾对立构成了历史的合力，使一个民族的文化发展既不过于保守，但也不过于激进，彼此的牵制，保证了历史发展方向的合理性和正当性。文化守成主义的积极意义主要就是从这种历史的合力中体现出来的，虽然文化守成主义者的具体观点看起来会是那么保守。

研究文化守成主义，一项重要的内容是透过文化守成主义的作为看它与时代之间的关系。比如，文化守成思潮在五四时期以及此后不同历史时期的表现，其实很可以说明这些历史时期本身的特点。文化守成主义在不同历史时期的兴衰，是联系着这些历史时期的方方面面的，我们可以透过它来探讨更多的社会历史课题。举例来说，文化守成主义在20世纪90年代以后的中国重新抬头，其中包括在五四时期受到诟病的一些保守派人士获得重新评价，比如认为学衡派代表了现代文化发展的稳健派，认为吴宓、梅光迪等人学贯中西，"昌明国粹，融化新知"，但其良苦用心由于遭到激进派者的批判而未能实现等，这些意见反映的其实是90年代以后中国社会文化发展的一种新动向，即出于建立民族自信心、维护社会稳定等需要，对五四文化传统进行了新的审视，遮蔽它激进主义的影响，增加其与中国传统文化的亲和性，从而来创建一种适应新时代需要的文化。这种文化转型的背后，其实是社会自身的转型。文化守成主义从社会转型中获得了支持，发展成为一种显学，出现了诸如国学热、祭拜孔子热等很有意思的文化现象。

中国有五千年的文明史，我们太容易从中找到丰富的思想资源来建构时代所需要的文化，即使是旧的也可以以新的面貌出现。这是中国学人的优势，但也可能成为我们的弱点，即容易陷入实用主义的泥潭：不管提出什么主张，说起来都振振有词，理由十足。

这篇短文，并非要对文化守成主义做出全面的论述——这既非我的目的，也非我的专长。尽管如此，我还是想就两个具体问题谈点看法，由于在以前的一些文章中也曾论及，这里就只做一个概要的陈述。

一是海外新儒家的局限性问题。20世纪末，文化守成主义思潮在中国兴起固然有激进主义的"文化大革命"等历史背景，但海外新儒学的影响绝不容低估。海外新儒学推崇中国传统文化，认为它是解决现今和未来世界性难题的重要思想资源，但这有一个海外新儒家的生活背景。海外新儒家生活在西方，对西方社会在高度现代化后产生的社会问题感受深切。他们认为，解决西方社会在发展中所产生的人与自然的矛盾、人与社会的矛盾、人与人的矛盾，甚至人与自我的矛盾，可以从强调天人合一的中国儒家学说中寻找到思想资源。这当然是智者之言，其合理性是建立在文化互补性规律之上的。但必须看到，这样思考问题的方式是西方本位的，即主要是想解决西方社会所面临的问题。中国在20世纪90年代后也出现了这类社会问题，因而海外新儒家的一些观点引起了中国文化守成主义者的强烈共鸣，海外新儒家的影响也急剧扩大。不过，要注意的是，我们不能据此回过头去质疑"五四"，在重新评价五四新文化运动和五四文学革命时无视五四先驱者当时的现实感受和历史危机意识。五四先驱是基于他们当时的现实感受，强烈意识到在中国历史转折关头，中国传统文化不仅没能提出有效解决中国社会现实问题的方案，无法妥善处理中西文化的冲突，他们这才提出"孔家店"的口号，发起了一场声势浩大、影响深远的思想启蒙运动。从五四先驱的立场看，他们对传统文化的批判并不过分，而且是十分急迫的。只要坚持历史唯物主义的态度，我们现代人回过头去看，也可以认同他们的这一基本立场。这主要是因为中国传统文化到了晚清，的确面临重大危机，甚至处于失效的状态。不对它进行深刻的批判，比如不把中国人的思想从对孔子的偶像崇拜中解放出来，中国人的思想就难以解放，中国现代化的前途就会十分暗淡。把中国人的思想从儒家思想的束缚中解决出来，并不是否定孔子，而是以现代人的眼光去研究孔子，继承孔子思想中富有生命力的部分，并把它与现实结合起来，进行创造性转化，加以发扬。对传统文化的各个方面，其实都需要在现实变革需求的基础上，在与西方进行对话的前提下，进行创造性转化，这方才能赋予其新的生机。固守传统文化，即使从文化守成主义者的思想实践看，也是没有出路的。这意思是说，海外新儒家的观点，有其存在的特定背景，可以借鉴，但并非可以不分时空地拿来衡量中国历史和现实的客观标准，更不是解决中国现实和未来问题的灵丹妙药。

二是某些文化守成主义者把"文化大革命"与"五四"相提并论，由激进主义"文化大革命"来否定"五四"的启蒙主义。我们可以理解对"文化大革命"的深恶痛绝，但反思历史还得诉诸理性，仅凭情绪来想象"文化大革命"的悲剧，停留在表面现象上，完全可能产生判断的失误。一个事实是，"文化大革命"对传统文化的破坏，与"五四"对传统文化的批判，绝不能相提并论。"五四"对传统文化的批判，如前文所言，有其历史的合理性，中国文化正是以五四新文化运动为标志，开始了充分现代化的历程。其中一个突出成就，就是人的解放——虽然这也经历了一个漫长甚至曲折的过程，但其基本方向此后没有根本性的改变，更没有逆转。曾有学者提出，中国几千年的文明是一个大传统，而"五四"开创的新文化是一个小传统。这个小传统吸收了西方经验，也融合了中国文化的大传统，对此后的文化和社会发展产生了更为直接、更为重要的影响。历史也将证明，以"五四"为开端的新文化是充满生机的，制约着对中国大文化传统的改造和创新，制约着中国此后不同时期文化的建设和社会发展，它的正面意义和历史影响是巨大的，决不能低估。而"文化大革命"对传统文化意味着什么？是对传统文化的巨大破坏和摧毁，同时也是对五四传统的破坏和摧毁——是对人的价值和尊严的摧残。如果五四传统真的得以继承和发扬，中国绝大多数人有一颗独立思考的头脑，不盲从，不迷信，"文化大革命"式的全民浩劫就能避免。当然，历史不能假设，但历史可以设想——不是试图改写历史，而是从历史总结经验、吸取教训。意思很简单：我们不能用"文化大革命"来否定"五四"；这样做，好像能给文化守成主义的兴起寻找一个更为充分的理由，但在逻辑和历史的层面这都是难以成立的。文化守成主义有它存在的历史合理性，但我们不能片面地再前进一步，试图通过否定"五四"来从源头上来纠正对文化保守主义的批判，削弱对文化保守主义的应有警惕。这里的理由是：五四新文化运动对传统文化的批判是合乎历史要求的，即使有一些矫枉过正，也因为是在文化保守主义势力十分强大、阻碍了中国文化发展和社会进步的时候，不得不采取的一个步骤，它符合历史辩证法的精神。换言之，正是通过这样的批判，中国现代化的步伐和人的觉醒的进程才得以加快，虽经曲折，可是没有逆转。

国学热与中国现当代文学研究

一　后革命及全球化时代中的国学热

国学作为中国固有学问的一种称谓，是因章太炎的提倡而被广泛接受的。章太炎的"国学"包括中国古代哲学、文学、文字学、音韵学等各门学术，这是有别于西学的中国学术。

中国现代社会处在急剧的变革过程中。一波接着一波的革命，针对的基本是中国固有的制度和文化传统。指导这些革命的思想，从空想社会主义、马克思列宁主义，到各种自由主义思想，都来自西方，甚至诸如科学救国、教育救国、实业救国等不同的文化思潮，也是发源于西方，被引进到国内并付诸社会实践的。面对强势的西学，国学实际上一直处在受压制的地位。在不少时候，引进的西学要发挥其影响，首先必须清除中国固有学术的障碍，所以常常可以看到现代思想史上一场又一场的对中国传统文化的批判，对保守的新儒学的批判。在这种革命的时代中，国学萎缩到了文字学、音韵学的狭小空间里，无法对整个社会进程施展思想的影响。

20 世纪末，长期处于边缘地位的国学突然火了起来。先是西方把目光投向了东方，试图吸收东方尤其是中国儒家哲学的精髓，来调和其社会内部的矛盾。亚洲四小龙在经济上的成功得益于它们所处的中国文化圈的优势，这一成功的例证加强了儒学在国际上的影响。海外新儒学借助这一背景被高调引进中国，对国内的学术界产生了重大影响。杜维明、林毓生这些海外新儒学的代表人物成了学界明星，本来几乎被人遗忘的熊十力、梁漱溟也被发掘出来，成为新儒学所推崇的偶像。到世纪之交，这一股国学热进一步渗透到社会经济思想文化领域的各个方面。昨天还在大谈德鲁克、波特和科特勒以及《基业长青》和《蓝海战略》的中国企业家，已经转奉孔孟、老庄、孙子以及《论语》《易经》和《中国式管理》。清华传统文化与现代企业管理某高级研修班师资名单中，中华孔子学会会长兼北大儒藏中心主任汤一介、中国孙子兵法应用研究中心首席专家刘红松等赫然在列。北京大学、清华大学、复旦大学和武汉大学等校，瞄准商界高管、政府部门高官的国学培训班如同十几年前的 MBA 招生，正在如火如荼展开。易中天、于丹在央视开讲《三国》和《论语》，成了媒体红人。国学本来是作为批判性吸收的对象一下子成了一门显学，这种陡然转折的情形是 20 世纪 80 年代及以前不敢想象的。

仅仅是因为海外新儒学的推动吗，抑或是简单的历史循环？情况并非如此简单。我认为国学热的兴起，最根本的是反映了后革命时代意识形态变化的一种趋势。在革命的年代，无论是社会政治革命，还是思想文化革命，占主导地位的都是一种激进主义的文化思潮，在意识形态上推崇革命的价值观，提倡造反有理，强调反叛精神和对传统文化的批判。在这样的革命时代，国学中代表传统文化精神的部分，常常难以逃避被批判、被压抑的命运，许多时候只能居于体制之外，不容易得到主流意识形态的认同。可是当这种激进的革命运动过去以后，时代的主题变成了发展经济，人们开始总结历史经验，反思激进革命的弊端，追求社会平稳的发展，革命的激情让位给了理性的改革。理性改革不同于激进革命最根本的地方，是它用对话和妥协来调整不同社会集团的利益，而不是用极端的方法彻底打碎原来的体制。这一思潮转向的一个突出标志是李泽厚提出"告别革命"的口号。李泽厚 1995 年出版了他与刘再复的谈话录《告别革命》，他在这本书中指出：20 世纪的中国是革命和政治压倒一切、排斥一切、渗透一切甚至主宰一切的世纪。20 世纪的革命方式给中国带来了很深的灾难，认为革命是激情有余而理性不足，清末如果逐步改革倒可能成功，革命则一定失败。他的结论是：要改良，要进化，不要革命；为了 12 亿人能吃饱饭，要发展经济，不能再革命了。李泽厚的观点由于简单地提倡"告别革命",使革命历史无法从其自身的连续性上得到合理阐释,所以没能得到主流意识形态的认可,但主流意识形态自身其实也循着从革命到改革的方向调整策略,从而在带来经济高速发展的同时,促成了 90 年代新保守主义思潮的兴起。在这种倾向于保守的时代氛围中,传统文化得到重新评价。当人们以一种理性的眼光看待中国传统文化的时候,发现它原来并非像是激进革命时代所认为的那样需要批判和扬弃的糟粕多,可以吸收利用的精华少,相反,其中蕴藏着许多值得现代社会好好利用的价值观和调节人际关系的经验,它与现代社会所追求的现代性并不构成根本的对立,反而可以相互协调,补救源自西方的现代文化的过分实用主义的不足。国学热正是在这样的时代背景中逐渐兴盛起来的。

当然,国学热的兴起还与全球化的背景有关。全球化在加强不同国家之间的经济联系的同时,并没有使民族国家和地域文化的疆界消失,在某些方面甚至还有加强的趋势。美国学者塞缪尔·亨廷顿指出,全球化带来的不是统一,而是分裂和混乱。他认为今后世界的冲突是"文明的冲突":"最普遍的、重要的和危险的冲突不是社会阶级之间、富人和穷人之间,或者其他以经济来划分的集团之间的冲突,而是属于不同文化之间的人民之间的冲突。"① 在这种情况下,"一个领域内的全球化,像经济全球化,并不自动意味着其他领域,如政治、文化领域中的全球化"②。相反,民族身份尤其是民族文化身份,成了抵制不合理全球化秩序的重要力量。作为世界上历史最为悠久,且又从未中断过的文化——中华文化,此时自然成了中华民族在全球化背景中增加民族自信心、主动参与全球化秩序建构的最为重要的精神资源。正是在这样的背景中,自 20 世纪 90 年代开始,为了抵御西方中心主义对东方的后殖民想象,我们开始大力弘扬民族文化,国学作为民族文化的物质承担者和精神主体,顺理成章地受到了社会方方面面的高度关注,获得了大力发扬光大的历史机遇。

---

① 〔美〕塞缪尔·亨廷顿:《文明的冲突与世界秩序的重建》,周琪等译,新华出版社1998 年版,第 7 页。

② 〔美〕阿里夫·德里克:《后革命氛围》,王宁译,中国社会科学出版社 1999 年版,第 50 页。

二 国学热的冲击与现当代文学学科的回应

弄清楚国学热的背景，就可以明白它的兴起构成了对中国现当代文学学科的巨大压力。中国现代文学作为一个学科虽然是在 20 世纪50 年代初成立的，但它之所以能够成立，其实是以中国现代文学的诞生为基础的，而中国现代文学诞生却是采取了革命的形式，即五四文学革命通过一场文学加语言的革命，创建了一种反封建的内容和白话的形式相结合的新文学，从整体上实现了对中国传统文学的改造，使中国文学进入了一个全新的发展时期。这就表明，中国现代文学作为一门学科，它的合法性是五四文学革命所赋予的，它与反传统的文学革命是一种直接的血缘关系。此后新文学的发展，依然秉持着革命精神一路猛进，从五四文学革命到 20 年代末通过"革命文学"论争形成了左翼文学，再发展到表现无产阶级革命精神的解放区文学，中国新文学的发展始终充满革命的理想和激情。即使是那些比较温和的自由主义作家，其实也没有背离"革命"的精神。他们以现代白话语言和现代性的艺术形式表达现代人的思想情感，表现出对现代人性的关注和思考，充满了现代的意识，这是与文学革命直接联系在一起的。现代文学与"革命"的这种血缘联系，决定了它在后革命时代，会遭遇重大的危机。在后革命时代，革命的意义虽然没有中断，但对革命的阐释却发生了重大的变化，革命意义的表达更多地采取了能被这一时期民众更容易接受的形式，如在革命的话语里添加人性的元素，以强调革命的发生和推进从根本上说是符合人性的内在要求的，又如对革命历史的评价用"时代潮流"和"民族精神"的标准取代阶级正义的标准，使革命的意义在当下能拥有更为广泛的群众基础。但经过这样的阐释，原初与传统完全对立意义上的"革命"已经变成与传统达成了妥协甚至和解的"革命"，其内涵和基本的精神发生了重要的变化。国学热借助于后革命时代革命意义的这种削弱而兴起，也就意味着一直依赖于革命正义的中国现当代文学学科其存在的合理性和合法性受到了质疑，学科的独立性便成了一个问题。

这种危机已经逐渐表现出来了。先是中国现当代文学在大学的教学时数被普遍地压缩，压缩的规模大致占原来最高教学时数的三分之一，教学计划因而被迫调整，一些教学内容只得取消，或者改在选修课中来弥补。重要的是压缩课时的理由，一个主要的理由就是现代文学30年，加上当代文学至今50年，中国现当代文学总共80余年，在时间长度上难以与中国古代文学的两千多年相比，而这80余年的创作成果在成熟程度和艺术的精致度上也被认为难以与中国古代文学所创造的辉煌相提并论。这个理由表面看起来有些道理，可是它实际上已经改变了中国现代文学学科所处的地位。

中国现代文学学科成立时，是承担了意识形态使命的，它要从文学史方面证明从新民主主义革命到社会主义革命是顺应了历史规律的一个发展，证明中华人民共和国的成立是合乎历史逻辑的一个结果。现代文学的开端被设定在五四文学革命，意味着它是整个新民主主义革命的一个组成部分。从五四文学到30年代的左翼文学，被阐释为新文学朝着无产阶级方向迈进的一大步，再从左翼文学到解放区文学、中华人民共和国文学，始终是沿着为人民的方向和为社会主义的方向前进的。在新文学的这一历史发展过程中所产生的不同观念、不同意见的碰撞和交锋，被表述为具有阶级斗争的意义。经过这样的处理，一部新文学史就成为新民主主义革命史的组成部分，承担着进行意识形态引导的重任，它的地位自然是中国古代文学所不能比拟的。

但把文学史当成革命史的一部分来书写，显然抹杀了文学史的个性和特点，它在学理上是经不起时间检验的。进入20世纪80年代后，现代文学的研究者改变了述史的规则，转而按照启蒙主义的观点来建构中国现代文学史，通过重新解释以鲁迅为代表的一批作家的创作实践及其意义来为新时期的思想启蒙运动制造舆论，这同样是让现代文学史承担了文学以外的使命，拥有了重大的社会影响力，赢得了很高的学术地位。

可是到了21世纪，中国现代文学所享有的这些特殊荣耀已经风光不再了。这一方面是因为文学史按照不同的观念反复地改写，其意义已经变得相当含混。人们会问，中国现代文学史既然不能成为革命史的附庸，也不能成为思想启蒙史的翻版，那应该是一部什么样的史呢？按照审美的原则来写文学史，又该如何书写？现在市面上有难以计数的中国现代文学史版本，表面上看是学术繁荣，事实上却掩盖着思想和观念的混乱。反正你说你的，我说我的，众说纷纭，莫衷一是，这明显地削弱了中国现代文学史作为一门学科的学理力量。另一方面，当今受到迅猛发展的信息科技推动和风起云涌的世俗化潮流的挤压，文学的书写方式、传播方式、消费方式已经发生了重大改化，人们强烈地感受到传统意义上的文学的地位开始急剧下降。许多纯文学杂志难以为继，一些作家纷纷转向通俗文学，以博得大众的青睐，说明读者的兴趣已经转移，他们可以去翻翻时装杂志，看看足球评论，上网浏览各种花边新闻，满足一下世俗社会流行的好奇心，而对包含着深刻思想和沉重痛苦的大部头严肃文学作品却敬而远之。这是一个为欲望和消费所主导的时代，一个不需要深刻思想和崇高精神的时代。既如此，这些与大众的趣味隔了一层的严肃作品到底应该按照什么观念和原则来述史又要什么意义呢，对鲁迅如何阐释又关世俗民众什么干系呢？一句话，中国现代文学史如何书写，已经只是专业学者的一项工作，而与一般的民众无涉了。

一旦转变为一门纯粹的学术，抹平了与古代文学根本性的思想差异，只从审美方面而论，中国现代文学（包括当代文学）的分量确是难以与古代文学相比的。后者拥有太多的辉煌的名字，这是中国现当代文学相形见绌的。本来现当代文学是因为其现代性的品质以及与现代人的思想状态的紧密联系而拥有古代文学所没有的优势的，现在却只从娱乐消遣的方面来评说文学，它的这种优势就不复存在了，因为古代文学的许多优秀之作在某种意义上说更能满足现代人的消费要求。不仅如此，在当今消费主义流行的时代，国学可以充当凝聚民族精神的重要角色，而中国现当代文学学科却只能干着急，显得束手无策。其地位的此降彼升，一目了然。

在后革命的时代，中国现当代文学学科受到的压力还远不止这些。比如，我们改变了对五四文学革命的评价，改变了对一些保守主义文学思潮的评价，结果像王富仁先生所说的，我们陷入了困境："我们常常是带着一种莫名其妙的类似原罪感的心情！以退缩的方式应付这些挑战，甚至我们自己就是站在'五四'新文化运动和'五四'新文学运动的'反对党'的立场上提出问题和解决问题的：在晚清文学与'五四'新文学的关系上，我们愈来愈感到晚清文学的成就是令人惊喜的，越来越感到依照晚清文学发展的自然趋势中国文学就会走向新生，'五四'新文化运动那种激进的姿态原本是不应该有的，这造成了中国文化和中国文学的断裂。鲁迅对晚清'谴责小说'的评价是不公正的，茅盾对鸳鸯蝴蝶派小说的批评也是过于武断的；在'五四'新文化运动的倡导者与反对者林纾之间，我们对林纾抱有更多的同情，而认为'五四'新文化运动的发起者对林纾的批判是过激的；似乎《荆生》和《妖梦》的作者更加具有中国传统的宽容精神，而陈独秀等人对林纾的反驳则有悖于中国的传统美德——中庸之道；在'学衡派'与胡适等提倡白话文革新的'五四'新文化运动的发起人之间，我们感到反对'五四'新文化运动的'学衡派'倒体现了中国文化发展的正确方向，而胡适等'五四'新文化运动的发起人则是西方殖民主义文化的产物，背离了中华民族的优秀文化传统……所有这些，都能够得出这样一个结论：'五四'新文化运动原本是不应该发生的，或者是不应该由这样一些人发起的，或者由这些人发起而不应当发表这样一些激进的言论的。我认为，在这里，我们实际已经陷入了一个文化的陷阱：表面看来，我们是在'研究'中国现代文学，实际上我们是在'否定'中国现代文学。"①

为了减轻国学热对中国现当代文学学科的压力，王富仁先生提出了新国学的概念。他的本意是想让中国现当代文学纳入新国学的框架里，享受与中国古代文学平等的地位。可是他的这种策略再怎么看也难以让从事现当代文学研究的人高兴起来。与其说这是为中国现当代文学学科找到了一条出路，不如说它本身就表明现当代文学学科面临着十分尴尬的处境。设置一个"新国学"的概念，把现代文学装进去，把古代文学也装进去，表面看来平等了，可实质上却是放逐了现代文学的现代性精神，抹平了其与古代文学的本质差异，把不妥协的反抗精神调整为与古代文学和解和妥协了，这能不损害中国现代文学作为一门独立学科的存在基础吗？装到"新国学"的概念里，不是

---

① 王富仁：《"新国学"与中国现代文学研究》，《文艺研究》2007 年第 3 期，第 19—20 页。

实现与古代文学平等的问题，而是现代文学被古代文学同化和接收的问题，是继中国古代文学中的先秦文学、两汉文学、魏晋南北朝文学、唐代文学、宋代文学及元明清文学之后的再增加一个现代文学的名目。① 因为"新国学"虽然加了一个"新"字，以示与传统的"国学"的区别，但再怎么区别，它毕竟还是一种国学，它的指向是"国学"这个概念所统率的关于古代学问的方向，而现代文学却是由五四文学革命催生的一种新文学，它的内涵和意义要以一种与古代文学相当不同的方式来体现，它应该有一个不同于中国古代文学的评价标准，才能显示其真正的价值。如果模糊了它的这种新特质，它就很难抵御来自中国古代文学方面的压力，最终难免被同化和接受的命运。王富仁先生是参与 20 世纪 80 年代文学界新启蒙运动的一个杰出代表，像他这样一个高举启蒙主义旗帜的学者现在也不得不放下身段要在"新国学"的框架里寻找与中国古代文学平等的地位，这似乎正好说明中国精英知识分子在后革命时代已经被边缘化了的历史命运。他们的研究工作已经转入比较纯粹意义上的学术研究了，其对社会思潮的影响力度难以与 20 世纪 80 年代的黄金时期相比。

我非常赞赏王富仁先生在中国现当代文学学科面对国学热压力时的忧患意识，非常钦佩他坚定不移地对于中国现代文学学科独立地位的坚持，非常赞同他对于当下一些学者用引进的西方"后学"来消解中国现代知识分子为自己和民族的独立解放而进行的挣扎与反抗所具有的意义提出的批评，但是我不赞同他的策略，即不认为提出"新

---

① 当前有一部分学者竭力主张把"中国现代文学"或"现代中国文学"中的"现代"当作纯粹时间的概念，认为中国现代文学是在这个"现代"时间段中产生的所有文学，包括软性文学和现代人写的古典诗词，不再坚持中国现代文学是具有现代意义的新文学这种价值评判的立场。这种文学史观是很成问题的，一方面它与当前中国现当代文学史的教学时数被大力压缩的状况不符，日益膨胀的文学史内容很难落实在有限的教学时数中；另一方面更为严重的是其内在的悖论，即一旦只把"现代"当作纯时间的概念，放弃现代的价值判断立场，"现代"的命名就会是一场逻辑混乱的语言游戏，换言之，文学史这时就不再有充分理由称这一时间段的文学为中国"现代"文学或"现代"中国文学了，更为顺理成章的恐怕还是以朝代命名的好，因为这更能体现纯时间的意义，即把现在作为独立学科的"中国现代文学"或"现代中国文学"改称为继晚清文学以后的"民国文学"，把现在的"当代文学"改称为"共和国文学"。可是不言而喻的是，与上述这些研究者的初衷相违，这样一来，实际上取消了中国现代文学学科的独立性了。

国学"的概念就可以实现他所追求的目标。中国现代文学（当代文学）学科的独立性和平等地位，应该通过坚持五四文学革命的历史正当性、突出其作为历史原点的意义来保证，应该通过强化其与中国古代文学的思想与艺术观念的差异性来保证。一句话，从战略上强化现代文学与古代文学的异质性，突出五四文学革命的划时代意义，而不是策略性地淡化乃至抹平它与古代文学的差异，模糊五四文学革命的意义，非如此中国现代文学学科的独立性和平等地位不能得到保证。我认为，坚持五四文学革命作为一个历史原点的意义，以它为标志来区别中国古代文学和中国现代文学，无论是从事实层面上说，还是从学理层面上说，都是站得住脚的，丝毫用不着心里发虚。因为新文学是在这个原点上诞生的，受到了这个原点所确立的新规则的规约，从而使它虽然与古典文学的传统保持着内在的联系，但它主要地不是按照古典文学的规则，而是按照在这个历史原点上所确立的新规则进行产生、流通与消费的，所以是一种不同于古典文学的新的文学。即使是现在的后革命时代，人们可以反思革命及其历史，但没有任何理由改变甚至取消革命的历史事实。五四文学革命造成了中国文学从传统到现代的重大转折这一事实是客观存在的，它的标志性的地位是不容抹杀的。①

三　国学热对现当代文学学科的促进

不过，国学热对于中国现当代文学学科的压力，也促使后者进行深入的自我反思，从而对研究的方向和重点做了调整，或者是借鉴国学的研究方法，从而开拓了中国现当代文学研究的领域。

加强与古代文学及近代文学关系的研究，是中国现当代文学研究重点调整的一个重要方面。长期以来，人们关注五四文学革命对古代传统的革新乃至反叛，重视文学革命与西方文化的关系，因而忽视了现当代文学与古代文学以及近代文学的关系，其实这种关系是内在的、深刻的。这好像空气对人的生存至关重要，但却因为它重要到了

---

① 参见陈国恩《文学革命：新文学历史的原点》，《社会科学辑刊》2007年第1期。

人不能须臾离开的程度，好像已成了人的生命的有机部分，人们反而不会在平时意识到它存在的重要性。国学热的兴起使研究者清醒过来，改变了以前片面关注现当代文学与西方文化关系的做法，开始关注现当代文学与民族文化传统的联系，关注现代文学与近代文学的联系，于是发现在文学革命中诞生的新文学其实深受民族文化传统的影响，发现五四新文学的不少要素也已经在晚清文学中出现，如现代性的因素，包括观念的和形式的，在晚清文学中就已经存在了，这说明五四文学不是无源之水、无本之木，而是有来历的。这一发现，代表了现当代文学研究视野的拓展和视点的深入。但问题是这种拓展和深入要有一个基本限度，即不能因为现代文学与中国传统文化的内在关系而模糊了五四文学革命的革命意义，不能因为现代文学与晚清文学在时间上的承续关系而把现代文学的上限推向晚清文学，否则就超过了"度"，扭曲了现代文学与古代文学关系的性质，也扭曲了现代文学与晚清文学关系的性质。

一个民族的文化史本是一条历史的长河，它总是呈现连续性和阶段性相统一的结构。判断像五四文学革命这样重要的历史转折时刻的意义，关键看你是从变的角度还是从不变的角度来判断。如果从不变的角度视之，当可发现它与传统的历史联系，因为历史本来就是线性的、连续的；如果从变化的角度来考察，则又可以发现它与古典文学及其传统的巨大差异。于是问题回到了到底应该从变化的方面还是从不变的方面来评价五四文学革命？这个问题的答案，其实取决于目的。有两个目的：一是要证明五四文学革命与传统的联系，二是要证明五四文学革命与传统的对立。这两个命题都是可以证明的，因为它们从不同的方面反映了五四文学革命与传统既有联系又有对立的真实。而问题在于，这两个有待证明并且可以证明的命题，其重要性有没有等级差异？回答是肯定的，因为五四文学革命与传统的联系是隐性的，是通过传统自身的延续性得以实现的，是通过作家所受的民族文化的熏陶得以保证并体现出来的，而五四文学革命与传统的对立则是文学革命先驱自觉追求的结果。胡适的《文学改良刍议》的态度还比较温和，陈独秀的《文学革命论》把新文学与旧文学完全对立起来，周作人干脆把新旧文学的对立称为活文学与死文学的对立，这种自觉的激进态度显然更能代表五四文学革命的实质。

在反思五四文学革命的历史功过的研究中，王德威的"没有晚清，何来'五四'"的质问影响很大。在激进主义占据主导地位的文化氛围中，这提醒了研究者要保持清醒和冷静，重视新文学与民族文化传统的联系。后来不少学者超越 1917 年的上限，追溯新文学的源头，重视晚清文学的价值，都体现了这一种努力。但重要的是还必须同样清醒地意识到，这种重新审视是在新文学与古典文学传统的联系在相当程度上被忽视的时期才显示出它的意义的。换言之，强调晚清对"五四"的意义，只是问题的一个方面，是对一种客观事实的重新认定，它不应成为对事实的另一方面而且是更为重要的方面的遮蔽，这就是五四文学革命对传统的彻底批判。历史的真相是，新文学并没有按照晚清文学的路子发展下去，而是沿着五四文学革命的方向走上了与现代社会民生密切相关的创作道路。这种相关性并不一定只是现实主义，相反，还有许多浪漫主义的和现代主义的创作成果，但无论是哪种"主义"，此后的文学与中国社会民生问题紧紧相连却是一个事实。这个事实本身的得失也许有可以讨论之处，但它至少说明了，五四文学革命所确立的原则成了此后文学发展所遵循的规范。新保守主义者指责五四文学革命使中国文学的传统变得狭窄了，可是不应该忽视，这种所谓的"窄化"正是新文学传统的重要内容，它表明新文学的强烈的现实关怀精神，新文学的与社会民生问题的密切联系，它确立的是一种现代化的文学观念，也就是周作人代拟的文学研究会宣言中宣称的把文学当作高兴时的游戏和失意时的消遣的时代已经过去了，认为文学是一种有意义的工作的文学观念。这种文学观念此后又有发展，被注入了时代性的内容，但它的基本精神是前后一致的，即重视文学与社会人生的联系，把文学看成一项有意义的工作，重视文学的陶冶人的情操、提升人的精神的作用，而不是仅仅满足于消费和娱乐的功能。文学革命的倡导者对软性文学的批判和此后文学沿着五四文学的方向重视文学的思想价值和审美价值，说明软性文学处于被压抑的状态中，而占据主导地位的恰恰是五四文学的传统。

当然，娱乐性的消费主义文学传统在经历了长期的压抑后，到了 20 世纪末又浮出历史地表。然而这是另外一个问题。它只是表明，在新的历史条件下产生了新的文学消费的欲望，但它也只是作为一种消费方式而存在，没有也不可能遮蔽另外的文学消费方式。因而，与其说它是对晚清文学传统的承续，还不如说它是直接产生于现实的土壤中的。如果一定要找一个文学的源头，与其找到晚清，还不如找到"五四"。道理也很简单，因为它的欲望化叙事，与晚清文学相隔太远。只要看一看现在的美女小说，其描写的大胆与赤裸，晚清文学是难以望其项背的，而且其内在的女权主义思想只有到女权主义思潮盛行以后才会有，对于晚清作家来说，那是他们做梦也难以想象的。

总之，我们可以重视晚清文学的价值，把它视为从古典文学到五四新文学的一个过渡阶段，但这不能成为否定五四文学革命的历史原点的地位，甚至把晚清文学看作中国文学现代化的开端的理由。晚清文学再怎么新，也是新旧混杂的，五四文学再怎么与古典的传统有紧密的联系，也是一种划时代的文学。更尖锐点说，晚清文学的创新意义本身缺少可以值得称道的独立价值，它的价值要通过五四新文学的成就才能得到体现，因为它的许多创新要到五四新文学才能作为一种比较成熟的形式表现出来。五四新文学把晚清文学的许多创新消化吸收，在新的价值观念和审美原则基础上加以再创造，从而产生了比较成熟的新风格，使始自晚清文学的种种思想和艺术的探索结出了可喜的成果。正是在这样的意义上，我要把王德威先生的名言"没有晚清，何来'五四'"做点改动，改写成"没有'五四'，何需晚清"。意思是说，"没有晚清，何来'五四'"若作为一种时间性的延续，是没有意义的，因为历史的发展本来就是从晚清的时代发展到"五四"的时代，这无需强调；但若作为一种价值判断，则"没有晚清，何来'五四'"作为对相当长时期里忽视晚清文学价值的倾向是一个及时的提醒，但在当前批评五四文学革命的激进姿态、淡化其历史原点地位的倾向已经显现的时候，还不如强调"没有'五四'，何需晚清"更有意义。"没有晚清，何来'五四'"，强调的是一个历史发展延续性的事实，它本身不可能导致把新文学的历史原点从"五四"改写为晚清，也容易使人忽视晚清文学的许多尚欠成熟的方面。"没有'五四',何需晚清",也不是不需要晚清,作为历史中的一个阶段,你哪怕不需要,它也是存在的。这里仅仅是强调,晚清文学的意义要通过"五四"的更为成熟的创新才能充分地体现出来,如果没有五四文学革命所造成的文学传统的革新,如果没有五四文学在新的思想和艺术基础上融合中西、大胆创新所取得的成果,如果没有五四文学的新传统对后来的重大影响,晚清文学探索本身的意义是否能得到确认还是一个问题。大量的晚清作品对当下的读者事实上没有什么吸引力,就可以看作是一个相关的证明。

国学热和中国现当代文学学科互动的积极成果,当然并不仅仅体现在加强了现当代文学与古代文学以及近代文学关系的研究,它还体现在其他一些方面,如借鉴国学的研究方法研究现当代文学,丰富了现当代文学的研究内容,拓展了现当代文学研究的领域。据我所知,武汉大学文学院於可训教授以编年体的形式编撰中国现当代文学史,得到了广泛的好评。他在研究的观念和方法上,变"以论带史"或"以论代史"为"论从史出",突出强调文学史学科的客观性和科学性;在述史方法上,借鉴了《资治通鉴》的体例而又有所变通;在史料发掘、整理、钩沉、辑佚的过程中,期有新的发现,以富有说服力的史实,改变了中国现当代文学研究的一些定论和成见。武汉大学文学院的金宏宇教授从他做博士学位论文开始,就把中国现当代文学各类文体的版本研究作为主要的研究方向,通过梳理作品(尤其是名著)的版本谱系,对校其不同版本,找出异文或修改内容,考察作品版本演进和修改的动因,探寻异文或修改导致的文本释义差异,总结作品版(文)本演进的规律,发掘其中蕴藏的丰富内涵,进而为文学批评、文学经典化或现当代文学史的写作提供更具体的材料和新的原则。这项研究的特色就是借鉴乾嘉朴学的方法,结合现代学术的治学经验,综合运用版本学、考据学、创作学、语言修辞学、阐释学、观念史学等不同学科的理论和经验,使版本研究与文本批评相结合,实证性研究和阐释性研究相结合,以期纠正中国现当代文学研究中学术倾向的某种疏离与空疏状态,并注意现当代文学作品版(文)本在演进过程中的动态性和复杂性,注意到文学研究中的版(文)本精确性问题。他的博士学位论文《中国现代长篇小说名著版本校评》在 2004 年获得全国百篇优秀博士学位论文提名奖。

仅据我孤陋寡闻之所知，借鉴国学的方法研究中国现当代文学已经取得了不少具有开创性意义的成果。可以预期，在将来还会有更多的学者从事这方面的探索，会取得更重要的研究成果。

反思"五四"应坚持现代性的立场

　　正值五四运动90周年纪念，五四传统又成了人们集中关注的一个话题。但与以往有所不同，今天在肯定"五四"的历史功绩和五四传统的现代价值的同时，也出现了较多的质疑声音。其实，反思"五四"乃至质疑"五四"，从20世纪90年代开始就时有所闻，只是没有像现在这样强烈罢了。最早是在20世纪80年代，台湾学者和美国的华裔学者提出了"五四"激烈反传统的问题，比如林毓生说："就我们所了解的世界史中社会和文化改革运动而言，这种反传统的、要求彻底摧毁过去一切的思想，在很多方面都是一种空前的历史现象。"① 进入90年代后，国内有学者从"告别革命"的角度总结"五四"的经验，认为五四新文化运动和文学革命破坏了中国的文化传统和文学传统，造成了二元对立思维模式的流行、价值观念混乱和社会的动荡。文学界的这种批评意见，则数郑敏的观点最有代表性。郑敏说："我们一直沿着这样的一个思维方式推动历史：拥护—打倒的二元对抗逻辑"，"这种决策逻辑似乎从五四时代就是我们的正统逻辑，拥有不容置疑的权威"。"从五四起中国的每一次文化运动都带着这种不平凡的紧张，在六十年代史无前例的文化大革命中则笔战加上枪战，笔伐加上鞭挞，演成了一次流血的文化革命。"②

　　这些质疑"五四"的观点，有两点首先要提出来讨论。一是认为

---

　　① 林毓生：《中国意识的危机——五四时期激烈的反传统主义》，穆善培译，贵州人民出版社1986年版，第6页。

　　② 郑敏：《世纪末的回顾：汉语语言变革与中国新诗创作》，《文学评论》1993年第3期。

"文化大革命"中的打倒一切，与五四新文化运动和文学革命的反传统一脉相承，这是很不妥当的。五四新文化运动和文学革命最大的历史功绩，是"个人的发现"和"文"的解放。"个人的发现"，奠定了中国社会现代转型的思想基础；"文"的解放，以白话取代文言，则为思想解放提供了强有力的语言工具。这一变化带有根本性质，是对几千年的中国封建文化的一次大的反叛，因而说它是一次"断裂"也不为过。但"断裂"并非前后没有关系。任何一个富有活力的民族，它的传统是不可能真正断裂的，人们所能做的是在"断裂"中实现民族文化传统的革新。五四新文化运动和文学革命，就是这样一场让古老的民族文化获得新生的革命。它的合理性前提，是中国封建文化到了晚清已经在整体上失效，对内无法协调错综复杂的社会矛盾，难以提出社会改革的有效方案，甚至成了中国社会革新的巨大思想阻力；对外无法引导国人认清中华民族所处的真实地位，找不到应对世界时局变化的有效方法，从而使整个社会陷于内外交困的窘境之中。正是在这样的背景中，新文化运动和文学革命揭开了中国文化现代化和文学现代化的序幕。五四先驱批判中国文化传统，又在与世界先进文化的对话中汲取了新的思想资源，从而使中国文化走上了革新与发展的道路，但这并没有割断与传统文化的联系。这有许多证据，比如五四先驱在猛烈批判封建文化传统的同时，也对其中具有生命力的部分进行了发掘和整理，使之发扬光大。无论是鲁迅还是胡适，他们反传统的态度非常坚决，但又正是他们带头研究古代的文化典籍，开创了用新的观念和新的方法研究中国传统文化的先河，为现代学术规范的形成乃至现代学科的建立奠定了基础。这些先驱者有破坏，也有建设。从大的方面来看，他们破坏了该当破坏的，建设了亟待建设的，而破坏与建设又都是以个人的理性自觉为指归。就是说，他们在进行破坏和建设时，没有盲从——既不盲从古人，事实上也不盲从西洋人。他们执着的是现实问题，着眼于中华民族的未来，思考社会改革和文化建设所应走的道路。这种孕育于五四新文化运动和文学革命的理性思考和独立人格，怎么能拿来与"文化大革命"中因现代迷信而导致的群体疯狂相提并论呢？"文化大革命"中的"打倒一切"，从思想根源上说，不是因为继承了五四传统，恰恰相反，是因为违背了"五四"所确立的现代理性精神而产生的一个结果，因而在"文化大革命"过去后的 20 世纪 80 年代初思想界要来一次"回归""五四"，通过一场新的思想启蒙运动来解决现代的个人迷信所造成的思想混乱，从而为改革开放提供了思想保证。

第二点要提出来讨论的，与上述第一点相关，即抓住五四新文化运动和文学革命对封建文化的彻底批判，把其所持的新旧对立的思维方式与此后激进主义思潮中的二元对立的思维模式联系起来，认为它们共同反映了一条破坏性的激进主义的思想路线，我以为这同样是不妥的。任何一种思维模式，抽象地谈论其正确与否，并不能说明问题。思维模式的正确与否，要看它是否有效，而其有效性又主要取决于它能不能切合对象，做出有效的解释，向人们展示合理性。归根到底，考察思维模式的正确与否，要与历史主义的观点结合起来，把问题放到特定的历史情境中去。离开历史的情境，笼统地谈论一种思维模式的优劣得失，很可能产生适得其反的结果。"五四"是一个文化转型时期，这一转型带有根本的性质，即从封建传统向现代新传统的历史转型。就文化的主导价值而言，它所要创立的传统是与封建文化根本对立的。它要创立的文化是张扬人的独立和个性的，而不是强制人服从人之上的某种封建教条，为保证这种教条所代表的固有秩序而牺牲人的基本权利，扼杀人的个性和情感。在这样一个根本性的转型时期，新旧对立的思维逻辑是彻底反封建的历史需要所规定的。周作人在 20 年代初提倡宽容的精神，是一个比较温和的自由主义者，但他在那个时候也强调宽容绝不是忍受，宽容是有原则的，那就是对于新生力量的支持和鼓励，并不是对新旧事物的一视同仁地看待，他说：

> 若是"为文言"或拟古（无论拟古典或拟传奇派）的人们，既然不是新兴的更进一步的流派，当然不在宽容之列——这句话或者有点语病，当然不是说可以"仇雠视之"，不过说用不着人家的宽容罢了。他们遵守过去的权威的人，背后得有大多数人的拥护，还怕谁去迫害他们呢。老实说，在中国现在文艺界上宽容旧派还不成为问题，倒是新派究竟已否成为势力，应否忍受旧派

的压迫，却是未可疏忽的一个问题。

　　临末还有一句附加的说明，旧派的不在宽容之列的理由，是他们不合发展个性的条件。服从权威正是把个性汩没了，还发展什么来。新古典派——并非英国十八世纪的——与新传奇派，是融和而非模拟，所以仍是有个性的。至于现代的古文派，却只有一个拟古的通性罢了。①

周作人的这种态度反映了五四时期的特点。在那个时期，旧思想的力量还很强大，禁锢着人的头脑，阻碍着社会的进步。不对旧思想采取坚决批判的态度，新的思想就难以传播并被一般大众所接受。从社会发展和历史进步的角度看，他们对旧的思想和文化采取彻底的批判态度，是正确的，是符合历史逻辑的。相反，一些立场比较模糊、态度比较暧昧的折中派，如学衡派，和一些立场更为保守的诸如甲寅派，他们反对白话文，主张对传统文化采取包容的态度，在那时反而显出了落后性，因为他们的这种态度事实上不利于建设一种虽与传统文化保持联系，但更与世界先进文化可以进行对话，体现了一种基于人类普遍理想的现代价值的新文化。不正视这一历史情势，只站在今天的立场上，抽象地指责五四文化革命对传统文化的批判，认为先驱者破坏了中国固有的文明和道德，这对五四先驱不公平，也是违反历史主义原则的。这会使人觉得，我们一方面在享受着五四新文化运动和文学革命的成果——使用现代的白话语言，就中国的历史和现实问题进行自由和独立的思考；另一方面却又在指责五四一代做得过分了，却不去想一想，如果依着章士钊、吴宓等人的意见（更不用说林纾了），我们依然使用古文，依然像对待圣人那样朝孔子顶礼膜拜，我们还能拥有我们今天这种自由的思考权利和独立的眼光吗？"五四"的彻底反传统，既决定于到那时为止的历史——中国传统文化具有顽固性，像鲁迅说的，要改革就必须矫枉过正，否则将一事无成；又决定于现实——那时现实中的封建思想势力依然强大，任何四平八稳的

---

① 周作人：《文艺上的宽容》，钟叔河编《周作人文类编·本色》，湖南文艺出版社1998年版，第69页。

主张看似平实，实则无效。任何一种脱离历史的规定性指责五四新文化运动和文学革命破坏传统文化的观点，都是带有理想主义色彩的一厢情愿的想法，缺乏对历史的"理解之同情"。它的不合理性，就好比一个人住着十七层的豪华套间，却悠然地说这栋楼本可以不要下面的十六层楼一样，批评得有点过于轻松了。

当然，现在质疑"五四"的人多了起来，这并非偶然现象，而是反映了当前文化保守主义思潮兴起的一个事实。文化保守主义思潮的兴起，最初是由海外新儒学推动的。一些海外华裔学者，以日本和亚洲四小龙的经济起飞来说明中国的以儒家思想为核心的传统文化有其现代性的价值，他们认为中国传统文化照样能在现代社会中发挥其协调人际关系、培养团队精神，从而促进经济发展的积极作用。这使国内推崇新儒学的知识分子重新看到了中国传统文化的价值所在，增强了他们以儒学思想为基础重建民族本位文化，以提高中华民族在国际上的地位的信念。中国 20 世纪末以来经济发展、综合国力不断上升的事实，又给这种从民族本位立场出发来建设新文化以对抗西方文化霸权的策略以强有力的支持。质疑五四新文化运动和文学革命，即这一文化保守主义思潮的重要组成部分。它通过质疑五四新文化运动和文学革命对传统文化的批判，为传统文化张目。但这样做的一个结果，就是以前依托于五四新文化运动和文学革命的合法性的中国现代文学，许多结论几乎完全倒过来了，就像王富仁说的："在晚清文学与'五四'新文学的关系上，我们愈来愈感到晚清文学的成就是令人惊喜的，越来越感到依照晚清文学发展的自然趋势中国文学就会走向新生，'五四'新文化运动那种激进的姿态原本是不应该有的，这造成了中国文化和中国文学的断裂。鲁迅对晚清'谴责小说'的评价是不公正的，茅盾对鸳鸯蝴蝶派小说的批评也是过于武断的；在'五四'新文化运动的倡导者与反对者林纾之间，我们对林纾抱有更多的同情，而认为'五四'新文化运动的发起者对林纾的批判是过激的；似乎《荆生》和《妖梦》的作者更加具有中国传统的宽容精神，而陈独秀等人对林纾的反驳则有悖于中国的传统美德——中庸之道；在'学衡派'与胡适等提倡白话文革新的'五四'新文化运动的发起人之间，我们感到反对'五四'新文化运动的'学衡派'倒体现了中国文化发展的正确方向，而胡适等'五四'新文化运动的发起人则是西方殖民主义文化的产物，背离了中华民族的优秀文化传统……所有这些，都能够得出这样一个结论：'五四'新文化运动原本是不应该发生的，或者是不应该由这样一些人发起的，或者由这些人发起而不应当发表这样一些激进的言论的。我认为，在这里，我们实际已经陷入了一个文化的陷阱：表面看来，我们是在'研究'中国现代文学，实际上我们是在'否定'中国现代文学。"① 王富仁的担忧，我觉得值得从事中国现代文学研究的学者认真思考。

这并不是说"五四"不能质疑。任何一种历史现象，自有其不可避免的历史局限性，"五四"亦然。对"五四"的反思，是应该的，目的是在总结历史的经验，但联系到当前片面指责"五四"而宣扬传统文化似成风气的现状，我觉得倒应该思考我们该从什么立场来反思"五四"的问题，这是一个重大的原则问题，不应该掉以轻心。

海外新儒学质疑"五四"而宣扬中国传统文化，显然不是从中国的历史情境出发的，而是从对抗西方话语霸权的需要出发，强调的重点是中国文化的民族特色，而不是中国文化的现代转化（虽然也曾主张对传统进行创造性的转化）。如何保持中国文化的民族特色，同时实现其现代转化，这是一个非常大的课题，远远超出了这篇小文章的范围。但我可以强调一点，就是海外新儒学并没有站在五四先驱者的处境来思考中国的问题，他们甚至感受不到中国 20 世纪 80 年代初的知识分子渴望思想解放的那种历史紧迫感。他们是一个旁观者，悬置了中国问题，只是通过中西文化的比较，试图用中国传统文化来解决西方文化难以解决的西方社会的矛盾。

这其实已经涉及应该从什么立场来反思"五四"的问题：应该从对抗西方文化霸权的角度来质疑"五四"对民族传统文化的批判，还是从民族文化实现现代性转化的角度来总结"五四"的经验？由于这一问题最终要牵涉应如何对待传统文化的现代转换问题，所以它也可以改写为：我们应该在什么样的思想基础上对民族的传统文化进

---

① 王富仁：《"新国学"与中国现代文学研究》，《文艺研究》2007 年第 3 期，第 19—20 页。

行现代性的改造，是在传统文化的基础上还是在世界先进文化的基础上实现民族传统文化的现代转换？

提出这一问题的前提，是中国传统文化虽然丰富，具有强大的生命力，但从根本上讲其实并不具备现代性的内质。它是在农耕社会发展起来的文明，其核心的部分是通过忠、孝、仁、义、节、烈等一套礼教束缚人的个性、压抑人的欲望，来维持人际关系的和谐，保证社会的稳定。这在农耕社会是有效的，但它无法面对竞争性的世界，无力应对资本主义在世界范围内向中国发起的挑战，它在近代世界舞台上败下阵来几乎是必然的。我们的学者为什么看不到这一点呢？当然不是看不到，而是因为立足点不同：不是想解决五四时期觉醒了的知识分子所想解决的问题，而是从眼下的需要出发提取中国传统文化中擅长于协调人与自然、人与社会、人与人、人与自我关系的智慧，来缓和人际关系和社会的矛盾，因而有意无意地淡化了五四先驱者所强烈地感觉到的那种亡国灭种的危机感，忽视了传统文化压抑人性的巨大的负面作用。

就中国传统文化而言，究竟是它的压抑人性、束缚个性这种反现代性的属性更带有根本性质呢，还是它的善于协调各种关系、保证社会的和谐与稳定这一方面更带有根本的性质？当然是前者。在中国传统文化中是不可能直接发展出民主、自由、平等、个性这样一些人类文明的普遍性价值的。看不到前者，你所谈论的就不是中国的传统文化。而要谈论后者，探讨传统文化在协调关系、促进社会和谐方面的作用，就有一个在什么思想基础上实现中国传统文化的现代转化问题：如果你仅仅谈论人与自然、人与社会、人与人、人与自我保持和谐，而不提在什么思想基础上保持这种和谐，那就存在一种危险，危险就在于你可能放弃现代人最为看重的自由权利、独立思想和批判意识，盲从某种思想教条，甚至重新成为封建思想的奴隶。海外新儒家是在不致丧失人的基本权利的条件下来谈论中国传统文化的，他们关注的问题是如何克服西方文化的缺陷，因而他们可以撇开中国传统文化的封建内核，仅取其有助于缓解西方文化因强调竞争而导致人与自然、人与社会、人与人、人与自我关系过于紧张的那部分内容。而就其仅取中国传统文化中特定部分的内容而言，他们其实已经是把中国传统文化置于现代思想的基础之上了，而不是在中国传统文化的基础上来利用中国传统文化。

　　我们今天讨论中国传统文化，仍然不能回避在什么思想基础上来利用或者改造中国传统文化的问题。比如，孔子的思想作为一个庞大复杂的体系，其中有许多精彩的见解涉及其政治思想、伦理思想和教育思想，是可以为我们今天所吸收和利用的。但孔子思想体系的根本目的又的确是为当时的社会体制服务，他要人们通过修身养性，安于本分，不越礼教，从而实现社会的稳定。按照封建的礼教来修身养性，到极端就只能扼杀个性和活力，社会或许因此安定了，但人的价值却遭到否定，社会的生气也就被断送了。封建社会的晚期不正是这样的吗？如果不认清孔子思想的这个真实面貌，盲目地以孔子的思想为标准，甚至走到顶礼膜拜的道路上去，那就有可能退回到"五四"以前的老路上去，丧失现代人的理性自觉和独立思考的能力。相反，我们如能站在现代人的思想高度上，与孔子进行平等的对话，对他采取批判的态度，则真的会发现孔子是伟大的，他是打不倒的，他的许多思想可以在现代民主、平等自由的思想基础上进行改造，加以利用，可以引导人们恰当地处理人己关系，从而增进生活幸福，促进社会的和谐与进步。但是，当我们这样来对待孔子的时候，其实已经不是从孔子的立场上来理解孔子，而是在现代人的立场上来认识孔子：主权在我，不在孔子，着眼点是中国的现实，而不是中国的古代，也不是西方的社会。如此，方才能真正体现出作为现代人所应具备的独立思考的思想素质。总之，中国传统文化既有封建性的糟粕，又有民主性的精华，关键是要用现代人的思想加以鉴别，批判地继承。很明显，五四新文化运动和文学革命在这一方面树立了良好的榜样，积累了正反两个方面的丰富经验。因此，继承"五四"的精神，正有助于实现对中国传统文化进行批判性继承和创造性转化的重大目标。

《青年杂志》刊发旧体诗现象新论*

《新青年》作为将文学革命推向前台的媒介，历来受到学界的重视。尽管研究成果十分丰厚，但尚有若干模糊不清、似是而非的关键之处。例如，研究文学革命之时，许多学者或是不对《青年杂志》与《新青年》加以区分，笼统而论；或是因胡适在第2卷第2号开始登场，故扬后而抑前。亦有学者以动态的眼光厘定该刊，精彩地描绘过《新青年》"以'运动'的方式推进文学事业"的过程；但仍坚持认为："以思想文化革新为主旨的《新青年》，从一开始就着意经营文学作品。第一卷只有屠格涅夫小说《春潮》《初恋》以及王尔德'爱情喜剧'《意中人》的中译本，另加若干谢无量的旧体诗，实在是乏善可陈。"②无可否认，从艺术趣味与表现水准来衡量，《青年杂志》所载的一些作品可以不提。然而，从文学史的视角出发，这些创作与译作，或可为今人重新理解新文学的发生提供重要的线索。

一 问题的提出

目前，研究者们大多赞同郑振铎的回忆与判断，认为"当陈独秀主持的《青年杂志》于1915年左右，在上海出版时"，"只是无殊于

---

* 本文与宋声泉博士后合作。

② 陈平原：《思想史视野中的文学——〈新青年〉研究》（上），《中国现代文学研究丛刊》2002年第3期。

一般杂志用文言写作的提倡'德智体'三育的青年读物"①。还有一些学者进一步指出：章士钊办的《甲寅》月刊与《青年杂志》"栏目设置几乎完全相同……清楚地表现着《甲寅》为先导，《新青年》是后继"②。

但实际上，《青年杂志》在文学栏目的设置方面自有其独特的面目。在其创刊时，主编陈独秀即果断取消了诗录、文录或包含此二者的"文苑"栏。而看似简单的择取，实则凸显了这份杂志在民初政论杂志中的独树一帜。当时众多知名政刊，如《独立周报》《庸言》《不忍》《雅言》《正谊》以及《大中华》等，无论是偏保守还是偏激进，抑或党派各异，均设有类似的"文苑"栏或"艺文"栏。

可令人疑惑的是，明明取消了"文苑"（即诗文录）设置的《青年杂志》因何也发表了三篇旧体诗？这三篇即先后载于第3、4号《青年杂志》的谢无量诗二首《寄会稽山人八十四韵》《春日寄怀马一浮》与刊在第4号的方澍诗《潮州杂咏》。而且，恰是因为《青年杂志》刊出了谢无量的《寄会稽山人八十四韵》，才引得胡适给陈独秀寄去了"文学革命八事"的信，为此后文学革命的登场埋下了机缘。在胡适看来，《青年杂志》的主张出现"自相矛盾"，即陈独秀一方面称"吾国文艺，犹在古典主义、理想主义时代，今后当趋向写实主义"；另一方面却刊发了"至少凡用古典套语一百事"的"古典主义之诗"③。那么，事实是否如此呢？这看似"矛盾"的背后，是陈独秀的无心之过？还是他另有所求呢？

当下，很多研究者因看到这三首诗似与一般旧体诗无异，所以倾向认为即便是思想先觉者的陈独秀，也依旧浑然不觉地在《青年杂志》创办伊始登载旧体诗，故而"陈独秀可以作为一个标识，中国

---

① 郑振铎：《文学论争集·导言》，郑振铎编选《中国新文学大系》第2集，良友图书印刷公司1935年版，第1页。王奇生教授即以此认为《青年杂志》"是一个名副其实的以青年为拟想读者的普通杂志"。王奇生：《新文化是如何"运动"起来的——以〈新青年〉为视点》，《近代史研究》2007年第1期。

② 刘桂生：《章士钊与〈甲寅〉月刊和〈新青年〉》，《百年潮》2000年第10期。类似表述亦可见庄森《〈青年杂志〉相承〈甲寅〉论》，《学术研究》2005年第5期。

③ 胡适：《通信（致陈独秀）》，《新青年》1916年第2卷第2号。

现代知识者们在被胡适来自海外的批评之声惊醒之前，依旧心安理得地沉浸在自古以来的传统文学表述和文人趣味当中"①。然而，在笔者看来，讨论《青年杂志》的文学诉求，若只言其表，很难对陈独秀做到"理解之同情"。

本文拟通过对《青年杂志》所载旧体诗的细致分析，在一定程度上澄清学界中对文学革命之前的陈独秀的误解；同时，亦希望借此展示在胡适参与其事之前的《青年杂志》自身已然酝酿的文学变革的可能性，以期引起识者对《新青年》的前身《青年杂志》在文学革命史中所具意义的重视。

二 被忽视的答词

《青年杂志》所发表的旧体诗与《甲寅》月刊等政论杂志的不同之处，除去不设固定旧体诗栏、数量明显稀少、所占比重极微之外，主要体现于陈独秀发表旧体诗时所赋予的思考与对诗歌艺术方面的选择。

有的研究者或许过高地估量了《新青年》第 2 卷第 2 号上所载胡适来信对陈独秀的影响。除上文所言胡适信中质疑陈独秀刊发《寄会稽山人八十四韵》的做法之外，还对陈独秀登载谢无量诗时附写的盛誉不满。陈独秀称赞谢无量的诗是"希世之音"，"子云、相如而后，仅见斯篇，虽工部亦只有此工力，无此佳丽"。可在胡适眼中，谢无量的长律滥用的古典套语不下百例，即便元稹、白居易、柳宗元、刘禹锡等人写长律的水平均在其之上，说杜甫诗作都"无此佳丽"当是诬蔑之语；且称"足下论文学已知古典主义之当废，而独啧啧称誉此古典主义之诗，窃谓足下难免自相矛盾之消矣"。

可惜的是，今人解读这则史料时，往往是盲目延续胡适的论调，而忽视了陈独秀的答词。陈氏先言"以提倡写实主义之杂志，而录古

---

① 王桂妹：《缱绻与决绝：五四新文学家的"新诗"与"旧诗"》，《江汉论坛》2010年第 8 期。

典主义之诗，一经足下指斥，曷胜惭感"。这句话往往也被很多学者用来佐证陈氏服膺于胡适的批评，但其实紧随其后的就是陈独秀的辩解：

> 惟今之文艺界，写实作品，以仆寡闻，实未尝获觏。本志文艺栏，罕录国人自作之诗文，即职此故，不得已偶录一二诗，乃以其为写景叙情之作，非同无病而呻。其所以盛称谢诗者，谓其继迹古人，非谓其专美来者。若以西洋文学眼光，批评工部及元、白、柳、刘诸人之作，即不必吹毛求疵，其拙劣不通之处，又焉能免。望足下平心察之，实非仆厚诬古人也。

在这里，陈独秀不仅不认可胡适对自己盛赞谢无量的批评，还道出了刊载旧体诗的原委，即当时文艺界缺乏写实作品，所以他刊录诗歌时重在选择"写景叙情之作"。更重要的是，他已经清楚地谈到《青年杂志》"罕录国人自作之诗文"的独特之处。所以，认定陈独秀在接受胡适影响之前仍沉浸于传统文学趣味的观点恐怕需要再斟酌。平心而论，陈独秀编刊时对文艺栏载旧体诗有着自己的考量，尤其是在选择上更是有其既定的方针。

需要进一步辨析的问题是如何认识所谓陈独秀的"自相矛盾"。"提倡写实主义之杂志"固然不该"录古典主义之诗"，但回到当时陈独秀的文学改良思路中，便不难解释。他复信张永言时虽称文艺"今后当趋向写实主义"，但此仅为手段，目的在"挽今日浮华颓败之恶风"[1]；答程师葛疑时，亦言"士之浮华无学，正文弊之结果。浮词夸语，重为世害"[2]；且在评价胡适改良文学说时，一面表示大多赞成，一面提出"鄙意欲救国文浮夸空泛之弊，只第六项'不作无病之呻吟'一语足矣"[3]。通观其言，陈独秀认定士风浮华颓败与文风浮夸空泛相连，所以提倡写实主义以救其弊。另外他眼中的古典

---

[1] 记者：《通信（复张永言）》，《青年杂志》1915 年第 1 卷第 4 号。
[2] 记者：《通信（复程师葛）》，《新青年》1916 年第 2 卷第 1 号。
[3] 记者：《通信（复胡适）》，《新青年》1916 年第 2 卷第 2 号。

主义，除去意指"堆砌成篇"外，也强调其"了无真意"①。如此来说，需要认真考察的是，在《青年杂志》上所载的三首"写景叙情之作"中，是否存在陈独秀反复否定的"浮词夸语"之文害？诗中是否有"真意"在？

三　无古典主义之弊的《潮州杂咏》

在笔者看来，《青年杂志》上的三首"写景叙情之作"中，陈独秀当不认其存在"浮词夸语"之文害。

细品方澍的《潮州杂咏》，诗风冲淡率真，摄拾潮州风物入诗，语近白描，如：

> 苦竹支离笋，甘蕉次第花。鸡栖豚栅外，三两野人家。
> 唧唧入筵鼠，寸寸自断虫。飞飞鲆似燕，高御海天风。

其中毫无矫揉造作的藻饰。此外，该诗亦少套语典故的堆砌，如"落花成颗粒，涂豆满山栽""葛丝采处处，生苎绩家家"。眼至笔随，不落窠臼，实处着墨，更非无病之呻吟。从某种意义上说，除去直接提倡写实主义以外，刊录虽为旧体却无古典主义之弊的诗，或许也可作为一种除弊的尝试。

这首历来少人关注的诗，其实也包含着可供解读的信息。诗人方澍，安徽无为人，于当地颇有诗名；1913 年，客寓安庆时，曾与陈独秀有过往来；其受业弟子李辛白在陈独秀任职安徽督军府秘书长时，因陈氏的敦请出任安徽警察厅厅长。② 故而，方澍的诗出现于《青年杂志》，并不足为奇。尽管对该诗载于《青年杂志》的具体过

---

① 在第 1 卷第 6 号《青年杂志》中，张永言再次致信陈独秀，问"所谓古典主义"；陈氏答曰："欧文中古典主义，乃模拟古代文体，语必典雅，援引希腊罗马神话，以眩瞻富，堆砌成篇，了无真意。吾国之文，举有此病，骈文尤尔。"

② 参见曹为《诗人方六岳》，《江淮文史》1993 年第 5 期；马俊如、张永松：《新文化运动的先行者——李辛白》，政协无为县委员会编《百年沧桑话无为》，安徽大学出版社 2006 年版，第 293 页。

程尚未能准确把握，但据笔者发现，《潮州杂咏》原本载于方澍诗集《岭南吟稿》，[1] 再考虑到陈独秀与方氏及其弟子的交游，陈独秀很有可能获赠《岭南吟稿》，编刊"不得已偶录一二诗"时，于诗集中精选出该诗。《潮州杂咏》在一定程度上可以看作在以诗笔写实，其与陈独秀意欲批判的古典主义之诗不尽相同。

不少研究者认为自胡适批评了陈独秀之后，旧体诗便不复在《新青年》出现了。其实不确。在胡适批评之前，第1卷第5号和第6号均未载旧体诗；而即便是在登载了胡适通信及其《文学改良刍议》之后，仿古的诗体依旧未能告别《新青年》。刘半农分载于若干期《新青年》的《灵霞馆笔记》中，便皆用古典诗体翻译西方诗歌或曲词，如其所译"寄赠玫瑰之诗"，即一例：

> 玫瑰尔今去，为语我所思。
> 思君令人老，年华去莫追。
> 比君以玫瑰，令我长忘饥。
> 持此爱慕忱，问君知不知？[2]

因而，实际上不能对诗歌内在不加分析只观其表为旧体，便将其认作是陈独秀自相矛盾的证据。

四　作为"吾国人伟大精神犹未丧失"的表征

如果说陈独秀选择距离写实主义较近的《潮州杂咏》刊入《青年杂志》仍是与其文学当趋向写实主义的主张相关的话，那么，登载谢无量的《寄会稽山人八十四韵》则代表着他另外的文学诉求。陈独秀在该诗所附赞词中称：

---

[1] 方澍：《岭南吟稿》，北京师范大学图书馆编《北京师范大学图书馆藏稀见清人别集丛刊》第33册，广西师范大学出版社2007年版。

[2] 刘半农：《灵霞馆笔记·咏花诗》，《新青年》1917年第3卷第2号。

> 文学者，国民最高精神之表现也。国人此种精神委顿久矣。谢君此作，深文余味，希世之音也。子云、相如而后，仅见斯篇；虽工部亦只有此工力，无此佳丽。……吾国人伟大精神，犹未丧失也欤！于此征之。

陈独秀未必不知谢氏的排律是古典主义之作，写这段"记者识"不是要吹捧友朋的诗作，而是引导读者注意国人的最高精神长久颓丧，文学或有挽救之力。

《青年杂志》第1卷第2号上载有陈独秀译诗两首。其一为达噶尔（今通译为泰戈尔）的《赞歌》（The Gitanjali）。陈独秀于其诗后介绍称：

> R. Tagore.（达噶尔），印度当代之诗人，提倡东洋之精神文明者也；曾受 Nobel Peace Pri-ze，驰名欧洲，印度青年尊为先觉。其诗文富于宗教哲学之理想。Gitanjali 乃歌颂梵天之作，兹取其四章译之。

这首译文全是"我生无终极，造化乐其功。微躯历代谢，生理资无穷"一类的句法，仍采五言诗的句式。

其二为译自美国诗人塞缪尔·弗朗西斯·史密斯①的《亚美利加》（America）。在翻译《亚美利加》时，陈独秀用的是骚体，如：

> 爱吾土兮自由乡，
> 祖宗之所埋骨，
> 先民之所夸张。
> 颂声作兮邦家光，
> 群山之隈相低昂，
> 自由之歌声抑扬。

---

① 即 Samuel Francis Smith。《青年杂志》上写为 Samnel F. Smith，有误。

虽然两首译诗的体式不同，但可以肯定的是，二者都是所谓与写实主
义倾向背道而驰的旧体。不过，在对前者的叙说中，陈独秀希望强调
的是提倡东洋精神文明的达噶尔；而从后者的词意中，我们可以读出
飞扬的自由精神与积极的生活意志。

由此可知，陈独秀在编《青年杂志》时亦比较看重文学的精神作
用。在这样的背景下来理解陈独秀对谢无量诗的赞誉，或可得出新的
认识。即与其说陈独秀对写实主义认识不清或认为他犯了自相矛盾的
错误，不如将此看作陈氏对于文学持有两种不同向度的诉求——在希
望文艺趋向写实主义的同时，也不抛弃有益于国民精神塑造的作品。
如其解释"所以盛称谢诗者，谓其继迹古人"。这里褒扬的不是谢无
量继承了诗赋的技法，而是诗作中展现的文学气度与国民精神。陈独
秀在《青年杂志》第 1 号中曾言：

> 近世文明，东西洋绝别为二。代表东洋文明者，曰印度，曰
> 中国。此二种文明虽不无相异之点，而大体相同；其质量举未能
> 脱古代文明之窠臼，名为近世，其实犹古之遗也。①

既然"提倡东洋之精神文明"的"印度当代之诗人"达噶尔（泰戈
尔）可以获得诺贝尔奖且享有世界声誉，中国与印度相似，皆可代表
东洋文明，那么陈独秀在读出《寄会稽山人八十四韵》中的"国人
伟大精神"时加以赞许，未必没有深处的寄寓。

陈独秀文学思想中的两个向度与其对"文"的区分亦有关联。他
在质疑胡适所主张的"须讲求文法之结构"时指出，"文学之文，与
应用之文不同，上未可律以论理学，下未可律以普通文法"；进而在
对胡适提出的"须言之有物"表示不解时亦言：

> 窃以为文学之作品，与应用文字作用不同。其美感与伎俩，
> 所谓文学美术自身独立存在之价值，是否可以轻轻抹杀，岂无研

---

① 陈独秀：《法兰西人与近世文明》，《青年杂志》1915 年第 1 卷第 1 号。

究之余地？①

其后，陈独秀在私下致胡适的信中又谈道："鄙意文学之文必与应用之文区而为二，应用之文但求朴实说理纪事，其道甚简。而文学之文，尚须有斟酌处，尊兄谓何？"② 此时，陈独秀还没有直接阐明文学之文与应用之文的差异究竟何在。

直到陈独秀回答常乃惪的疑问时，才较为明确地说了出来。1916年12月，第2卷第4号《新青年》的"通信"栏中刊出了常乃惪对胡适"文学革命八事"的商榷意见。常氏不同意胡适提出的"废骈体"与"禁用古典"。因为在他看来，"文体各别，其用不同。美术之文，虽无直接之用，然其陶铸高尚之理想，引起美感之兴趣，亦何可少者？"③ 所以，常乃惪的建议是"首当严判文史之界"。所谓"文""史"对应的是"美术之文"与"非美术之文"。陈独秀回答常乃惪的疑问时说："足下意在分别文学之文，与应用之文作用不同，与鄙见相合。……应用之文，以理为主；文学之文，以情为主。"陈、常二人在对"文学美文之为美"的理解方面多有分殊，但都强调其美感与"陶铸高尚之理想"的价值。故而，《青年杂志》上载《寄会稽山人八十四韵》这样的旧体诗亦是看重其作为文学之文的"美感"与"高尚之理想"，正如陈独秀在辩解中说的那样，"非同无病而呻"。

五　结语

《青年杂志》时期的陈独秀在旧体诗除弊方面虽然没有像胡适那样果敢地探索和不懈地亲自试验，但绝非懵懂无识，而是相当清醒。即便胡适不发信质疑，陈独秀也不会滥发旧体诗，更不会改变其有志于在国内推广写实主义的坚定信念。与黄远庸致信章士钊主张革新文

---

① 记者：《通信（复胡适）》，《新青年》1916年第2卷第2号。
② 《陈独秀致胡适》，中国社会科学院近代史研究所中华民国史组编《胡适来往书信选》（上），中华书局1979年版，第5页。
③ 记者、常乃惪：《通信》，《新青年》1916年第2卷第4号。

学时遭到的抵触相比较，其实在胡适提议"文学革命八事"之前，陈独秀已然下决心在《青年杂志》的文学栏目上做些改变，并付诸了实施。另外，当程师葛不解陈独秀何以提倡写实主义而不思以"精深伟大之文学"救士风时，他答道："以精深伟大之文学救之，不若以朴实无华之文学救之也。……吾华文学，以离实凭虚之结果，堕入剽窃浮词之末路，非趋重写实主义无以救之。"该信载于1916年9月1日发行的《新青年》第2卷第1号，胡适提议"文学革命八事"的信在当年8月21日前后才自美国寄出。① 也就是说，在受胡适影响之前，陈独秀已经悟出朴实无华的文学才是救世的根本。所以，当收到胡适来信时，尽管陈独秀在改良文学之文的若干细节方面仍有商榷，但可以说二人在大的方向上是一拍即合的，或者说其实思想上的契合先于彼此的相遇。

以往习惯于按照胡适的理解，认为《青年杂志》一面发表旧体诗，一面提倡写实主义是自相矛盾。但综合前文的论述可知，在陈独秀心中，文艺当趋向写实主义的改革思路在《青年杂志》创刊时已经成型，他清醒地意识到传统诗文不适于时代之处，删去了文苑的设置，却苦恼于"吾国无写实诗文以为模范"，所以选择刊载了近于实写地方风物的方澍的诗。如果仅发表此类诗作，恐怕未能引得胡适"文学革命八事"的通信出手，因为该诗并无滥用套语、典故的缺点，胡适的批评也便无的放矢。然而，他又希望以文学重塑国民精神。其实将文学与国民精神相联系，也不是中国传统文论思想视野的体现，而是借鉴于西方的文学理论话语，发表谢无量的诗并非陈独秀放弃了写实主义的取法意图，只是在不同的诗歌变革方向上探索。

然而，辨析提倡写实主义的《青年杂志》发表旧体诗是否"自相矛盾"这一问题，并非意在表明五四新文学与古典文学在形式和内容上的根本分离是一种错觉，从历史语境来看，陈独秀在诗歌变革的问题上，只察觉其应当变化却无切实可行之法，直到胡适拿出了具有很强操作性的方案，才在这个方面有了突破性的进展。强调陈独秀

---

① 参见曹伯言整理《胡适日记全编（1915—1917）》，安徽教育出版社2001年版，第465—466页。

1915 年前后的文学思想，不是要否定白话主张在文学革命中的积极意义，而是希望揭示新文学同人间观念的离合与汇聚的过程。同时，阐述陈独秀刊发旧体诗之与新文学"写实主义"之倡导的内在联系，有助于今人在某种程度上重新理解现代文学的缘起。即如何看待旧体诗的文言形式和现代精神的关系？如何重评胡适、陈独秀之辩所包含的"古典"和"写实"的价值思考？并非横空出世的《新青年》的"文学革命"是怎样践行出一种新文学的道路？凡此种种皆是值得继续深入思考的重要问题。

现代旧体诗词如何进入文学史

  人生在世，时势的力量常常会比人的意志强。所谓时来运转，三十年河东、三十年河西，如果撇开其中的循环的历史观，仅就其所强调的人的意志拗不过客观的"势"而言，说的倒是有道理的。这一点，我觉得明显可以从近年来关于中国现代文学史教材编写的讨论中得到印证。

  大约是从 20 世纪 90 年代中期开始，中国思想界的这个"势"发生了重要变化。如果说此前的 80 年代是新启蒙的时代，强调打破封闭的国门，向世界看齐，那么 90 年代中期以后，则宣告向中国文化传统回归的时代开始了。新儒学吃香，国学热兴起，五四新文化运动和文学革命受到质疑，似乎中国现代社会的道德滑坡，乃至社会动荡，应当由新文化运动承担责任，而中国新诗达不到唐诗宋词的水平，又是胡适们搞的白话文运动惹的祸。循着这样的退回传统文化本位的思路，学术界对中国现代文学的许多问题进行了重新评价，有的可以说是陡然逆转的，就像王富仁说的，在晚清文学与五四文学的关系上，一些学者认为依照晚清文学发展的自然趋势中国文学会走向新生，因而新文化运动的激进姿态是有问题的；鲁迅对晚清谴责小说的评价是不公正的，茅盾对鸳鸯蝴蝶派小说的批评也是过于武断的；在五四新文化运动的倡导者与反对者林纾之间，我们对林纾抱有更多的同情，在学衡派与胡适们的冲突问题上，又有人认为反对新文化运动的学衡派反而代表了中国文化发展的正确方向，而胡适等新文化运动的发起者则是西方殖民主义文化的产物，背离了中华民族的优秀文化传统。一句话，形势的发展似乎是要通过反思五四新文化运动和文学革命的激进变革，把中国的思想和文化，包括中国现代文学的发展，拉回到中国固有的传统道路上去，按中国传统自然发展的思路和标准来重新审视"五四"以来中国文化的变革和文学新变。

这样的时势变化，在 20 世纪任何一个时期都难以预见。它的实质，是在总结历史经验的基础上，我们开始尊重经济发展规律，放弃了从前的激进主义思维模式，不再把革命的那一套简单地搬用到和平建设的时代。这就是所谓"告别革命"，开始强调社会利益关系的平衡，强调中国本位的立场。对外，这是为了抗衡西方话语霸权，对内则是为了凝聚人心，保障社会的和谐发展。不过以"改革"的旗帜取代"继续革命"的理论，并不是否定革命的历史，只是对革命历史进行了新的解释，并替革命的意义表达找到了一种能被现在民众更容易接受的形式，比如一般性地强调它代表了历史进步的趋势，认为它既符合时代潮流，又体现民族的利益，而不再过分地渲染它的阶级对立的内容了。对革命的历史和意义进行这种新的解释，显然是牵一发而动全身的大事。它的一个结果，是使建立在革命（政治革命和思想革命）合法性基础上的中国现当代文学学科遭遇了重大的挑战。

挑战来自多个方面。其中一个方面，就是要把现代作家创作的古典诗词纳入中国现代文学史，理由是这些古诗词是现代人写的，虽然它采取了古典的形式，但表达的却是现代人的思想和情感。这看起来是有道理的，现代人写的古典诗词怎么可能不表现现代人的思想和情感呢？随便找一下，即可发现许多现代作家在创作现代的文学作品时，也常常写一些古典诗词，如鲁迅、郭沫若、茅盾、郁达夫，这列举起来将会是一串长长的名单。我们在研究这些作家时，也时常引用他们的一些古典诗词来证明其作为现代人的理想和怀抱。写古典诗词最具影响力的，是一些革命领袖，毛泽东、朱德、董必武、陈毅、叶剑英等，都写得一手好诗词，而尤以毛泽东的成就为突出。毛泽东以其强大的诗人才能，气吞山河，雄视古今，写出了一个共产党领袖的阔大胸怀和非凡气势。虽然这些现代的诗人，包括毛泽东在内，都说过青年人不宜学写古体诗词，他们当然更不会主张要把这些今人写的古体诗词纳入现代文学史，但今天的学者似乎可以理直气壮地把它们写到现代文学史中来。权威性的学术刊物已经发文章提出了现代人写的古典诗词应该入史的问题，重要的学术会议上有德高望重的学者呼吁要把现代人写的古典诗词写入现代文学史，国家社科基金规划办批准了现代人写的古典诗词的研究项目。如果反对古典诗词入史的中国现代文学学科创建者一辈的学者还在世，他们一定会惊讶于世事逆转的迅速，真可谓世事难料也。

现代人写的古典诗词能不能研究？当然要研究。现代人写的古典诗词能不能入史？我认为要慎重。中国现代文学是从语言形式到思想情感内容都革新了的文学，它与中国古代文学是不同的，两者各有自己的标准，不能互相借用。中国现代文学之"现代"，是相对于整个古代文学而言的。它不是一个朝代的文学，而是相对于整个古代文学的一种新的文学，它的根本点是现代性。这个现代性，不仅要表现在思想情感内容上，也必然地要表现在作品的语言形式上。语言形式，不是纯粹的形式，而是有意味的形式。古典的形式是会限制现代人的思想情感表达的，它不能完全表达现代诗所能表达的内容，或者即使表达了，也难以达到现代诗所表达的那种效果。至于表达的艺术水平，也许现代诗比不上唐诗宋词，但那是两种标准，不能混为一谈。现代诗要完善，要提高艺术表现力，要吸收唐诗宋词的艺术营养，但不可能再回到唐诗宋词的道路上去。即使回到唐诗宋词的道路上去，也肯定达不到唐诗宋词的水平，更难达到唐诗宋词那样的影响力了，晚清拟古派诗作的命运就是一个很好的证明。这本是由现代社会已经普遍应用白话语言这一状况所决定的，也是由现代生活的内容所决定的。现代人可以写古典诗词，但古典诗词的形式不能充分地表达现代人的思想情感。更确切地说，它不能取代现代诗的地位，代替现代诗来表达现代人所要表达的东西。当然，它也很难产生现代诗所能产生的那种影响。

我们还应该看到，现代人写古典诗词，一般是写来明志或用来唱和的，大多原来没有发表的打算。这些诗人有很好的古典文学底子，当情动于中难以自抑时，按他们熟练掌握的那一套格律写出诗来，带有一点自娱或娱人的意味。他们所表达的思想情感，是被古典的形式规范过的，是现代人的情感，但又符合古典的形式，因而不免带上了格律所铸成的类型化的色彩，与现代人所要求的彻底的个性化有了距离。也许正是因为这一点，这些人几乎异口同声地反对年轻人学写古体诗词。

主张把现代人写的古典诗词写入文学史，本是出于一种好心，为的是拓展现代文学的学科领域，或者是为了倡导一种多元格局的文学史观，来保证现代人的多元的价值选择。这背后，显然存在一种基于历史的经验教训而追求民主自由的良好意愿。但这些学人似乎太专注于他们要为其争取历史权利的这些现代的古典诗词本身了，似乎只要把这些古典诗词纳入现代文学史，现代文学史就做到了多元融合，实现了价值平等的理想。可这忽视了一个重要的事实，一种不可抗拒的历史趋势，那就是即使把这些现代人写的古典诗词纳入了现代文学史，那又怎么了？我不得不坦率地说，那也仅仅是展现这种古典诗词在现代文学史上的死亡之旅，与这些学人坚持多元价值、为这些古典诗词争取平等地位的初衷相去很远了！原因很简单，新文学发生期的一些作家大多都能写古典诗词，中华人民共和国成立初期登上文坛的一些作家也有一些能写古典诗词，如果要把现代人写的古典诗词纳入现代文学史，主要涉及的是这一批人。他们以后的作家呢？绝大多数不会写古典诗词了，越往后会写的人越少。虽然不能说此后不会再有写古典诗词的人了，有爱好者或许仍能写一手很漂亮的古典诗词，但那肯定是个别的例外，他们写出来的古体诗对整个文坛已经不会产生任何真正的影响了。所以你要把现代人写的古典诗词写进现代文学史，也只能写到 20 世纪中叶登上文坛的那一代，再往后你想写也写不成，再想为古典诗词争取平等的地位，也无能为力了。这不是展现古典诗词这一形式完全退出中国现代文学史又是什么？如果这样，再怎么坚持要把现代人写的古典诗词纳入现代文学史，又有多大的意义？

时势是难以抗拒的。不过时势有它自己的规定性，如果我们利用而没有把握准确，虽然出于好心，到后来也可能事与愿违。一代有一代的文学，古典诗词在唐宋时期达到辉煌的高峰，作为一种文体，它的退出当下文学史视野是一个历史的选择，本无遗憾，也不影响这种体裁在文学史上仍然活着。

回应现代旧体诗词的入史问题[*]

近日读到王国钦先生发表在《中国韵文学刊》2010 年第 3 期上的文章，题目是《试论"诗词入史"及新旧诗的和谐发展——兼与唐弢、钱理群、王富仁、王泽龙、陈国恩教授商榷》。作为热爱旧体诗、创作颇有成绩的学者，不满于一些学者，主要是中国现当代文学方面的，包括中年人的我在内，主张要谨慎对待现代人写的旧体诗进入现代文学史的观点，这是可以理解的。在当今价值多元化的时代，各人看问题的角度和方法不同，不同意见的讨论属于正常的现象。但是王国钦先生讨论问题的态度和方法，至少涉及我时，套用一句他文章中的话，是"不公道、不厚道的"。我想有必要把他的"不公道、不厚道"说清楚，同时也把我关于旧体诗词进入现代文学史问题的观点说得再明白一点，因为我那篇引来王先生商榷的文章题为《时代变迁与现代人的古典诗词入史问题》，发表在《博览群书》2009 年第 5 期上，原是短论，没有把我在其他一些文章中论及这一问题时的观点充分地表达出来。

先说第一个问题。我那篇引来王国钦先生商榷的文章，是讨论中国现代文学史如何处理今人的旧体诗词问题，其中说道："即使把这些现代人写的古典诗词纳入了现代文学史，那又怎么了？我不得不坦率地说，那也仅仅是展现这种古典诗词在现代文学史上的死亡之旅……原因很简单，新文学发生期的一些作家大多都能写古典诗词，中华人民共和国成立初期登上文坛的一些作家也有一些能写古典诗

---

* 这是回应王国钦先生的文章，发表在《中国韵文学刊》2011 年第 2 期。

词，如果要把现代人写的古典诗词纳入现代文学史，主要涉及的是这一批人。他们以后的作家呢？绝大多数都不会写古典诗词了，越往后会写的人越少。……所以你要把现代人写的古典诗词写进现代文学史，也只能写到20世纪中叶登上文坛的那一代，再往后你想写也写不成，再想为古典诗词争取平等的地位，也无能为力了。这不是展现古典诗词这一形式完全退出中国现代文学史又是什么？"王国钦先生仅引述了我其中两段话，第一段是"我不得不坦率地说，那也仅仅是展现这种古典诗词在现代文学史上的死亡之旅！"他把我文后的逗号改成感叹号，好像是我对旧体诗词深恶痛绝；第二段："更有甚者，陈教授在表示'越往后会写的人越少'之后问道：'这不是展现古典诗词这一形式在中国现代文学史上的死亡之旅又是什么？'"他把我的"这不是展现古典诗词这一形式完全退出中国现代文学史又是什么"加以篡改，再次强调所谓的"死亡之旅"。很明显，他是要强调我断定了古典诗词已经走上死亡之旅！难怪他要对我表示愤怒，来给我补一点基本的常识，从"现当代文学史"上的马一浮、谢无量、柳亚子、刘永济、汪辟疆、陈寅恪、吴宓、夏承焘、俞平伯……一直说到鲁迅、胡适、闻一多、聂绀弩、郁达夫、郭沫若和以毛泽东为代表的老一辈革命家的诗词作品。我怀疑王国钦先生是不是读懂了我的意思，或者是因为要树立自己观点的对立面，故意来曲解别人的文章，因为我在文章中明明写着："现代人写的古典诗词怎么可能不表现现代人的思想和情感呢？随便找一下，即可发现许多现代作家在创作现代的文学作品时，也常常写一些古典诗词，如鲁迅、郭沫若、茅盾、郁达夫，这列举起来将会是一串长长的名单。我们在研究这些作家时，也时常引用他们的一些古典诗词来证明其作为现代人的理想和怀抱。写古典诗词最具影响力的，是一些革命领袖，毛泽东、朱德、董必武、陈毅、叶剑英等，都写得一手好诗词，而尤以毛泽东的成就为突出。毛泽东以其强大的诗人才能，气吞山河，雄视古今，写出了一个共产党领袖的阔大胸怀和非凡气势。"今天写旧体诗词有人达到了很高的艺术水平，就文章发表的先后次序说，我已经说在王国钦先生的前面去了——我当然无意说王国钦先生的长篇大论抄了我的文章！其实，我在我那篇文章中还强调："我们还应该看到，现代人写古典诗词，一般是写来明志或用来唱和的，大多原来没有发表的打算。这些诗人有很好的古典文学底子，当情动于中难以自抑时，按他们熟练掌握的那一套格律写出诗来，带有一点自娱或娱人的意味。他们所表达的思想情感，是被古典的形式规范过的，是现代人的情感，但又符合古典的形式，因而不免带上了格律所铸成的类型化的色彩，与现代人所要求的彻底的个性化有了距离。也许正是因为这一点，这些人几乎异口同声地反对年轻人学写古体诗词。"而"表达的艺术水平，也许现代诗比不上唐诗宋词，但那是两种标准，不能混为一谈。现代诗要完善，要提高艺术表现力，要吸收唐诗宋词的艺术营养，但不可能再回到唐诗宋词的道路上去。即使回到唐诗宋词的道路上去，也肯定达不到唐诗宋词的水平，更难达到唐诗宋词那样的影响了"。我在文末表示："一代有一代的文学，古典诗词在唐宋时期达到辉煌的高峰，作为一种文体，它的退出当下文学史视野是一个历史的选择，本无遗憾，也不影响这种体裁在文学史上仍然活着。"

我那篇文章不是讨论旧诗体的命运问题，但就其中涉及古今诗歌的关系问题，只有把王国钦先生隐去的这些话补齐，再与他截取的那两句话合在一起，并且把其中他刻意篡改的地方改正过来，才能比较完整地反映我的意思。我的意思是说现代人写旧体诗词不可能再获得唐宋时代的那种荣耀，因为它缺少唐宋时代那样的文化氛围和群众基础。从长时段的观点来看，由于现代汉语取代文言成为社会通用语言，后人写的旧体诗词退出现代文学史是迟早的事。所谓"古典诗词在现代文学史上的死亡之旅"，只是指它从现代文学史上退出，但这并不影响它在民间还会存在，它作为一种文体在文学史上还依然活着，而且新诗的发展离不开对它的借鉴。

再来说第二个问题，即现代人的古体诗词该不该入现代文学史。这个问题，其实是见仁见智，即使在中国现代文学界也存在不同的意见，所以它是可以讨论的。我说要慎入，只是一家之见。我的理由是，由于文言文的退出日常生活的领域，从20世纪20年代起不再是学校的教学用语，以后能熟练运用文言文的人会越来越少（并非没有），能达到王国钦先生在文章中所列举的创作旧体诗词颇有成就者水平的人就更少了——现在一些爱好者写的旧体诗词，显然达不到唐诗宋词的水平，少数精通诗词格律且有很高艺术修养的古体诗词作者能写出好作品，但由于公共语言媒介已经发生了根本性的改变，不再可能得到唐宋时代那样的盛名了，甚至也不能像文言文依然占据正统地位的元、明、清那样，虽然诗词的地位有所下降，但显然还是在文学史中占据了不可忽视的位置。现代诗人写旧体诗词，我仍然认为主要是用来唱和的，带有自娱和娱人的意味，它在公共领域的影响有限。王国钦先生自己也感叹说："各地的文联、作协，能够吸纳诗人词家加入者恐怕是凤毛麟角、寥若晨星。在有的地方，诗人词家也许根本就是一种不能加入的标签。在一般的文学刊物上，发表一首诗词作品也不那么容易！……某地举办了一个跨省区的'文化行'大型活动，当地诗词学会数十位诗人的数十首诗词作品，由当地的书画家进行书画再创作后参加了这次活动。但在其后结集出书之时，参加活动的书画家无一遗漏地刊登了照片和简介，唯独不予刊登诗人词家的简介与照片。"这某地的做法确有不妥，但冷静思之，其实也反映了现在书法艺术的群众基础要远比旧体诗词深厚。这不是什么人的提倡可以改变的趋势，而是由社会发展中的诸多因素决定的，就像现在随着电子传媒技术的发展，原来依托纸质媒介的小说正面临着严重的挑战，有人因此惊呼传统意义上的文学被边缘化了，但除了在艺术上锐意创新以赢得读者，谁也不能打包票说可以从根本上改变这一趋势，可以把沉浸在电影大片和网络上的青年拉回来要他们来阅读文学的经典。经典的处境尚且如此，又何论一般的文学作品乃至离现代普通人已经很有距离的现代人写的旧体诗词呢？

文学史不是包罗万象的口袋，可以把所有作家、作品都装入的。文学史要遵循经典化的原则，只有那些在文学史上产生了重大影响，其思想和艺术达较高水平的作品才能进入文学史。王国钦先生抱怨说，现在全国各地的诗词爱好者当有300万之众，中华诗词学会更是以将近10万会员的实力成为遥遥领先的民间社团之首。这情形我知道，但我觉得要思考的正是以如此浩大的队伍为什么难在主流文坛产生全国性的影响？其中的原因，我想主要就是旧体诗词的语言形式与现在的读者隔了厚厚一层。

众多的诗词作者，肯定有上乘之作，但问题是你写得再好，就因为语言媒介上的隔阂，难以像唐诗宋词那样在社会生活中引起广泛的反响。古典诗词在其占据文坛主流地位的时代，不仅是个人表情达意的手段，更是社会交往中的重要工具。文人大多都在写诗填词，你在写诗和填词中出类拔萃，就会受到万众仰慕。而现在这本来应该来仰慕你的这"万众"却只是少数了。王先生强调今天的骚人墨客有百万之众，但真正写得好诗，其作品堪与唐诗宋词一比的，以为几何？他们与13亿人比起来，不过沧海一粟罢了。绝大多数国民与今人旧体诗词存在隔膜，当今诗人词家的寂寞，恐怕是难以避免的。

可是为什么古代名家的诗词仍受到人们的青睐呢？道理很简单：就因为它们是古典名家的作品。作为经典，它们在传播过程中积累起了非常丰富的意义，代表着一个时代文学的高峰，家喻户晓。当今天的读者要欣赏古典诗词的时候，就会情不自禁地被它们所吸引，将其当作诗词的典范，并按它们在传播过程中累积起来的意义去欣赏它，这就不可避免地夺了今人旧体诗词的风头，使今人写的即使是一流的诗词也被其光芒所掩。晚清的陈三立等人的旧体诗写得很好，但其诗名难与唐宋诗人相匹，所以在一般的文学史很少提到，就是这个道理。今天的诗人词家，即使才高八斗，恐怕也少会有人真去和李白、杜甫争风，去和苏东坡、辛弃疾较劲。这不是因为他们才气不足，根本上是由于时代不同了。

话说回来，今人的旧体诗词也有家喻户晓、独步一世的，比如毛泽东的词，比如鲁迅的诗。毛泽东和鲁迅的诗词，毫无疑问表现了现代人的思想情感，而且它们艺术上出类拔萃，即使放在古代也不逊色（他们的旧体诗之所以广为传播，另有原因），可是为什么许多人，包括区区的我在内，仍然主张要慎入现代文学史呢？这主要是因为这里面牵涉到对现代性的理解，也有坚持白话正统的文学观念的问题。

王国钦先生在文章中十分坚定地说："所谓'现代'与'古代'之分，主要是基于历史学因素而人为界定的时间概念，其原本意义与文学自身并无必然联系。"他以此为理由反对用现代性的标准区分现代文学与古代文学。正是在这一根本点上，我不得不抱歉地说，王国钦先生说错了。现代和古代，是时间的概念，但确定何为"现代"、何为"古代"却要用"现代性"的标准，而"现代性"并不是时间概念，而是一个价值的问题。尽管"现代性"的内涵十分丰富，理解上也存在歧见，但有一点是有共识的：之所以分古代和现代，是因为"现代性"为现代社会所独有，比如市场经济、民主政体，比如自由、民主、平等的观念，都是古代社会所没有的。这并非说现代社会与古代社会没有联系——"食色，性也"，人性有古今相通的方面，只要一个民族不灭亡，它的文化就会一脉相承。可是问题有另一面：一脉相承并不意味着历史没有从古代社会向现代社会的飞跃。飞跃的时间点在哪里，学术界可以讨论，但有质的飞跃，却不存在争议。论及文学的"现代"与"古代"之分，一般认为现代文学之所以是现代的文学，是因为它的内容是反封建的，形式是白话的。当然，"五四"之前已经有白话小说，明末社会已经出现资本主义萌芽，晚明文学也包含了反封建性的因素，而且在艺术趣味和思想观念上已经出现了一些新的东西，因而晚明文学被周作人视为中国新文学的源头。这表明，现代文学的起点，是可以讨论的。现代文学学科目前正处于新的探索和调整时期。其中关于起点问题，我曾邀请国内现当代文学界的一些学者举行了一次讨论，讨论成果后来以对话形式发表在《学术月刊》2009 年第 3 期，旋被 2009 年第 11 期的《新华文摘》全文转载，他们关于起点问题的意见就分好几种。不过坚持文学革命起点说的一方，一般都看重新文学的现代内容和白话形式，这是因为五四白话文运动反响实在太大，影响太过深远。显而易见，语言形式不是文学的全部，却是非常重要的因素。白话是现代思想的语言形式，现代的精微思想和严谨概念，只能借助现代汉语才能表达清楚，而文言却往往无能为力。这是白话最终完全取代文言成为现代交际语言，成为现代文学语言和现代学术语言最为重要的原因。文学的语言形式和思想感情的这种相互依存的关系，表明现代人写旧体诗词虽然表达的是现代的思想和情感，但受旧格律和文言文的限制，其思想和感情难免要带上古典情调，或者受到规范。这正是五四时期胡适要提出文学改良"八事"，来强调不用典、不讲对仗、不避俗字俗语的根本原因，恐怕也是黄遵宪的诗界革命终不能开一代诗风的关键罢。

可以说，主要是出于对五四传统的看重，对于思想冲破形式牢笼后的自由的珍惜，五四新文学作家和诗人写了不少出色的旧体诗词，却无意于发表，也没有把它们看作是新文学。唐弢先生等一些学者，也是从维护和发扬五四文学传统的角度才主张不把现代旧体诗纳入现代文学的学科体系，因为旧体诗的文言形式与白话正宗的文学观念是冲突的，把旧体诗引入现代文学史，会造成现代文学的现代性意义的混乱，会造成现代文学史对作家作品评价标准的就事论事，使现代文学成为悬置了现代性问题，即放弃了现代性价值评判的断代文学，成为与先秦两汉文学、魏晋南北朝文学、唐宋文学、元明清文学等并置的某个朝代的文学。换言之，现当代文学成了民国文学和中华人民共和国文学，而不再是与整个古代文学相对应的现代性的现代文学。我作为唐弢先生学生的学生的一个研究者，不赞同这样的观点，近年写过一些文章，① 但我要声明那也仅是个人的观点。任何人不可能掌握绝对真理，更不可能垄断真理，所以学术上的争鸣是件好事，对学术争鸣应该采取宽容和谦虚的态度。正是站在这样的立场上，我并不反对王国钦先生严肃地提出他的捍卫旧体诗地位的观点。

当今中国社会进入了后革命时代，务实改革的原则取代了理想主义的革命逻辑，文化保守主义思潮获得了勃兴的机会，海外新儒学的一些观点正在渗透国内的学术界。比如，五四新文化运动和文学革命就被一些学者指为现代中国激进主义思潮的源头，对它们提出了质疑，甚至认为是新文化运动的遗风导致了"文化大革命"的惨剧，是胡适们破坏了诗的传统，造成新诗的不幸。但是，海外新儒家是从西方的背景上来看待中国传统文化的，他们发现了中国传统文化中能用来解决西方社会在人与自然对峙的过程中所产生的种种问题，却没有从中国近现代史的背景上来感受五四先驱从旧营垒里过来时所痛切地感受到的传统文化那时无法解决中西冲突和国内政治动乱的焦虑。海外新儒家所生活的环境中，思想自由和个性独立已经不成问题，所

① 陈国恩：《文学革命：新文学历史的原点》，《社会科学辑刊》2007 年第 1 期；《国学热与中国现当代文学研究》，《福建论坛》2008 年第 2 期；《中国现代文学的起点在哪里?》，《中国现代文学研究丛刊》2009 年第 3 期；《嬗变与建构的当代意义——论五四文学统》，《福建论坛》2009 年第 5 期；《论启蒙主义的中国现代文学史观》，《广东社会科学》2009 年第 4 期。

以传统文化中压抑个性和创造精神的负面因素他们可以忽略不计。但在中国五四时期，传统文化中的这些负面因素正是拷在人们身上的沉重枷锁。打碎这一枷锁，中国才会走上现代化的道路。这原本是一个问题的两个方面，反映了中国传统文化的两面性，说明传统文化正需要在现代的思想基础上加以改造和利用。至于指责五四新文化运动导致了"文化大革命"，那更是海外新儒家的隔靴搔痒之见。一个显而易见的事实是，如果"五四"的启蒙理性精神能得以真正继承发扬，还会有"文化大革命"的全民盲从和疯狂吗？因此，对海外新儒家的观点，我主张要进行分析，不能盲信。

不过，"五四"的问题是可以检讨的。毛泽东、鲁迅、郭沫若等人的旧体诗该不该入文学史，也可以讨论。事实上，现在已有现代文学史开始介绍毛泽东等人的旧体诗。作为一种方案，我觉得不妨一试——当然也不能禁止相反的意见。至于新诗，现在仍不能说取得了令人满意的成果。新诗如何从古典诗词中汲取营养，毫无疑问是新诗发展所必须解决好的一个大问题。但新诗是一个独立的文学系统，它只能在现代汉语的形式基础上不断地探索创新才能谋求发展。旧体诗有新诗所不及的长处，但新诗也有旧体诗所无能为力的方面。比如艾青的诗句："为什么我的眼里常含着泪水？因为我对这土地爱得深沉。"如果翻译成旧体诗，原诗里的感情和语言表达方式就会带上旧体诗的套路，难免变了味。

谁也没有否认新诗要兼取中外诗歌的长处，王国钦先生的这一观点不是他专有的。我倒是期待着王国钦先生能提出新诗人如何在与旧体诗作者"同台竞技"中相互切磋诗艺的好办法。如果他真的能像他文章中所期许的那样解决了这一问题，功劳一定超过鲁迅和郭沫若——写旧体诗一流的鲁迅写的新诗却是"打油诗"，工善旧体诗的郭沫若翻译鲁迅的《七绝·无题》，却理所应当地被王国钦先生拿来作为劣等品的例子——鲁迅和郭沫若自己都难以把其写旧体诗时所表现出来的高超素养在其新诗创作实践中与新诗融合起来，王国钦先生如能提出新诗人与旧体诗人在诗艺上彼此切磋融合的好办法，那肯定超过鲁迅、郭沫若的水平，功泽后世！我这里稍为用了点调侃的语气，但老实说比王国钦先生客气多了——我的意思其实是，王先生在文章中用来说明新诗要借鉴旧体诗形式的例子不当。郭沫若和臧克家翻译鲁迅的《七绝·无题》，彼此在艺术上的高下差别与其说证明了新诗和旧体诗的联系，按王先生的意思似乎用臧克家的带点旧体诗意味的形式来翻译就好，还不如说这恰恰证明了新诗和旧诗各有自己的规则和标准，新诗对旧诗的借鉴绝不是王先生所理解的是个形式的问题，否则写旧体诗高手的郭沫若何以翻译出来的新体诗却不如臧克家呢？

最后，我还要声明一点：主张今人的旧体诗词入现代文学史要慎重，并不是否定今人旧体诗的价值，更不是反对研究今人的旧体诗。我认为文学史的写法可以多元化，可以写新文学正宗的现代文学史，也可以专门编撰现代旧体诗词史，更应该对这些旧体诗进行专题研究。不仅今人的旧体诗词要研究，今人的戏曲乃至文言创作也可以研究。道理很简单：总结经验，可以促进文艺的繁荣，也可为新文学的借鉴。

现代文学的学科独立与双翼舞动

中国现代文学作为一个独立的学科，当下正处在重要的调整时期，其范围涉及学科的内涵和外延。其实，各种新的现代文学史构想，都冠以"现代"名称，这说明大家都是在现代文学学科范围内思考问题，都有意把这个学科与中国古代文学学科区别开来，都致力于这个学科的发展。因而，本文的讨论也就着眼于这些新的构想对于中国现代文学学科存在和发展可能造成的影响方面。

一 "现代性"的歧义

中国现代文学学科成立的基础，是它的现代性。可是现在引起争议的源头，是现代性并非单数，而是复数，就是说存在着不同的"现代性"。

这个学科创建时，是以新民主主义文学史观为基础的，这相应地规定了中国现代文学的反帝反封建的内容和白话的形式。也就是说，中国现代文学的内涵是反帝反封建的内容加白话形式，它的外延则又是由这一内涵规定的，其中包括它的 1917 年至 1949 年的时限。新民主主义的现代性，实质是政治革命所追求的现代性。它的基本内容，是要通过社会政治革命，实现现代民族国家的重建，从而为生产力的解放开辟道路。这一理论，规范了政治革命的复杂运作方式，涉及这一革命的所有方面，其中也包括文学与政治的关系。

新民主主义所规范的中国现代文学史，无法避开文学从属于政治这一特点，因而按照这种理论建构起来的中国现代文学史，强调政治

（无产阶级政治）标准的优先地位，文学的意义只能从它能不能适应并完成这一政治革命所提出的任务上来衡量，文学自身的特点和规律性难以得到应有的尊重，这影响了文学史对作家作品的评价和选择。更为严重的是，后来一度指导中国现代文学史撰写的是在新民主主义理论基础上发展起来的无产阶级专政下继续革命的理论。这几乎窒息了中国现代文学史的生气，一部中国现代文学史，差不多成了中国"左"的政治理论的注脚。

20 世纪 80 年代初，启蒙主义文学史观占据了主导地位。启蒙主义关注的首先是人的现代性，它要通过人的现代性和人的思想观念现代化，达成社会政治、经济、文化现代化的目标，而不是像新民主主义那样侧重于通过社会制度的革命性改造来解决人的现代性问题，后者实质上是把人的现代性理解为随着社会制度现代化可以自然解决的问题，而这在实践中已被证明是一种不切实际的幻想。以这种启蒙现代性的观念来改写中国现代文学史，众所周知，给中国现代文学史带来了重大的变化。比如评价文学的标准完全不同了，不再以文学完成政治革命的任务作为价值尺度，而是以文学承担思想启蒙使命作为评价的标准。对一系列文学现象的评价也随之发生了变化，尤其是对鲁迅创作价值的认定，对左翼文学的评价，与原来新民主主义文学史观指导下的文学史有了明显的不同。现代文学发展的图景也不再呈现为从新民主主义文学到社会主义文学的不断进步的模式，而是认为中间经历了曲折，到新时期才接上五四传统，文学才又迎来了繁荣。

从新民主主义文学史观到启蒙主义文学史观的发展，意味着淡化了文学史中的政治革命因素，这与 20 世纪 80 年代中期开始的"告别革命"的形势是相吻合的。改革开放，在政治上的主要问题是如何清理"左"的政治观念对经济发展的阻碍，所以需要对革命及其遗产进行新的阐释。一个基本的方法，就是把革命的合理性置于更具普遍意义的基础上，把它解释成为一种"时代的潮流"，淡化其阶级斗争的色彩，增加一些人性的因素，使之能够为当前世俗化社会的一般民众所容易接受。

从这种变化中，我们已经强烈地感受到了由经济变革所带动的世俗化潮流对人的思想观念的强大影响力。这种影响力，也渗透进了中国现代文学学科。它的一个表现，就是用世俗现代性和启蒙现代性的双重标准来建构更新版的中国现代文学史。

世俗现代性，是经过现代化包装的世俗观念，具有平民化的特色。它与革命现代性的斗争哲学隔了一层，与启蒙现代性的人性批判也有重大差异。它关注的是日常生活，在经济发展的基础上让生活更具乐趣，使人的欲望获得充分释放。在世俗现代性中，一切外在的社会禁忌或使命，无论是以革命的名义还是以启蒙的名义，都暂且放置一边，活着，并且活好，成了最紧要的事。现代传媒对于世俗化思潮的兴起无疑起到了极为重要的推动作用，比如它制造了一个个狂欢的盛宴，用铺天盖地的广告诱发人的消费欲望，营造了一个欲望化的环境。在这样的环境中，一些作家把文学当作展示欲望的手段，直接参与了消费主义的大合唱。这样的现代性，看似前卫，其内质却是较为传统的，反映的是人性中带有普遍性的欲望满足。相比革命现代性的强调阶级觉悟，启蒙现代性的强调个人独立和权利，欲望是更具普遍意义的，是为不同时代人所共有的，因而也是超时代的。世俗现代性可以因为加入了时尚的内容显得十分前卫，可是它的内质却是可以为不同的时代所共有。比如《金瓶梅》所展示的欲望，晚清的《海上花列传》所展示的欲望，以及《上海宝贝》所展示的欲望，在表现人性的原始一面上，其实并没有多大的两样，反映的都是一个古老的主题，可以说是一脉相承的。

由这种与时代联系不那么紧密的世俗现代性（其实就是世俗观念）参与本来由启蒙现代性主导的中国现代文学史建构，必然地会给中国现代文学学科带来深刻的变动，这种变动会比启蒙现代性取代新民主主义观念给现代文学史所带来的变动更大。它把文学与欲望的表现联系在一起，强调文学面向市民的娱乐消费的功能，所以又必然会要求把通俗文学，包括晚清通俗文学纳入中国现代文学史，从而突破了中国现代文学的"五四"上限。

当然，很少有人主张以世俗现代性全面取代启蒙现代性来建构中国现代文学史（现代通俗文学史除外），因为我们毕竟抹杀不了启蒙现代性对中国现代历史、对中国现代文学的重大影响，也不能轻率贬低体现了启蒙现代性精神的知识精英文学的价值。知识精英文学，一般地说，代表了民族文学的最高成就。现在的问题只是世俗现代性要参与中国现代文学史的建构，并且受矫枉过正的历史辩证法的影响，现在事实上存在着一种抬高世俗现代性地位的倾向。这从其主导方面说，体现了一种合理的反拨，是对过去相当长时期里片面否定世俗现代性、否定通俗文学价值的一种校正，但它所带来的问题，似乎也应该引起我们的重视。

二 突破"五四"上限的"陷阱"

启蒙主义文学史观与新民主主义文学史观之间虽然存在分歧，但在认同"五四"作为新文学历史起点这一根本问题上，却是意见一致的。这有助于解释，为什么启蒙主义文学史观占据主导地位以后，尽管对许多具体的文学现象的评价发生了变化，但学科的基本结构却没有变动：中国现代文学还是被认为是发端于五四文学革命的新文学，革命（思想革命和文学革命）仍旧被认为是推动文学进步的力量。而世俗现代性所建构的现代文学史，明显地告别了"革命"的价值观，降低了"五四"对于新文学发生的意义。

"告别革命"的口号，最早是由李泽厚在1995年出版的《告别革命》一书中提出的。他在与刘再复的对谈中说，革命是激情有余而理性不足，因而要改良，不要革命。李泽厚的"告别"论，使革命历史无法从其自身的连续性上得到阐释，会造成革命传统（正统）的断裂，所以没能得到主流的认可。但主流社会自身其实也循着从革命到改革的方向调整策略。于是，我们看到革命的传统虽然没有中断，但对革命的阐释却发生了重大变化，革命的意义更多地被解释成为现在民众容易接受的形式。经过这样的阐释，原初与传统完全对立意义上的"革命"已经变成与传统达成了妥协甚至和解的"革命"，其内涵和基本的精神都发生了重要变化。这种变化，有它深刻的背景，实际上是反映了基于经济繁荣和科技进步的世俗化潮流的兴起，反映了中产阶级力量的壮大和市民的社会地位的提升。在这样的时尚中，降低五四文学革命的历史意义，从而为中国现代文学史突破"五四"上限、包容晚清的通俗文学创造了条件。它的积极方面，是使人们认识到五四新文学不是无缘无故的，而是有前缘的，其源头之一就是晚清文学。在长期忽视晚清文学价值的时候，这有一种提醒和反拨的作用。

不过，如果反拨过度，对世俗现代性与启蒙现代性的关系处理不当，甚至把两者对立起来，或者脱离中国社会变革的特点，挪用西方现代性发展的模式，以世俗现代性取代启蒙现代性，那它对中国现代文学学科所带来的问题可能会比它所解决的更多，也更严重。它所带来的问题主要有两个方面。

先说第一个方面，即它有可能解构中国现代文学作为一个独立学科存在的基础。中国现代文学为什么能作为一个独立的学科而存在？无非它的对象是现代文学，其性质与中国古代文学有着本质性差异，因而研究这种现代性文学的学科也就自成一个体系。可是人们会进一步追问：这种用来区别中国现代文学与中国古代文学的现代性标准又是什么？如果仅从理论上加以说明，可以强调它的反封建性，它的白话形式，总之是着眼于它的现代的意识形态和现代的语言形式，虽然要从理论上彻底地解决这个问题也不容易，但至少可以给出一条理论的边界，提出一个明确的标准。可是，如果要把这个标准落实到文学史中去，问题就复杂了。仅以现在一般所认可的反封建的内容和白话的形式这两条来说，就不容易明确地在文学史中指认落实。因为要在中国古代文学中找出一些反封建的思想因素和叛逆激情，非常容易；白话的流行也早已开始，即使是现代的白话，其实也在"五四"之前的白话报纸中广泛地使用。所以中国古代文学与现代文学的历史分界点，即使有了明确标准，也只能看历史的大势，着眼于这个点是不是足以代表文学史的重大转折。具体地说，一是看它变革的力度是不是足够大，大到足以代表一个崭新文学时代的开始；二是看这种变革是不是拥有系统的理论，倡导者是不是自觉地运用这套理论加以推动；三是看它对后来的影响，即此后的文学发展是不是以它为基础，前后保持了直接的联系？

按照这样的标准，在中国近代以来的文学发展中，有可能充当现代文学发生标志的大致有：鸦片战争，洋务运动，维新运动，"小说界革命"和"文界革命"，辛亥革命，新文化运动和五四文学革命。

在这些重大事件中，与文学关系密切，而且影响重大而深远的，还是大家所公认的新文化运动和五四文学革命。因为新文化运动和五四文学革命，是现代文学的先驱者自觉地针对中国封建文化和旧文学而发动的，它标志着现代性的"文的自觉"时代的到来。它提出的一套系统理论，产生了重大影响，以至于有一种"历史断裂"的感觉，而此后的新文学发展又是直接以它为基础的。因此相比较而言，五四文学革命最有资格充当中国现代文学与中国古代文学历史分界的标志。当然，这已是老生常谈了。可老生常谈并不是没有道理。要突破"老生常谈"，还须十分谨慎。如果没有经过缜密的通盘考虑而简单否定"老生常谈"，或会造成混乱。比如突破"五四"上限，把中国现代文学的起点追溯到晚清，甚至确定为晚清的某一部作品，就面临着这样的危险：它看似创新了学科格局，可是最终会落入一个逻辑的"陷阱"，导致中国现代文学学科的解构。

依附于一个有生命力的民族之上的文化传统，原是一条不间断的历史长河。它可以突变，但不会完全断裂，新的传统不会与此前传统毫无关系。所以要在五四文学与晚清文学之间找出前后的联系，是非常容易的。如果这可以成为中国现代文学开始于晚清的理由，那么我们可以按同样的逻辑，把这个起点进一步推向晚明。周作人就曾明确提出新文学的源头在晚明。要在晚明文学中找出一些晚清"起点"论者所看重的"欲望、正义、价值和知识"，也太容易了。晚明的资本主义经济萌芽，晚明的出版业发达，晚明的名士风度，晚明的欲望叙事，仅就其与此前的社会和文学传统的差异而言，按晚清"起点"论的标准，哪一点不可以作为现代文学发生的依据？而问题还在于，按此逻辑，我们还可以把"新"文学的发生标志进一步向前推，一路推向唐宋，推向两汉和先秦。因为仅仅从历史连续性的角度看问题，要在中国古代文学史上找到一点现代性的思想情感元素和类似现代叙事技巧的因素也并非难事。换言之，按晚清"起点"论的逻辑，晚清的"被压抑的现代性"，如果不从总体性着眼，仅仅从某一方面看，照样可以从远比晚清早的时代找到，比如《红楼梦》的爱情观，《孔雀东南飞》的忏悔意识，甚至诗经里的爱情体验，这些作品所表达的都是共同人性，与现代人的人性是相通的，我们能因为它与现代人的人性相通而拿来作为现代文学发生的依据？

于是，问题实际上回到了应该如何看待民族文化传统和文学传统的前后联系和发展的阶段性差异之间的关系。为了方便起见，我把我以前一篇文章中的有关意见引述在下面：

> 苏轼在《前赤壁赋》中说过一句很有意思的话，他说："盖将自其变者而观之，则天地曾不能以一瞬；自其不变者而观之，则物与我皆无尽也。"他的意思是说考察宇宙人生这样的对象，重要的是你采取什么样的态度：从变化的角度看，天地是变动不居的，从不变的角度看，则物我皆是无尽的。我认为，考察像五四文学革命这样的重大事件，重要的也是你采取什么样的基本态度。如果从不变的角度视之，当可发现它与传统的历史联系，因为历史本来就是线性的、连续的；如果从变化的角度来考察，则又可以发现它与古典文学及其传统的巨大差异。于是，问题回到了到底应该从变化的方面还是从不变的方面来评价五四文学革命？这个问题的答案，其实取决于目的。有两个目的：一是要证明五四文学革命与传统的联系，二是要证明五四文学革命与传统的对立。这两个命题都是可以证明的，因为它们从不同的方面反映了五四文学革命与传统既有联系又有对立的真实。而问题在于，这两个有待证明、并且可以证明的命题，其重要性有没有等级差异？回答应该是肯定的。因为五四文学革命与传统的联系是隐性的，是通过传统自身的延续性得以实现的，是通过作家所受的民族文化的熏陶得以保证并体现出来的，而五四文学革命与传统的对立则是文学革命的先驱者所自觉追求的结果。①

我的意思是说，我们不能无视五四文学与晚清文学的历史联系，但更要重视五四文学相对于晚清文学的新变。说到底，晚清文学的价值，要通过五四文学的更为成熟的新形式表现出来，而此后的新文学显然是直接在五四文学基础上发展起来的。比如，晚清通俗文学普遍存在

---

① 陈国恩：《文学革命：新文学历史的原点》，《社会科学辑刊》2007年第1期。

的反对寡妇再嫁、崇尚孝道等观念，遭到了五四作家的批判，而此后文学的发展，明显是与五四文学保持一致的。

现在话题又要回到这一节标题所提出的问题上，即逻辑的"陷阱"。我认为，如果仅仅依据文学史前后阶段之间的联系，发现五四文学有晚清文学这一个前缘，就断定现代文学的开端在晚清，甚至找到晚清的某一部作品作为现代文学发生的标志，抹杀了五四文学与晚清文学更为本质的差异性，那么如前所言，按同样的逻辑可以把这个起点一路向前推，中国现代文学也就失去了它作为一个独立学科存在的基础，它只能与先秦文学、两汉文学、南北朝文学、元明清文学并列在一起，成为一个断代的文学，成为民国文学和共和国文学，而不再是一种区别于古代文学并与古代文学相对称的"现代文学"了。

三 "双翼"的舞动

以世俗现代性取代启蒙现代性，作为确定中国现代文学起点的理论依据所带来的第二方面的问题，是它可能造成处理通俗文学与知识精英文学关系的困难。

通俗文学与知识精英文学，严格意义上说，是既有联系又相对独立的两个不同的文学系统。范伯群先生对此有很好的阐述，他说："中国现代通俗文学在时序的发展上，在源流的承传上，在服务对象的侧重点上，在作用与功能上，均与知识精英文学有所差异。如果不看到这一点，那么中国现代通俗文学的特点也就会被抹杀，它就只能作为一个'附庸'存在于中国现代文学史中，这就不能科学地还中国现代文学以历史全貌。"[①]我读范先生的大作后的一点感想是，如果看不到通俗文学与知识精英文学两者的联系，即在同一个时代语境中产生的体现了不同文化倾向的两种文学思潮，它们之间与这个大时代，或换一种说法，与中国近代以来所追求的现代性目标的联系，就有可能把体现了民间趣味的通俗文学排除在现代文学史的视野之外，忽视乃至抹杀它们对于知识精英文学的推进作用；但如果看不到两者

---

① 范伯群：《插图本中国现代通俗文学史》，北京大学出版社 2007 年版，第 1 页。

的区别，除了范先生文中所指出的那种令人担忧的可能性外，我还担心有另一种可能性，即可能倒过来以通俗文学的规则取代现代精英文学的规则，从而彻底颠覆和解构现在的中国现代文学史的规范和构架。范先生是一个严谨的学者，他解决这一问题的方法，是先把现代通俗文学的问题放到现代通俗文学的范围里来谈，把现代精英话语建构的文学作为现代精英文学的问题来对待，没有把两者混同，然后再来考虑怎样把两者整合起来问题。他说，先把通俗文学"作为一个独立自足的体系进行全面的研究，在此基础上再将它整合到中国现代文学史的'大家庭'中去"，他把这项整合的工作称为通俗文学研究的第二道工序，作为一项有待完成的任务提了出来。①

那么，如何着手这第二道工序并把它完成呢？我在读了范先生的《插图本中国现代通俗文学史》后写了一点心得，其中说道：

> 这第二道"工序"，显然需要根据时代发展进行理论上的创新，对价值坐标加以适当调整，而不能简单地改变历史的判断，造成历史叙事的新的混乱甚至更为严重的断裂。这其中，当然包含了许多很有意味的问题，比如通俗文学所体现的世俗现代性与五四文学所体现的启蒙现代性是一种什么样的关系，它们分别对后来产生了怎样的影响，如何评价两者的影响力？又如，20世纪初的通俗文学所体现的世俗现代性与20世纪末的世俗化思潮中的文学的现代性是一种什么样的关系，而后者与五四的启蒙精神的关系又应怎样理解？五四新文学批判通俗文学的正当性在哪里，五四新文学又为什么吸收了先于它的通俗文学的艺术因素，而这种从通俗文学中借鉴艺术经验而推动了新文学发展的现象后来又出现过，甚至像张爱玲那样真正把两者融为一体而取得了成功，这又应如何解释？五四新文学受益于通俗文学流行的背景，是不是就应该把中国现代文学的上限整体地向前推移，不向前推移就难以说明五四新文学与20世纪初的通俗文学的历史关联了吗？中国现代通俗文学与中国知识精英所建构的文学作为一体的

---

① 范伯群：《插图本中国现代通俗文学史》，北京大学出版社2007年版，第1页。

两翼，是如何双翼舞动飞翔起来的，也即是如何相互促进，在矛盾互动中共同推进了中国现代文学的发展？这些问题都是值得深入细致地研究的，而它们又都是从范伯群先生等人的通俗文学研究中所提出来的新问题。仅这一点，也足以显示范伯群先生这部新书的重要意义。①

上述问题，需要做专题性的研究，不是本文所能解决的。但有一点我想应该强调，在中国语境中，世俗现代性虽是现代性的一种形态，但它有跨越不同时代的普遍性一面，包含了较多的民间的和传统的观念，与古代的传统容易取得谅解和妥协，而启蒙现代性则具有鲜明的时代性，因为它是直接针对中国古代传统的缺陷提出来的，是直接反传统的，因而完全是一种现代的意识形态，而且因其重视人而贴近文学的审美本质。对于现代中国社会来说，或者从中国历史的未来发展角度看，世俗现代性可能会经不断的改造，以新的形态延续下去，甚至演绎得更加有声有色，势不可当，而启蒙现代性却会在启蒙的使命完成后退出现实的舞台，成为一种思想史的遗产。可是不要忘了，未来社会可能存在的那种世俗现代性，一定是在其世俗外表里包含了更为前卫的时代内容，而启蒙现代性的精神则会在这些前卫的时代内容中体现出来，成为其灵魂。任何现代意义上的世俗生活，花样可以翻新，但最终都离不开启蒙现代性所规定的人的独立自由精神，人的基本权利的保障。离开了启蒙现代性所规定的人的独立自由精神和人的基本权利，世俗现代性就会退化为古代世俗生活的情调和样式，失去其现代的特性。因此，我们在把握世俗现代性与启蒙现代性对于中国现代社会发展的意义，对于中国现代文学发生的意义时，要在相对地更具有现代特色的启蒙现代性基础上来整合世俗现代性的丰富内容，而又从世俗现代性的更接近民间和传统的意义上来发掘其资源，从而推进启蒙现代性的民族形态的形成。

对此，范伯群先生曾用了一个形象化的表述："一体两翼"。"一

---

① 陈国恩：《评范伯群先生的〈插图本中国现代通俗文学史〉》，《中国文学研究》2009 年第 3 期。

体",是指中国现代文学,它显然是一种与中国古代文学相对应的现代的文学,我想应该是以最具现代特性的启蒙现代性作为它的思想基础,因而中国现代文学的"五四"上限不宜突破。"两翼",是指通俗文学与知识精英文学,意思是中国现代文学少不了这两个方面;少了其中的任何一个方面,中国现代文学就是不完整的。我想这"两翼"的共存依据,就是世俗现代性和启蒙现代性在中国语境中的缠绕关系。具体地说,晚清的世俗现代性是中国启蒙思想产生的一个文化背景,甚至是中国启蒙现代性的源头之一,但它的现代性意义,则要到五四时期更为广泛、更为深入的启蒙运动和文学革命发生时才充分地呈现出来,虽然它的一部分内容被五四启蒙运动压抑了。因此,可以把晚清通俗文学视为五四新文学的一个前奏(梁启超发动的文学改良运动也是中国现代文学的一个重要前奏),并从世俗现代性与启蒙现代性的矛盾互补关系上说明五四文学革命先驱对它的批判。这种批判明显的是出于思想启蒙的时代需要,但其批判本身不应成为抹杀通俗文学中所包含的世俗现代性价值的理由,因为它原是另一种形态的现代性,虽然它中间含有启蒙主义者很难接受的一些传统的因素。

"一体两翼",一个更为重要的问题,还在于这两翼是如何舞动起来的?这又是一个须做专门研究的问题,但我想其中的重要一点,是不能仅仅停留在以"旧派文学"的名义在文学史中为其保留一个章节的位置,让它孤独地漂浮在"文学史"的海洋上;更不是以通俗文学和精英文学的各自标准相互否定,即用通俗文学的标准嘲笑精英文学的脱离市民大众口味,甚至一度成了直接表达思想的工具,反过来也不能以精英文学的标准指责通俗文学的缺乏思想冲击力度和时代特色,贬低乃至抹杀通俗文学的特有价值。我们需要超越雅俗对立的思维模式,从通俗文学与知识精英文学的矛盾互动中说明这两翼的舞动,也就是说要在承认它们存在差异乃至矛盾的基础上,深入考察并清晰阐明知识精英文学是如何吸收通俗文学的观念和艺术技巧,从而丰富和充实了自身的风格,而通俗文学又如何在知识精英文学的压力下追随时代脚步提升了自身的思想艺术,回应了严肃的人生挑战,从而进一步显示出现代的意义,以至于后来产生了像张爱玲这样兼具通俗性和精英特色的成功的文学家,又产生了像金庸那样深受现代读者欢迎的可以雅俗共赏的通俗文学大家。这样，也许我们真可以写出一部更有新意的中国现代文学史，实现"双翼舞动"的梦想。

四 "现代"的价值与"现代"的时间

随着市场经济改革的深入和全球范围内文明冲突的加剧，中国自20世纪90年代以后兴起了一股新保守主义的思潮。在这一思潮带动下，激进主义的革命价值观逐渐为注重利益关系协调的温和的改革所取代，并开始了对激进革命历史的反思。反思的内容之一，是开始对传统文化进行重新评价，改变了激进革命时期彻底否定传统文化的态度，甚至有点矫枉过正地反转过来张扬传统文化，其意当然是为了向内凝聚人心，对外抵抗西方文化的霸权。从某种意义上说，新文化运动和五四文学革命受到质疑，或者超越五四文学革命寻找现代文学新的起点，都是反映了这样一种新保守主义思潮兴起的趋势。而主张把现代作家创作的旧体诗词也纳入中国现代文学史的观点，同样的是在这一背景下提出来的。

中国现代文学学科创建者一代，都是反对把现代作家创作的旧体诗词纳入现代文学史的。我不想在这里具体讨论现代作家的古典诗词应不应该进入现代文学史，我所关心的是这一主张背后的文学史观念，这一观念认为中国现代文学事实上应该是"现代中国文学"。概念中"现代"一词位置的变化，包含着重要的含义，它是强调我们现在所说的现代文学史，应该是"现代中国"这一历史时期所有文学都包括进来的文学史，"现代"仅仅是一个时间概念，而不是价值的标准。这实际上是说，中国现代文学不应该过分强调它是一种新的文学，而只是现代时期文学的一个总称。这样的文学史观，不仅为通俗文学进入现代文学史提供了依据，而且也为现代作家创作的旧体诗词进入现代文学史，甚至为现代作家的文言作品进入现代文学史提供了依据。

放弃对现代文学的现代性价值的坚守，这原是"后革命"时期降低激进主义价值观的历史地位乃至取消它合法性的一种尝试，它反映了一种扩大主体自由的价值取向，换一种时髦的说法，就是体现了一种取消意识形态等级、抹平差异、解构主流话语权威的后现代主义时尚。可是，我想应该充分关注这一概念的内在悖论和由此造成的影响及后果。"现代中国文学"的意图是要放弃对文学进行现代性的价值判断，可是它其实并没有真正取消现代性价值的坚守。说得更确切一点，它仅仅是把价值判断从文学的层面转移到了社会历史的层面，即首先是要确认这个时代的现代性——它是现代的，然后再确认这个现代性的时代中的所有文学现象都是应该进入这个现代文学史的。其中的悖论就表现在，本来是要取消现代性的价值标准，可是这个概念的成立恰恰又离不开现代性的原则，甚至是完全以现代性的价值为基础的。换一种通俗的方式提问：我们有什么理由规定这个时代是"现代"的，是与"古代"相区别的？无非根据现代性的标准，哪怕这个现代性的标准要涉及政治、经济、文化、哲学、艺术、宗教等众多的领域，否则我们没有办法来给这个时代以"现代"的命名。既然我们不得不使用现代性的标准来命名一个时代，又有什么理由在文学方面放弃和排斥现代性的价值判断？再进一步说，表面看来在文学领域放弃乃至排挤了现代性的标准，保证了不同意识形态的平等地位，可是我们先已规定了这些文学所借以存在的社会本身必须是现代的，这种现代性就真的能不涉及对文学价值的评判了吗？我们又有什么理由把本性上说与这个"现代"时期文学没有什么两样，却存在于这个"现代"以前时代里的古典作品排除外呢？绕来绕去，其实还是回到了一个根本性的问题上，即中国现代文学，或现代中国文学，本质上讲就是一种现代性的文学，它的存在是离不开现代性的价值评价的。如果放弃现代性的价值评价，它的独立于古代文学的地位就不再存在了，它就只能像上文所说的，成为与古代各朝代文学并列的民国文学和共和国文学。如此则所谓的"现代中国文学"也就没有存在的必要了。这就是悖论的实质：本来是想让一个命题成立，推理的结果却是得出了相反的命题，使本来的命题失去了存在的依据。

如果从具体操作的层面上看，放弃价值判断的"现代中国文学"之基本意图其实也是难以贯彻到底的。我们现在实际上仅是考虑到了通俗文学的问题，考虑到了现代作家的旧体诗词和文言作品的问题，但我们是不是要以同样的理由让这个"现代"时期的汉奸文学、法西斯文学也平等地进入"现代中国文学史"呢？按理应该进入，但实际上这在任何国家、任何情况下都是不可能的。但如果不让它们进入，岂不是又改变了放弃价值评价的初衷，陷入了自相矛盾的困境？

其实，问题非常简单，中国现代文学本来就是一种体现了现代性价值（民族精神自然就在其中）的文学，我们没有必要摆出十分客气的姿态，放弃价值评价的原则，让所有的文学进来。文学史本来就是有所选择的，无论是从意识形态的角度考虑，还是从实际操作的技术层面看，文学史绝无可能包罗万象，让所有的文学入史。现在的文学史建构实践中，有一种越包罗万象似乎就越有创意的倾向，大家想方设法地追求文学史领域的扩充，争先恐后地要把学科的范围扩大，甚至提出中国现代文学史应该包括所有用中文写作的文学。我想说的是"所有"，这在实践中无法做到。①

既然做不到，我们就不妨改变思路，把越包罗万象似乎就越有创意的这种文学史评价标准纠正过来，理直气壮地坚持现代文学的现代性质，肯定现代文学的根本意义就在其现代的思想与艺术上，坚持现代文学的"五四"起点，从它与古代文学的差异性中凸显其现代的价值。在此前提下，走一条文学史内涵深化的发展之路，即以新的视野来发掘现代文学的新的意义，使它的历史丰富性更充分地呈现出来。

五 结语：多样性"文学史"

现代文学的学科创新，需要有一种战略性的观念和眼光，即要尊重历史的实在，保证学科的独立性。离开这一原则的创新，就是自我解构，自掘坟墓。

但话说回来，这也不应成为阻碍学科创新的理由。在保证学科独立性的前提下，任何创新都是应该受到鼓励的。作为一种可行的方

---

① 陈国恩：《海外华文文学不能进入中国现当代文学史》，《中国现代文学研究丛刊》2010 年第 1 期；陈国恩：《少数民族文学怎样"入史"？》，《北方民族大学学报》2010 年第 3 期。

法，我想可以在坚持现代性原则的前提下撰写各种各样的现代文学史，比如现代通俗文学史、现代区域性文学史、现代台港澳文学史、现代华文文学史、各民族现代文学史、中国现代民族文学交流史，等等。如果作为一种专题性的研究，也可以单独撰写现代作家创作的旧体诗词史。但在大学用作教科书的中国现代文学史，显然只能是贯彻了经典化原则的现代文学史。现代文学史与现代文学是两个密切关联而又绝对不能等同的概念，一个是观念的形态，另一个是客观的实在。作为对客观存在的中国现代文学进行文学史的表述，可以采取不同的视角，着眼于不同的侧面，可以从古今联系、雅俗互动、中外交流等方面着手，以多样的形式把客观地存在的中国现代文学话语化。这是一个可以发挥创造性的广阔领域，它的前景是十分看好的。

能够写出一部什么样的现代文学史？*

倘若以关键词来梳理或者回顾 20 世纪 80 年代以来的中国现当代文学研究史，"重写文学史"应该是我们无法绕开的话题之一。在 80 年代"重写文学史"的视野里，当下乃至更早的中国文学史（著作）成为"一部部"有诸多"问题"的"文学史"。在当时支持"重写文学史"的学者看来，这些"问题"更多地集中在政治尤其是极左政治思潮对文学研究和文学史书写的宰制。"让文学（史）回到文学（史）自身"，成为 20 世纪 80 年代重写文学史在理论探讨与书写实践上的共识。"回到文学（史）自身"，也被视为对一种"真实/客观的文学史"的回归。如果说在 80 年代的历史语境中，以"回到文学（史）自身"为标的对"文学史"的"重写"，是为了将僵化乃至停滞不前的中国现当代文学史的研究从危机中解救出来；那么，当写出"真实的客观的纯粹的文学的历史"的努力真的变成大家不言而喻的"自觉"，一种"重写"的常识，抑或是一种主流或者权威的姿态时，则极可能意味着"重写文学史"这一命题以本质化的方式，日渐走向自我的封闭，从而失去其应有的开放性及活跃的生命力。因此，对"重写文学史"的反思就变成了不仅仅是我们以后见之明的眼光发现他人的问题，以我们后见之明的洞见超越他人的不见，而是在对如何重写及重写怎样的"文学史"等问题的反省中，在以他人的洞见反照我们的不见中，如何发掘"重写文学史"这一命题所蕴含的丰富性与可能性，如何想象"重写文学史"的多样性与开放性。

---

* 本文为王俊博士独立撰写。

一 "重写文学史"的"自觉"与迷思

20 世纪 80 年代的"重写文学史"，似乎更多地体现在一些微观层面的问题上，比如对"中国新文学重要作家、作品和文学思潮、现象"的"重新研究、评估"等，或者以整体意识来设想"二十世纪中国文学史"的总主题与现代美感特征，① 而对如何"重写"这一问题和"文学"与"历史"之间的叙述关系等"宏观"理论的论述却语焉不详。80 年代"重写文学史"的倡导者和支持者对如何介入往昔，如何进入历史，如何认识文学（史）和政治的关系，如何理解现当代文学的意义生产机制，如何更为清醒地认识甚至警惕自己的学术立场等诸多问题似乎并未进行深入的思考和探讨。在美国学者韦勒克的文学的"外部研究"与"内部研究"的参照系下，相较于上面的宏观的理论问题，对具体作家、作品、文学思潮和文学现象的重新评价可能更为接近研究者心中的文学（史）研究的本质。也许更重要的原因还在于，80 年代的"重写文学史"实际上表现出诸多关于如何"重写"和重写怎样的"文学史"的"自觉"。

这种"自觉"首先表现在重写者胸怀一种"历史主义"的自信，即应该书写一部有关文学过往的"真实"的"历史"。他们认定，"文学史的重写就像其他历史一样，是一种必然的过程。这个过程的无限性，不仅仅表现了'史'的当代性，也使'史'的面貌最终越来越接近历史的真实"②。真实的"历史"和历史的"真实"是整个"重写文学史"中一种极为"自觉"性的整体意识。尽管有的时候它更为旗帜鲜明地被大事张扬，有的时候却是以沉默不语的形式达成某种默契。在20 世纪 80 年代的"重写文学史"的学者看来，因为在"极左思潮和'宗派主义'居于合法地位"的时代里，许多文学史"不是实事求是地结合作家的思想倾向与作品的艺术成就作出来的，而是按照'政治第

---

① 黄子平、陈平原、钱理群：《论"二十世纪中国文学"》，《文学评论》1985 年第5 期。

② 陈思和、王晓明：《主持人的话》，《上海文论》1988 年第 4 期。

一'的原则，不管作品实际达到怎样的艺术水平，或给以不适当的高度评价，或贴上'反动'的标签，给以绝对性的否定"①。这种历史背景下产生的文学史著作显然不符合历史的"真实"。拨开雾障而重现历史的原貌，不仅成为"重写文学史"专栏发表的一系列文章"重评"的潜台词，也成为一系列有关重写文学史实践的原初的激情。在 20 世纪 80 年代以来的"重写文学史"的视野中，原画复现或者无限接近一个真实的文学的历史被认为是可以实现的。

在"重写文学史"的讨论中，在关于重写怎样的一部文学史的问题上也体现出了某种自觉。这种自觉而又普遍的意识，坚持"真实"的"文学史"应该是摒除政治因素（不是不谈政治因素）的影响，重新回到"文学自身的历史"。更具体地说，这个被认定为"真实的文学史"是关于"纯（粹）审美"的文学史，或者叫作"纯文学"的文学史。"那从文学角度进行的现代文学史研究的方法也就必然要和那种政治学的方法不同，它的出发点不再仅是特定的政治理论，而更是文学史家对作家作品的艺术感受，它的分析方法也自然不再仅是那种单纯的政治和阶级分析的方法，而是要深入运用各种不同的方法，尤其是审美的分析方法。"② 以"审美"／"纯文学"的标准重写文学史，则"必然会出现'扩容'、'位移'和'去蔽'"③。问题是，此番重写之后的文学史，"扩容"的是什么，什么进行了"位移"，哪些得到了"去蔽"？以《上海文论》"重写文学史"专栏为例，我们不难发现，进行重新评价的实际上大多是左翼文学。在"审美"的烛照下，以往被"誉为现实主义杰作"的《子夜》在"文学水准、主题先行、艺术世界与现实世界"三个方面均存在缺陷，也成为"缺乏时空的超越意识，过于急功近利"，"缺乏魅力与恒久启示的政治小说，缺乏深厚的哲理内涵，缺乏对人性、生命和宇宙意识的

---

① 唐湜：《关于中国现代文学史的一些看法与设想》，《上海文论》1989 年第 1 期。

② 陈思和、王晓明：《关于"重写文学史"专栏的对话》，《上海文论》1989 年第 6 期。

③ 冯鸽：《"重写"什么？如何"重写"？》，《中国现代文学研究丛刊》2007 年第 6 期。

透视"的"'有底'的作品"①。《子夜》产生的所谓的"《子夜》模式"——主题先行、人物观念化、情节斗争化——对中华人民共和国成立后的十七年文学乃至新时期文学的创作均产生了不良影响。② 在分析丁玲前后期文学创作的变化时，《梦珂》《莎菲女士的日记》等成为丁玲较为成功的作品，而30年代以后的革命题材的作品，则使"她的创作变了质，由先前那种积极的自我超越和自我保护，变成了自我丧失，变成了一种消极的自我保护"，"由倾听自己的心声转变为图解现成的公式"③。在"纯审美"／"纯文学"的大旗下，此前在文学史中备受压抑、否定的诸如沈从文、张爱玲、钱锺书等"自由主义作家"重返文学史的中心。实际上，"左翼文学"、1949—1977年的"社会主义文学"与"自由主义文学"之间的中心与边缘的互相"位移"，"自由主义文学"的"扩容"与"去蔽"，真正构成了一部追求"具有文学审美本质主义"的文学史的最大特色。④ 可以说，将所谓的"真实的文学史"理解成"审美主义"的"文学史"，是20世纪80年代以来"重写文学史"的第二种极为"自觉"的突出表现。90年代出现的诸多的文学史著作，可以说都有这种追求（纯）审美性/文学性的文学史的自觉意识。

第三种"重写文学史"的"自觉"与"纯审美"／"纯文学"的观念有着极为密切的联系。正是在"重写文学史"的理论和实践中，对"审美主义"的"纯文学""史"的追求，实际上架构了政治与文学的二元对立。重写文学史的拨乱反正指向的是对以"文化大革命"为代表的极左政治思潮的批判与否定，也是对毛泽东《在延安文艺座谈会上的讲话》中所奠定的"政治标准第一，文学标准第二"的当代文学批评传统的反思与省察，以及对那种按照社会政治史的标准分期的文学史的反动。在一定程度上，重申文学的"审美性"，形塑有"文学性"的文学史，一方面展示了"重写文学史"的参与者对所谓理想的抑或是好的文学史的想象，另一方面也暗含了一种追求文学史

---

① 蓝棣之：《一份高级的社会文件》，《上海文论》1989年第3期。
② 徐循华：《对中国现当代长篇小说的一个形式考察》，《上海文论》1989年第3期。
③ 王雪瑛：《论丁玲的小说创作》，《上海文论》1988年第5期。
④ 冯鸽：《"重写"什么？如何"重写"？》，《中国现代文学研究丛刊》2007年第6期。

纯洁性的焦虑。"纯文学"/"纯审美"的文学史成为具有迷人魅力的一种想象。按照上帝的归上帝，恺撒的归恺撒的原则，在"重写文学史"的理论和实践中，剥离政治，凸显文学（性），成为一条"自觉"的原则。

从某种程度上说，在20世纪80年代的历史语境中，"重写文学史"所形成的"自觉"，对极左政治思潮的否定和批判，对中国现当代文学的重新认识，对已有文学史书写的超越，扩展我们对文学史的想象等，都有着极为重要的意义。但是，也正是80年代"重写文学史"所开启的这种"重写"和"文学史"的"自觉"，当它延续到90年代以后的理论和实践中时，却逐渐演变成文学史书写的新的成规与惯例，并被合法化为主流的文学史观，从而建立起新的权力排斥机制。上述在80年代极具意义的"自觉"转眼间在90年代便变成了新的"问题"。比如说，我们/他们凭什么保证，重新书写的"纯文学或者纯审美的历史"就是真实的历史？我们/他们凭什么可以确定重写之后的"纯文学"/"纯审美"的文学史就一定比此前的文学史更具合法性？在多大程度上，我们/他们可以保证一种试图摆脱政治宰制的"重写文学史"的客观性？"去政治化"本身就是一种有着鲜明政治立场的行为。

80年代以来形成的关涉"重写文学史"的诸种"自觉"，正是在一种对文学史的本质化乃至透明化的形塑中，迷失于何谓"文学的历史"、被书写的历史与书写后的历史之间是何种关系，以及究竟应该怎样再现历史，历史再现的可能性到底有多大等问题中。由此，我们应该重新反思80年代的"重写文学史"中的"自觉"。反思的目的并不是"把颠倒的历史再颠倒过来"①，而是再次激活问题，探寻"重写文学史"的新的可能性。

二 真实的"文学史"与文学史的"真实"的省思

进入20世纪90年代以后，对于"重写文学史"的讨论实际上比

---

① 陈思和、王晓明：《关于"重写文学史"专栏的对话》，《上海文论》1989年第6期。

80年代更为热烈。相对于理论上的更为深入，更重要的是在重写的实践中也诞生了许多文学史著作，这些著作均体现出了王瑶先生当初所寄予的后来居上的意义。① 可以说，90年代以后出现的许多中国现当代文学史著作，绝大多数是80年代"重写文学史"的结果。与80年代"重写文学史"更注重微观层面的文本的"再解读"不同，进入90年代以后，在理论层面，关于如何认识"文学史"、如何面对"重写"、怎样重写、怎么进入文学史，以及重写怎样的文学史等方面，有了更为具体和深入的讨论。对80年代以来的"重写文学史"的反思也正是在这样的基础上得以进行和展开。

在80年代的重写文学史热潮中，对于"重写"，一些置身其中的学者仍然有着透彻的认识。比如在分析《子夜》时，尽管蓝棣之采用的是艾略特的"是否成其为文学只能用文学标准加以判定"，从而认为《子夜》"缺乏艺术魅力"，但是，他依然认为，"文学观念的每一次深刻变化，都将导致重写一次文学史"②。这里面至少包含了两层意思：一是文学史的书写常常是理论或者观念先行；二是文学（史）观宰制着文学史的书写。这样的理解也提醒我们，对80年代的"重写文学史"的反省，最终要落实到我们的文学（史）观念，也就是我们如何理解"文学""历史"乃至"文学的历史"。

在90年代"后学"的语境中，关于通过"重写"而达到"真实的历史"和"历史的真实"是颇值得怀疑的。③ 怀疑并不是要否定已然发生的过往历史的存在，而是体现在对"文学史"的再认识。在中国当代文学史的研究中，洪子诚认为，作为重写对象的"文学史"

---

① 在20世纪80年代的"重写文学史"的讨论中，王瑶先生给予了支持，并希望"大家都来写，写出不同的文学史，每个人都谈他自己的观点和评价，不要被以前的框架所拘束。这样我们就可以把文学史这个学科推向新的高度"。参见王瑶《文学史著作应该后来居上》，《上海文论》1989年第1期。

② 蓝棣之：《一份高级的社会文件》，《上海文论》1989年第3期。

③ 其实在"重写文学史"专栏暂告一段落时，吴亮就表达出了对文学史和重写文学史的怀疑。他认为文学史著作"永远是对一堆共时性的同时涌现的文学作品的重新组织、安置和阐说，它试图描绘出一种假设中的历时性，一种规律，一种演变，一种进化或一种历史深度"。他"怀疑的焦点全在于它（指文学史和重写文学史——笔者注）企图指示出一种真实"。参见吴亮《对文学史和重写文学史的怀疑》，《上海文论》1989年第6期。

是已然"发生的事情",是"历史事件",也是文学史"研究描述的'对象'",但是,它同时也是一种"'本文'的'历史'"。而"'历史'并不能自动存在,自动呈现,它的存在,必须赋予形式,必须引入意义"①。洪子诚的话提醒我们,首先"文学史"应该包含两个层面:一是作为被书写的对象的"文学史",用海登·怀特的话说就是已经消逝的(历史)事实;二是书写出来的"文学史",即文本化的"文学史",海登·怀特命名曰"关于事实的解释或故事",即阐释。同时洪子诚的话提醒我们被书写后的"历史/文学史"必须被赋予一定的意义。这就意味着"历史/文学史"被书写的过程即重新赋予历史事件以意义的过程,问题是这种被赋予的意义其实来自后人的赋予,也就是说历史事件在重写的"(文学的)历史"中的定位来自它在当代或者当下的意义。当我们以某种意义来解释历史事实,来编排事件而重写"历史/文学史"时,那些被认定为没有意义的历史事件极有可能被排斥在"历史/文学史"的有机结构之外。显然,我们无论赋予历史事件以何种意义,"重写文学史"的过程即重新阐释的过程,即"历史话语"形塑历史的过程。正如海登·怀特所说:"历史话语所生产的东西是对历史学家掌握的关于过去的任何信息和知识的阐释。这些阐释可以采取多种形式,从简单的编年史或事实的罗列一直到高度抽象的'历史哲学',但它们的共性在于它们都把一种再现的叙事模式当作理解作为独特'历史'现象的指涉物的根本。"②

在这样的意义上来理解"重写文学史"的话,我们似乎并不能简单地认定重写之后的"文学史"就是最接近"那段已经发生的真实的历史",甚至我们也不能简单地判定我们重写的"历史"的真实与虚假。"重写"实际上即意味着对已然消逝的历史的重新组织,"重写"本身就是一种修辞意义上的叙事;而"重写"的结果肯定不能等同于那个已经消逝的历史,只能是历史话语实践的结果。在"重写"的问题上纠缠于"真实"与"不真实"并不能解决问题。

① 洪子诚:《问题与方法》,生活·读书·新知三联书店 2002 年版,第 19 页。
② [美]海登·怀特:《"形象描写逝去时代的性质":文学理论和历史书写》,陈永国译,《外国文学》2001 年第 6 期。

也许我们可以将真与伪的问题转化成李杨所提出来的问题："这样我们的问题就不再是'如何再现真实的历史'，而是追问'历史是如何建构出来的'。"① 将追求真实的文学史变成追寻文学史是如何书写的，其重要的意义在于打破文学史这座玲珑宝塔，揭示其架构自身的秘密，打破我辈心中那个根深蒂固的"客观再现真实的文学史"的"历史主义的神话"②。意识到文学史的建构性，并不仅仅意味着我们洞见了他人的不见，还意味着我们应该以他人的洞见反照我们的不见。用洪子诚的话说，就是作为"有条件发言的人"，重写者应该"时刻意识到叙述者自身身份和处境上的限度，他的局限性，并细心了解、发现另外的意见"③。因此作为重写文学史的积极实践者的钱理群，面对自己书写的文学史所产生的矛盾和困惑，才更显示了一份极为珍贵的以他人的洞见烛照自我的不见的检省与反思。④

三　"文学"与"文学性"的神话

20 世纪 80 年代以来形成的以"让文学（史）回到文学（史）自身"为旨归的"重写文学史"，其最大的问题是迷失于"文学"或者"文学性"的神话之中。戴燕在研究 20 世纪初的中国文学史写作时指出，本身即为舶来品的"文学""文学性""文学史"这样的概念在中国的历史语境中不断发展着自己的内涵与外延。⑤ 何谓"文学"，何谓"文学性"，其实并没有一个恒定的定义。但是在"让文学（史）回到文学（史）自身"的信仰者那里，"文学"或者"文学性"被等同于无功利性的"纯审美"，超越或者摒除政治的"纯文学"，尽管"文学性""纯文学"和"纯审美"有着不同的历史演变

① 李杨：《文学史写作中的现代性问题》，山西教育出版社 2006 年版，第 67 页。
② 戴燕：《中国文学史：一个历史主义的神话》，《文学评论》1998 年第 5 期。
③ 洪子诚：《问题与方法》，生活·读书·新知三联书店 2002 年版，第 27 页。
④ 钱理群：《矛盾与困惑中的写作》，《文艺理论研究》1999 年第 3 期。
⑤ 戴燕：《文学·文学史·中国文学史》，《文学遗产》1996 年第 6 期。

与知识谱系。① 在这样的话语背景中，"左翼文学"或者"革命文学"与沈从文、张爱玲、钱锺书等代表的"自由主义文学"，在文学史结构中的边缘与中心的互移也就顺理成章。在"20 世纪中国文学大师"的排座事件中，茅盾被沈从文、金庸、张爱玲等挤出大师之列，也并不显得怪异。

实际上，追求"回到文学（史）自身"的"重写文学史"已经将文学史理解为"文学自足自律的历史"，这很大程度上就是一种"文学"或者"文学性"的神话。文学的意义依存于人，而人的存在涉及政治、经济、文化等各个方面，因而文学对人的表现是综合性的，它的审美属性要在综合地表现人的存在时体现出来。事实上，文学中感动人的东西很多时候就是人在政治、经济、文化实践中的行为及心理，是那种伟大而崇高的精神，那种充满爱心的博大胸怀，而不是纯文学的观点所强调的除了人的精神以外的那些形式因素。"纯文学"的概念，当然有它的正面价值，但它的正面价值只能在反抗政治对文学的非正常干扰时方才可以显示出来，而当问题一旦回到要提出一种纯文学的样本时，它就变得软弱无力，矛盾百出了。根本的原因，就在于文学并非像纯文学的提倡者所想象的那样是"纯"的，"纯文学"的概念无法在纯文学和非纯文学之间划出一道明确的界线。② 问题还有实践的一方面：用"纯文学的标准"重写文学史，表面上摆脱了政治对文学的宰制，宣告了"文学（史）回到了文学（史）自身"，实际上却复制了同样的权力机制。这种权力机制践行的不仅仅是批判和删选文学事件，重建新的经典（作家与作品），而且它本身就架构了一种新的等级制——无功利性的作家和作品"价值"要高于政治功利性较强的作家和作品。这种等级制同时还是一种排斥机制，不符合"纯文学"／"纯审美"标准的作家与作品极容易

---

① 贺桂梅：《"纯文学"的知识谱系与意识形态——"文学性"问题在 1980 年代的发生》，《山东社会科学》2007 年第 2 期。

② 陈国恩：《纯文学究竟是什么？》，《学术月刊》2008 年第 9 期。

被排斥在文学史的叙述之外。① 这种被"纯化的文学史"无疑变成了一种极为本质化的"文学史"，甚至是一种脱离历史语境的超验的"文学史"。

李杨在对"文学性"进行"知识谱系学"与"知识考古学"的考察时认为，作为"文学史"写作中最为核心的概念，"文学性"总是通过不同的他者来反证自己的内涵的。"文学性并非文学自身的特性，文学作为一种知识总是与其他知识处于一个知识的网络之中的，它的内涵总是由与其他知识的关系来决定的。""'文学'一直处于一个不断被构成和被塑造的过程中"，"历史在不同时期赋予它不同的意义。"因此，"与其追求一个'文学性'的规范定义，不如把'文学性'当做一个历史的、社会的建构来看待"②。将"文学"或者"文学性"这样的概念历史化，将其视作"历史的、社会的建构"，不仅仅可以再次打破文学史这座玲珑宝塔，揭破文学史秘而不宣的书写秘密，而且可以破除人们心中执迷不悟的"回到文学自身"的"文学"或"文学性"神话。在一定程度上，当"文学性"的概念被历史化，诸如"纯文学""纯审美"这样的概念才能够被置放到特定的社会语境中表现出其应有的价值与意义，当然也会显现其自身的缺陷与问题。比如，在20世纪80年代当"文学性"被解读为回到文学自身的时候，它剑锋所指的原是"文化大革命"极左政治思潮对文学的严重束缚造成的文学的教条化乃至僵化，文学空间的萎缩，文学生态的猥琐，文学想象的贫乏。但是问题在于，以"回归文学自身"来确认一种自我的身份的时候，它并未意识到这种确证自我的过程正是借助于确立"文化大革命"这个他者来实现的。"文化大革命"政治对文学的干扰，造成了对文学的巨大破坏，当然应该否定。但这不能成为笼统地否定一切政治因素，包括伟大的政治理想和崇高的道德

---

① 有学者就认为，"我们应该提出'纯化文学史'的口号，制止侵权越界，真正在文学史的范围内评价20世纪文学，而把属于思想史、文化史的东西送到它们应该去的地方"。"应该用审美的标准来纯化文学史，即使为此要剔除现存的大多数作家作品，也不必奇怪和惋惜。"参见刘克敌、摩罗、郑家建《重建文学史形态：必要与可能》，《文艺争鸣》1996年第4期。

② 李杨：《文学史写作中的现代性问题》，山西教育出版社2006年版，第262、263页。

追求对文学的正面意义。许多伟大的作品，作者的政治信仰和道德追求与其生命体验紧密地结合在一起，构成了作品动人的魅力。文学与政治的关系，必须放到历史的语境中去，才能把是非曲直说清楚，而且要联系作者能否在自己的生命基础上表现伟大的理想和高尚的追求来仔细辨析，只是笼统地说文学与政治无关，并非学术性的态度，它很容易被事实证明是无效的。

当我们破除"回到文学（史）自身"的"文学"或"文学性"的神话的时候，或许也就意味着我们破除了一种"迷思"或者"迷失"，即"把文学视为独立于其他事物之外的孤绝现象"那样一种"迷思或迷失"①。破除这种"迷失"或"迷思"，也即意味着重写的"文学史"不应该片面地追求所谓的"纯化"，不应该"把属于思想史、文化史的东西送到它们应该去的（文学史之外的）地方"，而文学史的政治性与政治性的文学史这样的命题也才能够进入"重写文学史"的视野。当"文学本身"——"把文学视为独立于其他事物之外的孤绝现象"这样的"迷思"或"迷失"被打破时，我们对"文学史"的想象空间方能够得到大的拓展，"重写文学史"这一命题本身的活力才能够更充分地释放出来，"文学史"应该如何被建构的问题才能够被我们更清醒地意识到。当我们不再"迷失"于"文学的本身"，我们书写的"文学史"也不应该变成仅仅是以作家、作品为主线，同时穿插文学思潮与文学运动作为历史背景的书写老套。诸如文学的生产机制、传播机制乃至阅读机制这样非"审美性"并不"纯文学"的制度性问题，似乎也应该浮现在文学史的视野之内。还有诸如文学经典的形成，文学史作为大学教育体制之内的一门学科，也作为一种制度乃至知识参与了我们的主体性建构，并建构我们的阅读趣味问题，② 以及文学史参与建构民族国家这样的"想象共同体"问题，③ 似乎也可以在"重写文学史"的考量范围之内。问题是，在

---

① 单德兴：《洞见与不见之间：浅谈书写台湾文学史》，张锦忠、黄锦树编《重写台湾文学史》，台北城邦文化事业股份有限公司 2007 年版，第 400 页。

② 李杨：《文学史写作中的现代性问题》，山西教育出版社 2006 年版，第 127、128 页。

③ 旷新年：《民族国家想象与中国现代文学》，《文学评论》2003 年第 1 期。

这种情况下，我们到底会书写出什么样的"文学史"？我们能否防止文学史书写中的权力机制或者排斥机制的负面作用？我们能否在建构文学史的同时展示这种历史的建构性？或者说，如果"文学史"应该达到一种"多元化"①，那么我们"如何在有限的预算、篇幅、时间内达到多元（化的历史）的目标"？"要多元到什么程度才算是'真正的'多元？""多元的文学史是否就是好（或者理想）的文学史？"② 在这诸多的追问背后，其实蛰伏着一种担忧：在重写文学史的过程中，我们能否避免将我们的洞见转眼之间变成不见的宿命？

四 结语

反思 20 世纪 80 年代以来"重写文学史"的理论与实践，发现其问题，并不是否定它本来的意义。我们所忧虑的是，当一种理论或观念成为常规与惯例时，它的"洞见"最终变成文学史的"盲视"③。因此，对"重写文学史"这一命题乃至这一行为本身进行反省，不仅在理论上是必需的，而且可以在实践上为再次开启"重写文学史"的尝试创造条件。宇文所安在一篇谈自己编写《剑桥中国文学史》的经验与体会的文章中说，一切历史书写其实都经过了现代口味的中介，我们介入历史的方式又常常是通过前人的视角。因此，"我们永远无法客观地再现过去"④。他接下来的话也许更值得我们思考：

> 如果我们不能对"过去"做出客观的叙述，那么，我们应该如何对过去做出一个"比较好"的叙述呢？这样一个叙述应该讲

---

① 以范伯群为代表的一批学者，提出应该将现代文学史的起点前移至 1892 年《海上花列传》的连载，重新观照晚清通俗小说的现代性，从而建构"多元共生"的"中国现代文学史"。参见范伯群《建构多元"中国现代文学史"的史实与理论依据》，《文艺争鸣》2008 年第 5 期。

② 单德兴：《洞见与不见之间：浅谈书写台湾文学史》，张锦忠、黄锦树编《重写台湾文学史》，台北城邦文化事业股份有限公司 2007 年版，第 401 页。

③ 旷新年：《"重写文学史"的终结与中国现代文学研究转型》，《南方文坛》2003 年第 1 期。

④ ［美］宇文所安：《史中有史》（上），《读书》2008 年第 5 期。

述我们现在的文本是怎么来的；应该包括那些我们知道曾经重要但是已经流失的文本；应该告诉我们某些文本在什么时候、怎么样以及为什么被认为是重要的；应该告诉我们文本和文学记载是如何被后人的口味和利益所塑造的。换言之，文学史应该是"史中有史。"

"史中有史"的说法提醒我们，在重写文学史的过程中，我们不仅要展示"文学史"的建构性，而且应该将文学史书写这一行为本身历史化，展示"重写文学史"这一过程的建构性。于是，"重写文学史"便不再是我们书写文学史的过往，而是我们（怎样）书写（怎样的）"文学史"的（怎样的）"过往"。

学科调整期的现代文学史教材编写

中国现代文学学科是在新民主主义理论的指导下建立起来的。随着经济发展，社会进入了一个全球化的时代，世俗化的潮流开始兴起，人们对生活有了新的要求，对历史和传统产生了新看法，这直接影响到了中国现代文学学科的发展。与以前在学科范围内就某些具体问题，比如对某种文学思潮、某个作家、某部作品如何评价进行讨论或争论有所不同，现在的一些争论，如中国现代文学史开始于何时，其基本属性如何理解，港澳台文学和中国少数民族文学怎样入史，新文学与旧派文学或后来的通俗文学的关系怎样处理等，涉及学科的基础。在这样的背景中，中国现代文学史应该如何编写？此外，现在大学生的知识结构和文化素养与以前的大学生很不相同，中国现代文学史又应怎样编写才能有效地服务于素质教学的目标？最近有出版社约我编一本《中国现代文学史》，我想到了这些问题，觉得须找出其答案，教材的设计才会有一个整体性。否则即使编出来，弄不好，评价标准前后打架，创新反成了杂凑。

一

中国现代文学，是中国的现代性的文学。这既是指人们所公认的现代时期的文学，同时又规定了它必须是现代性的文学。现代时期之所以称为现代的时期，是因为它具备了现代的性质和特点。文学是社会的一部分，用来确定现代历史阶段的现代属性的标准，也应该成为确定这一时期的现代性文学的标准。

中国现代文学作为一个独立的学科，它是相对于中国古代文学而言的。把中国现代文学与中国古代文学区别开来，或者说把中国现代文学从整个中国文学中分离出来，视之为中国文学的现代发展阶段的依据，就是现代性的标准。文学现代性的标准，在内容上强调人的独立精神——人不再像古代作家那样无法真正摆脱封建臣民的意识，不再成为思想的奴隶，而是一个现代的公民，具有独立的人格、独立的思想和独立的思考能力。表现现代人的这种现代思想和现代情感的文学，即现代的文学。在形式上，它首先应该是白话的文学，由白话的语言所规定的一切表达方式，包括新的修辞、新的技巧、新的方法，都是现代文学的基本标志。

中国现代文学诞生于五四文学革命，这是因为五四文学革命开辟了一个新的文学时代。它的划时代性质，不是就文学史上的某一个阶段而言的，而是针对整个古代文学的。五四文学革命依托新文化运动，高举人的解放旗帜，以"科学"和"民主"为武器，向封建性的文化和以这种文化为思想基础的文学传统发起了挑战，创造了现代的新文学。

五四文学革命与传统的联系是隐性的，是通过传统自身的延续性得以实现的，是通过作家所受的民族文化的熏陶得以保证并体现出来的，而五四文学革命与传统的对立则是文学革命的先驱者所自觉追求的。胡适的《文学改良刍议》提出"八事"，态度还比较温和，陈独秀举起文学革命的旗帜，提出"三大主义"，把新文学与旧文学完全对立起来，周作人干脆把新旧文学的对立称为活文学与死文学的对立，这种激进的态度有可以反思的地方，但无疑代表了五四文学革命的实质。不管它存在多少问题，事实上却是它规约了此后文学的发展方向和前进的道路。换言之，现代文学后来的发展是建立在五四文学革命的起点上，不是直接在古典文学基础发展起来的。它广泛地吸收和借鉴了西方的价值观念，并在与民族传统的矛盾统一中改造了民族传统，同时也改造了西方的观念，实现了价值观的现代转型。它大量地借鉴了西方文学的形式和表现技巧，并把它与中国传统文学的经验加以融合，实现了艺术风格的现代转型。通过这一系列的改造、融合和创新，新文学传统的原点形成了，由这个原点产生了观念意识和表现形式都与古典文学显著不同的新文学。这个原点自然包含了民族传统的因素，新文学也与古典文学存在着内在的联系，但前者相对于后者又的确是一个重大的飞跃。

二

一个民族的文化传统是不可能真正断裂的，除非它所依附的民族本身也消亡了。所谓的改变方向或者突变者，是原有的传统的改变方向和突变，而非凭空创造一种与原有传统毫无关系的新传统。改变方向或者突变也是一种历史的延续方式，只是它与一般的顺延方式有所不同罢了。以这样的观点看待五四文学与此前中国文学的关系，要注意两个方面。一方面是必须注意到它与晚清文学的历史联系——晚清文学的小说观念变革、新技巧的运用、文学传播方式的改进和关于欲望、正义、价值的想象，已经包含了某种现代性的因素，其经验相当一部分为五四新文学所借鉴——其实不仅晚清文学，就连整个中国文学都是中国现代文学的背景和源泉。另一方面又不能不看到晚清文学是士大夫阶层脱离了科举制度以后与新兴的报章期刊相结合的产物，它的存在基础是正在形成的市民社会。它后来对商业利益的看重，对市民口味的迎合，虽有现代性的因素，但它所展示的欲望深受旧伦理的规范，停留在"发乎情而止乎礼义"的阶段，或者因为伦理观念的混乱而导致了简单的官能展示；它的正义，体现的只是清官理想；它的价值和知识带有过渡时期的特点。晚清文学是新旧杂陈的，新得不够彻底，与旧的观念有千丝万缕的联系，表现了过渡时期文学的观念某种混乱和情绪的无精打采。

因此，王德威的"没有晚清，何来'五四'"，可以改写成"没有'五四'，何需晚清"。"没有晚清，何来'五四'"若作为一种时间性的延续，是没有意义的，因为历史的发展本来就是从晚清的时代发展到"五四"的时代，这无须强调；但若作为一种价值判断，则"没有晚清，何来'五四'"对一个时期里忽视晚清文学价值的倾向是一个及时的提醒，使我们意识到"五四"与晚清的历史联系，但在另一种语境中，比如当一些人尖锐批评五四新文化运动和五四文学革命，想淡化其历史原点意义的时候，我们也不妨说，这不如强调"没有'五四'，何需晚清"更有意义。"没有晚清，何来'五四'"，强调的是一个历史发展延续性的事实，它本身并不能保证把新文学的历史原点从"五四"改写为晚清，也容易使人忽视晚清文学的许多尚欠成熟的方面。"没有'五四'，何需晚清"，也不是不需要晚清。作为历史中的一个阶段，你哪怕不需要，它也是存在的。这里仅仅是强调，晚清文学的意义要通过五四文学的更为成熟的创新才能充分地体现出来。如果没有文学革命对文学传统的革新，没有五四文学在新的思想和艺术基础上融合中西、大胆创新所取得的成果，没有五四文学的新传统对后来的重大影响，晚清文学探索本身的意义是否能得到确认还是一个问题。大量的晚清作品对当下的读者事实上没有什么吸引力，就是一个好的证明。

三

现代性的内涵在不同历史时期是有显著差异的。五四文学革命所体现的现代性是一种启蒙的现代性，它的特点是推崇理性，把人的主体性和独立思考能力视为人的基本属性，认为人可以通过独立的思考来探索世界的真相，解决自身所面临的问题。启蒙主义促进了人的觉醒和社会的现代化，在世界范围内产生了巨大影响。五四文学受它的引导，使文学的人学特性得到了充分展现，文学性的因素得到强化，从而确立了现代文学的人道主义传统。

人道主义传统在后来的"革命文学"论争中受到了质疑。质疑的根源，主要是中国社会由于民众普遍的文化低下，难以通过启蒙的方式解决其自身的问题。在俄国革命经验的影响下，信奉革命的政党引导民众走上了社会斗争的道路。社会革命遵循的是革命现代性的原则，它的特点是把革命意识放在首位。对于主导左翼文化运动的中国共产党人来说，革命意识就是要求知识分子背叛自己的出身阶级，去表现底层民众的不幸与痛苦，反映他们的反抗和斗争，为建立一个人民当家做主的现代民族国家而努力。它免不了要批驳五四文学革命所推崇的个性解放、思想自由原则，因为个性解放和思想自由在具体的历史环境中不一定能够保证个人的思想和行为完全符合革命的要求。

革命现代性推动了左翼文学的兴起，并且把文学的政治标准放在第一位，艺术标准放在第二位。由于主要是从政治的角度思考文学的问题，重视文学的政治教化功能，相应地忽视了文学自身的审美规律，左翼文学总体上存在着本质主义思维方式难以避免的概念化、雷同化的毛病，作品的艺术感染力不强。

但是左翼文学执着于创建现代民族国家的理想，与启蒙现代性的目标原本没有根本的冲突，而且它与启蒙现代性从社会大系统来思考文学问题的思路是前后一致的。两者的差异主要在实现现代性目标的方法和途径上存在不同——一个选择启蒙，另一个选择革命；在文学服务对象上各有自己的侧重——一个服务于启蒙，另一个服务于革命。这些差异是关键性的，但两者仍有共通之处。因而左翼文学运动经过了曲折的过程，最终还是策略性地融合了五四文学的传统——这当然是以对五四文学传统进行改造为前提的。由于跟五四文学传统有这样一种联系，左翼文学的内在构成就不是单一的，而它的理论形态也处于动态平衡过程中。鲁迅就坚决反对教条主义者把文学当成宣传的错误观点，一些优秀的左翼作家，如萧红、叶紫、沙汀、艾芜，乃至丁玲和茅盾，把阶级的意识与个人的生活经验乃至生命体验结合起来，也写出了不少优秀的作品。这些作品贯彻了革命现代性的精神，但也融合了五四启蒙现代性的传统。

重要的是如何总结左翼文学的经验，包括它的贡献和存在的局限。世界上不存在没有历史局限性的文学观和文学。某种意义上说，局限性本身便是一种特色。左翼文学在特殊的年代追求文学的战斗武器作用，实质上是为新民主主义的理想而选择了粗暴的风格。如果仅从文学本身角度考虑问题，当然会觉得它不够优雅。但如果从整个社会的方面看，在民不聊生、国家危亡的时刻，战斗的文学可以激励民气，可以让人民看到民族的希望。牺牲优雅的美比起国家的前途和人民的命运来，显然并不是一件天要塌下来的事情。比起审美主义的理想来，革命现代性的目标在当时具有更为直接的现实意义，因而事实上得到了当时民众的广泛响应。

中国有从社会大系统的角度来思考文学的地位和功能等问题的传

统。历史证明这种"工具论"的文学观是可以兼顾人情与物理的，可以包含审美的要素，使文学的社会功能与审美功能达到统一。会不会沦为庸俗的工具论，关键在于作家能不能在承担文学的社会使命的同时把握住自己的生命体验而采取一种通情达理的审美态度。

四

现代性的另一种形态，是世俗现代性。世俗现代情，有现代性的外形，但内在的精神却是一般社会中比较世俗化的民众追求生活享乐和欲望宣泄的要求，是人性中最为世俗一面的体现。它看似前卫，实则比较传统，与启蒙现代性所坚持的反传统的立场很不相同，因而它容易与传统达成妥协。换言之，它是介于传统和现代之间的一种人生理想和生活态度，它是跨越不同时代的。我们既可以在晚清找到它，也能在晚明的三言二拍甚至更早时代的作品中发现它的踪迹；如果再抽去其特定的时代内容，仅就其看重世俗欲望的满足一点而言，它事实上已经成为当下的一种时尚了。

当前世俗现代性影响力的加强，反映了后革命时代的来临。改革开放，在政治上的主要问题是如何清理"左"的政治观念对经济发展的阻碍，所以需要对革命及其遗产进行新的理论阐释。一个基本的方法，就是把革命的合理性置于更具普遍意义的基础上，把它解释成为一种"时代的潮流"，赋予它"民族精神"的特质。总之，是淡化其阶级斗争的色彩，增加一些人性的因素，使之能够为当前世俗化社会的一般民众所容易接受。从这种变化中，我们已经强烈地感受到了由经济变革所带动的世俗化潮流对人的思想观念产生了深刻的影响。这种影响力，推动了通俗文学的创作，并使人们重新思考20世纪初以来通俗文学的价值。

通俗文学与知识精英文学，严格意义上说，是既有联系又相对独立的两个不同的文学系统。不能把体现了民间趣味的通俗文学排除在现代文学史的视野之外，忽视乃至抹杀它们对于知识精英文学的推进作用；但也不能倒过来以通俗文学的规则取代现代精英文学的规则，从而彻底颠覆和解构现在的中国现代文学史的规范和构架。通俗文学与精英文学的关系，应如范伯群先生说的，是"一体两翼"的关系。中国现代文学的"一体"，少不了通俗文学与精英文学这"两翼"。少了其中的任何一翼，中国现代文学就不是完整的。

"一体两翼"的一个重要问题，是这两翼如何舞动起来？其中最重要的一点，是不能以通俗文学或精英文学的各自标准相互否定，既不能用通俗文学的标准嘲笑精英文学的脱离市民大众，也不能反过来以精英文学的标准指责通俗文学的缺乏思想冲击力和时代特色，贬低乃至抹杀通俗文学的特有价值。我们需要超越雅俗对立的思维模式，从通俗文学与精英文学的矛盾互动中说明这两翼的舞动。也就是说要在承认它们存在差异乃至矛盾的基础上，深入考察并清晰阐明知识精英文学是如何吸收通俗文学的观念和艺术技巧，从而丰富和充实了自身，而通俗文学又如何在知识精英文学的影响下提升了自身的思想艺术水平，回应了严肃的人生挑战，从而进一步显示出现代的、审美的意义，以至于后来产生了像张爱玲这样兼具通俗性和精英特色的有成就的作家。只有这样，才可能写出一部有新意的中国现代文学史，呈现中国现代文学"双翼舞动"的景象。

五

最后还有几点须提出来。一是港澳台文学是中国现代文学的重要组成部分，但是鉴于港澳台文学在 20 世纪前半叶与内地文学处于不同的社会文化背景中，相互之间的交流遵循独特的规则，没与内地这个时期文学的发展保持同步，所以不易按内地这一时期文学的叙史方式来描述，可以在教材中把它单独列为一章。至于它们与内地现代文学的关系，就由教师按照各自的设想加以讨论。

二是不同民族的作家共同创造了中国现当代文学，他们相互之间没有文学标准以外的地位高下之别。因此，少数民族文学在进入中国现代文学史时要坚持国家水平的标准，不宜划出一块"少数民族文学"来做专门的介绍，否则不仅会损害文学史的有机结构，而且会在观念上造成不必要的混乱。我的想法是在介绍少数民族作家时可以指明他是什么民族，重点则是从不同民族文学的交流和融合的方面来把握少数民族文学对整个中国现当代文学发展所做的贡献，从整个中国现当代文学的性质和特点出发来理解少数民族文学的民族特色。

三是中国现代文学史的下限，以前不少教材多定在1949年7月第一次全国文学艺术工作者代表大会在北京的召开。第一次"文代会"的召开，标志着中国现代文学进入了一个新的发展时期。这一新的发展时期，即通常所说的"当代文学"，与一些教材所指的"现代文学"是一种什么样的关系，现在已经有了大致的共识，那就是把两者合并起来，视为中国现代文学的两个不同发展阶段。至于如何命名，那并不重要。因此，我们事实上认为中国现代文学止于1949年仅仅是一种照顾教材特点的设计。中国现代文学并没有在1949年结束；相反，它要在此后通过新的迂回走向新的高潮。

四是教材的编写要考虑到教学的环节，特别是在注重知识传授的同时，要加强学生能力的培养，将传授知识、提高素质与培养能力融为一体，充分发挥教材的综合功能。因此，一个作家适宜只出现在教材的一个地方，一般是他的成就最大在文学史的哪个时期，就在文学史的哪个时期里介绍，再前联后延，以显示这个作家的完整面貌。这有利于揭示文学史发展的脉络，同时又可以使学生对一个作家有整体性的印象。为了强化学生的能力培养，教材的体例似应做一些新的探索，比如可以在每一章中设计问题探讨、拓展指南、导学训练、参考文献等环节。"问题探讨"，可以关注这一学科的研究史方面的一些重要问题，意在让学生理解某一作家、某部作品、某种文学现象，人们对它的看法是有变化的。透过这些变化，可以发现更有意义的东西。"拓展指南"，是与该章教材的内容相关的代表性研究成果的简介，目的是让学生能比较方便地掌握一些代表性的学术观点。"导学训练"，开列与这一章教材的内容相关的若干个思考题，为学生指示思考的方向。"参考文献"，则是提供与思考题相关的研究资料的索引，以方便学生去查找资料，进行独立的探索。

后　记

　　对一个读书人来说，找到人生的意义，是安身立命的一种精神需要。于是各种各样的道理讲出来了，标志着人在思考，社会在发展。我近几年关心的问题之一，就是中国经历了一个多世纪的曲折历程，在21世纪第二个十年的今天又面临着重大的挑战和发展的机遇，我们该确定一个什么样的基本立场去理解历史，思考当下，开创未来？这显然是一个基本的价值观问题，它制约了你对历史、当下和未来的态度，也规定了你的处世立场。当然，从我所从事的专业的角度看，这也就规定了我理解中国现代文学、理解作家和作品的一种方式，成为我思考文学现象的一个基点。

　　在大起大落的历史过程中，乃至某一个时期里，比如当下，大家面对同一段历史，面对同一个对象，歧见纷呈，众说纷纭，根本原因就是各人的出发点不同，所持的标准并不一样。比如，中国现代文学之所以成为一个独立的学科，它的内在规定性是什么？与此相关的，是大家都认同的现代文学的现代性，是一种什么东西，该怎么来理解现代性？为什么在共同的现代性观念基础上，会出现质疑"五四"的那种保守主义声音，而其意义又何在？该怎样评价"五四"，能写出一部怎样的现代文学史？这些问题，迄今都是很难取得一致意见的，但我想，它们的意义也正好在于能引发大家的思考。人类不可能思考完成后才行动，人类的进步也不可能依据人人达成了共识的一个蓝图。思考本身就是蓝图的一部分，纷争本身就是影响历史的行动。每个人是在思考和行动中完成自己的，人类同样在思考和行动中创造历史，也创造着自身。

　　收在书中的各篇，都是近年发表于刊物上的，有几篇曾被《新华文摘》、人民大学书报复印资料转载过。在许多高校已经放假而这里的寒假还有半个月才开始的这个学期期末，国内舆论界被一些热点鼓动着，我忽然想到可以静下心来对这些年的文章做一整理，于是编成了两本书。这一本是其中聚焦现代性和五四问题的比较宏观的部分。考虑到同一专题，也选了个别发表在 2009 年的文章。有几篇是与当年在校读书的学生合作的，都在标题下做了说明。他们现在都是所在高校的骨干了。

　　世无绝对真理，各人的意见只是一种意见罢了。认识到这一点，我觉得对自己是一种解放，对研究也是一个推动。原因？就是明确我说的也只是我的一点意见罢，不一定对，有的甚至可能不成熟，因此我可以衷心地说：欢迎大家批评指正。

　　感谢浙江师范大学和师大文学院的资助，使此书能够出版。也感谢李炳青老师、刘芳编辑认真的工作，你们留在清样上的字漂亮大气，你们辛苦了。

陈国恩

2017 年 1 月 15 日